Naslov originala
Kate Frost
An Island in the Sun

Za izdavača
Tea Jovanović
Nenad Mladenović

Glavni i odgovorni urednik
Tea Jovanović

Lektura / Korektura
Agencija Ortograf / Agencija Tekstogradnja

Prelom
Agencija TEA BOOKS

Dizajn korica / Crteži za korice
Alexandra Allden / Shutterstock

Izdavač
TEA BOOKS d.o.o.
Por. Spasića i Mašere 94
11134 Beograd
Tel. 069 4001965
info@teabooks.rs
www.teabooks.rs

ISBN 978-86-6142-167-9

Kejt Frost

OSTRVO NA SUNCU

Sa engleskog preveo
Igor Solunac

U znak sećanja na Froda, našeg predivnog kavalirskog španijela kralja Čarlsa i najboljeg saputnika u pisanju kojeg sam mogla da poželim.
Nedostaješ mi, drugar.

1.

Tabiti Kalahan je uvek bilo teško da se oprosti, ali već se bila navikla na to. Najveći deo života provela je seleći se iz jedne zemlje u drugu, stičući nove prijatelje, pokušavajući da nauči nov jezik, trudeći se da se uklopi, a onda bi se ponovo preselila i počinjala iz početka. Jedini put kad je odlučila da pusti korenje sve je krenulo strašno naopako. A tek bol... Svom snagom se upinjala da zaboravi kako se sve završilo.

Dvadeset kuća u kojima je boravila i jedanaest zemalja za skoro godinu dana. Prestala je i da broji koliko je životinja čuvala: mnogo pasa, poneku mačku, tri guštera, desetak pilića, dve ovce i šetland-skog ponija po imenu Komet. Naravno, ne sve odjednom. Zaljubila se u svakog ljubimca kojeg je srela, ali imala je i miljenike – pudlicu Ponoć i boksera Čestera. Bilo je nekoliko mesta odakle joj je bilo te-ško da ode, ali nikad u dovoljnoj meri kako bi razmotrila mogućnost ostanka. Naravno, ne bi ni mogla da priušti raskošnu brvnaru u Ka-nadi ili plutajuću kuću u Singapuru. Sticala je nove, srećnije uspome-ne, iako su joj svakodnevno društvo bile uglavnom životinje. Tabiti je najviše prijala mogućnost korenite promene života svakih nekoliko nedelja. Privlačila ju je mogućnost da krene iz početka na novom me-stu gde je niko ne poznaje.

Podešavajući remenje na rancu, Tabita je zurila u tablu s poda-cima o letu. Bio je kraj leta, toplo popodne početkom septembra, a aerodrom *Umberto Delgado* u Lisabonu vrveo je od porodica i parova, uz nekoliko usamljenih putnika poput nje. Pošto još nije bilo broja izlaza, a imala je još dosta vremena, Tabita se zaputila u potragu za kafom.

Biće ovo dug dan, pomislila je kad se sa šoljom kafe s mlekom smestila u uglu kafića. Zapravo, već je bio. Dan ranije pozdravila se s Lolom, pirgavom mačkom koju je mazila dok ju je čuvala u stanu u Barseloni. Četrdesetogodišnji vlasnik se vratio posle dve nedelje, a Tabita mu je predala ključeve, provela nekoliko prijatnih sati na ručku s njim pre nego što se smestila u hotel u blizini aerodroma spremna za rani let. Sad je u Lisabonu čekala drugi let do konačnog odredišta, portugalskog ostrva Madeira, koje će joj biti dom naredne tri nedelje i gde će se brinuti o dva psa i mački.

Tabita je napravila selfi i objavila fotografiju na *Instagramu*. Leto provedeno u Barseloni, a pre toga u Provansi, blago je potamnelo njenu prirodno bledu kožu, a pegice na obrazima postale su izraženije. Krupne kestenjaste kovrdže uokvirivale su joj lice pošto su se prethodno izmigoljile iz neuredne punđe.

Stežući svoju kafu s mlekom, slušala je muziku iz bežičnih slušalica i posmatrala ljude kako prolaze. Nije joj smetalo da sedi sama. S obzirom na izbor, bila je savršeno srećna da danima ne vidi drugu osobu. Tokom protekle godine, uvek je bila u društvu barem jednog kućnog ljubimca – s njima je lako razgovarala, a i pažljivo su je slušali. Tabita iskrivi usne u osmeh. Doduše, ne prođe ni dan a da ne razgovara s nekim. Kao deo velike i srećne porodice, a najmlađa od petoro dece, bila je manje-više u stalno u kontaktu s njima. Porodica Kalahan je imala grupu za ćaskanje na *Votsapu* i Tabita se tamo redovno dopisivala sa starijom braćom i sestrama, Elspet, Džekom, Ajonom i Lorkanom, kao i s roditeljima.

Elspet ju je redovno zvala. Naglasila bi da je ne proverava, ali Tabita je znala kako želi da se uveri da je ona dobro. Tabita i Elspet su bile najbolje prijateljice i najbliže po godinama, sa samo četiri godine razlike, dok je njen najstariji brat Lorkan dvadeset godina stariji. Iako je Tabita imala trideset dve godine, Elspet je i dalje osećala potrebu da se stara o njoj. Tabiti se to potajno dopadalo i volela je da razgovara s njom. Dobro, razgovarala je i s drugima. Svake nedelje bi se čula s roditeljima, a gde god je boravila ljudi su pokušavali da zapodenu razgovor: prijatna komšinica u stambenoj zgradi, šanker u obližnjoj kafeteriji, a ponekad bi joj se i neki momak nabacivao, obično ako je sedela sama i ispijala piće. Njena kosa je često bila povod za razgovor. Davno su prošli dani kad su je zadirkivali jer je bila kovrdžava riđokosa. U međuvremenu je stasala, i često su je opisivali kao osobu – upečatljivog izgleda. Jedina poteškoća bila je u tome što nije želela pažnju, naročito muškaraca. Bilo joj je lakše da sama preboli ljubavne muke, a na kraju krajeva, želela je da pobegne. Društvo jednog ili dva psa joj je savršeno prijalo.

Na tabli je zatreperio broj izlaza. Tabita je sručila ostatak kafe, nabacila ranac i krenula na let za Madeiru.

Bilo je neobično da po nju dođu vlasnici kuće, ali Rufus i Kordelija, britanski par iseljenika, bili su uporni u tome da to nije nikakva muka. Let je trajao manje od dva sata, avion je sleteo u Funšal predveče, pa je to bar značilo da Tabita nije morala da provede ceo dan s njima. Osećala se prilično zlobno i nedruštveno, ali su lična pitanja bila neizbežna kada se večera sa strancima – povrh svega pitanje zašto sama putuje od mesta do mesta...

Ipak, Tabita je bila vična putovanjima. Ne samo da joj je to bilo u krvi, s obzirom na to da se njena porodica selila otkad je bila mala zbog očevog posla inženjera tehnologije za vode, nego je imala i mnogo iskustva u snalaženju po aerodromima, železničkim i autobuskim stanicama. Tokom prošle godine čuvala je kućne ljubimce na raznim stranama sveta. Preko veb-sajta za čuvanje kućnih ljubimaca pronalazila je vlasnike životinja koje je trebalo neko vreme čuvati u njihovom domu. Bila je na mnogim mestima, ali dok je avion leteo preko sivoplavog Atlantika uživala je u zamisli da bude negde daleko od svega. Na predivnom zelenom i planinskom ostrvu u Atlantskom okeanu. Trebalo je malo truda da se stigne do njega, ali to joj se i svidelo.

Avion je sleteo na vreme, i dok je čekala prtljag Tabita je gledala ostale putnike. Uglavnom turisti, mladi i stari parovi koji su uživali u relativnom miru koji je doneo septembar, uz dodatnu prednost suptropske klime Madeire. Bilo je i mladih porodica s predškolcima, koje su maksimalno iskoristile jeftinije letove za odmor potkraj leta. Njen kofer, prekriven nalepnicama s putovanja, bio je lako uočljiv i sa olakšanjem je primetila da je i njena gitara bezbedno stigla. Svukla ih je, namestila ranac, prebacila gitaru preko ramena i krenula.

Rufus, sa uredno ispisanim znakom s njenim imenom, bio je isti kao na profilnoj fotografiji na sajtu za čuvanje kućnih ljubimaca. Izgledao je opušteno s naočarima za sunce, u pantalonama krem boje i lanenoj košulji, a ten mu je bio bronzane boje nalik štavljenoj koži. Tabita je odmah stekla utisak da dosta vremena provodi na otvorenom, verovatno igrajući golf i sunčajući se bez majice u vrtu. Mora da je negde u srednjim šezdesetim – osetila je da je svestan koliko je privlačan.

Tokom minule godine naučila je da tokom prvog kratkog susreta prilično dobro pogodi ne samo koliko godina imaju ljudi već i kakve su im ličnosti i hobiji. Zatim bi, boraveći kod njih, utvrdila da li je taj prvi utisak blizu istini ili ne na osnovu kućnih ljubimaca, izgleda doma, ukrasa i fotografija na zidovima. Zadivljeno je saznavala više o ljudima a da nije morala da ih upoznaje u stvarnom životu. Znala je kako to zvuči, ali izabrala je da se što više isključi. To joj je prijalo, čak i ako je njena porodica dovodila u pitanje takav pristup.

Rufus je prepoznao Tabitu čim ju je spazio. Riđe kose i sa upečatljivim stilom oblačenja, Tabita je znala da je prepoznatljiva na prvi pogled.

Rufus je spustio znak dok mu je prilazila i pružio joj slobodnu ruku.

– Tabita?

– Dobar dan, Rufuse – čvrsto mu je stisnula ruku.

– Drago mi je što sam te konačno upoznao. Dozvoli mi da to preuzmem – rekao je i uhvatio dršku kofera, sklonivši se s puta brojnim putnicima koji su izlazili i zaputio se prema izlazu. – Oduševljeni smo što si se prijavila da nam pričuvaš ljubimce. To će stvarno pomoći mojoj supruzi da mirno spava dok budemo odsutni.

– Lepo, baš mi je drago – zatreptala je Tabita kad su izašli na sunce. – I vi i ja od toga imamo koristi.

– Ako se dobro sećam, baviš se muzikom? – Pokazao je prema gitari prebačenoj preko njenog ramena.

– Da, uglavnom pišem pesme.

– Jesi li napisala nešto za šta sam možda čuo?

– Oh, nisam sigurna. Zavisi da li voliš veselu pop muziku.

– Hm, da li u to spadaju *Dipeš mod* ili *Tirs for firs*? – Njegov smeh je odjeknuo u svetlom, sunčanom danu.

Tabita nije mogla da prikrije osmeh. – Oni su bili malo pre mog vremena.

Izveštila se u razgovoru s ljudima kojima je čuvala ljubimce – s njima je umela da izađe na kraj. Zapravo, plašila su je pitanja koja su zadirala dublje. Iako je čeznula za samoćom, mogla je da podnese kratke susrete s novim ljudima. Najviše joj je prijao uvid u život drugih ljudi, što će joj, nadala se, s vremenom pomoći da shvati sopstveni.

U roku od nekoliko minuta vožnje od aerodroma, uspela je da baci pogled na okean i niz zelenih brda prošaranih belim kućama s krovovima prekrivenim crvenim crepom, pre nego što su zaronili u prvi od brojnih tunela dok je put sekao brdo iznad Funšala. Pogled na šumovitu unutrašnjost, s jedne strane, i svetlucavi okean iza blistavog grada koji nestaje i ponovo se pojavljuje, zbog čega je Tabita treptala na predvečernjem suncu.

– S desne strane su botaničke bašte – rekao je Rufus dok su jurili putem. Grad Funšal se prostirao s leve strane, a njegove pretežno bele zgrade prekrivale su padinu do blistavog Atlantika. – Vredi ga posetiti ako ti se ukaže prilika.

Tabita je zurila u pejzaž dok je nestajao s vidika, bujna dolina se uzdizala u šiljata zelena brda, a jedino je senka usamljenog oblaka bila mrlja na suncem obasjanoj padini. Dok su brzo napredovali putem, ulazeći i izlazeći iz tunela, Rufus je ćaskao o ostrvu i predložio joj da ide žičarom do vrtova u palati *Monte*, objašnjavajući joj koje staze duž levade – sistema kanala izgrađenih da sprovode vodu do različitih delova ostrva – imaju najbolje vodopade.

Napokon su prošli kroz ogromni grad Funšal i njegova predgrađa. Tuneli su se nastavili gde se brdovito ostrvo spuštalo pravo do okeana, put je prolazio kroz padine i izlazio opet do sela s vilama krem i ružičaste boje, sa stablima banane i palmama u vrtovima. Čak ni nakon godinu dana, čar putovanja nije se istrošila. Već joj je bilo jasno koliko je Madeira divno i posebno mesto.

Rufus je izgleda sa zadovoljstvom ćaskao s njom, što Tabiti nije smetalo, iako je ponekad njegov neprekidni monolog delovao kao da ne može da podnese ni nekoliko sekundi neugodne tišine. Ipak, bilo joj je zanimljivo da ga sluša kako priča o ostrvu i gradovima kroz koje su prolazili, dok se unutrašnjost vulkana nadvijala s njihove desne strane, nasuprot nedokučivom prostranstvu Atlantskog okeana s leve.

Kućni ljubimci koje će čuvati bila su još jedna laka tema za razgovor. Ipak je to bio razlog njenog dolaska.

– Moja supruga Kordelija se toliko brinula što opet mora da ostavi pse – rekao je Rufus i pogledao ka Tabiti pre nego što je ponovo usmerio pažnju na put. – Zadnji put su mnogo tugovali za nama, naročito Bejli. Prethodno su bili kod osobe koja čuva kućne ljubimce u svom domu, ali Bejli je prilično nervozan, pravi kućni pas. To nije bilo u redu prema njemu, niti prema Fadžu. Misti nije prevelika briga, znaš koliko mačke umeju da budu ravnodušne, ali mislimo da će psi biti mnogo srećniji ako se neko kod kuće stara o njima.

– Dobro je imati taj spokoj – rekla je Tabita.

– A ti si taj spokoj – klimnu Rufus glavom. – Pogotovo zato što idemo na duže putovanje.

– Idete na safari, zar ne?

– Oh da, ovo će nam biti životno putovanje kako bismo proslavili četrdeset godina braka. Krećemo iz Kejptauna, zatim istražujemo vinograde Stelenboša, pa odlazimo u Tanzaniju na safari, a potom u Zanzibar da se opustimo nekoliko dana.

Tabita je s radošću slušala Rufusa kako opisuje plan putovanja. Vožnja od aerodroma do kuće na jugozapadu ostrva potrajala je dobrih pedesetak minuta, a sunce je taman krenulo da zalazi, osenčujući obzorje zlatnim prelivima. Nakon što je provela dan u putovanju, bila je nestrpljiva da stigne do odredišta i da upozna Bejlija, Fadža i Misti. Osetila je olakšanje kad je Rufus napokon najavio:

– Još malo i tu smo.

Skrenuli su sa prometnog auto-puta na uzan drum koji se završavao kapijom, okruženom palmama i grmovima obrubljenim ružičastim cvetovima.

Tabita je naučila da se ne oslanja na prvi utisak i imala je osećaj kako će tako biti i sa ovim mestom, pošto je skromno pročelje od kamena vešto skrivalo raskošnu i otmenu unutrašnjost koju je videla na fotografijama.

– Eto, uspeli smo da se vratimo za videla – rekao je Rufus i parkirao se pored belog BMV-a.

Izašli su napolje u mirno toplo veče, a vazduh je prijatno mirisao na cveće duž zidova kuće. Rufus je izvadio njen kofer i ranac iz prtljažnika, a Tabita je uzela gitaru sa zadnjeg sedišta i pratila ga prema vili.

Ulazna vrata su se otvorila i na njima se pojavila žena sa osmehom na licu.

– Tabita, dobro nam došla! – poljubila ju je u oba obraza i uvela je u kuću. – Ja sam Kordelija.

Kordelija je takođe bila šezdesetih godina, otmena i suviše lepo obučena da bi provela veče kod kuće. Koža joj je bila preplanula, nokti nalakirani svetloružičastim lakom, nosila je mnogo prstenja i bila besprekorno našminkana. Duge, plave pantalone lepo su se uklapale s lepršavom cvetnom bluzom. Tabita se odlučila za udobne pamučne crne tregerice i jednostavnu belu majicu, a diskretnu šminku činili su maskara i prepoznatljiv crveni ruž.

Pošto je ostavila stvari u predsoblju kako joj je rečeno, Tabita je pratila domaćine do velikog dnevnog boravka i trpezarije u središtu vile. Iako joj je pogled načas odlutao kroz panelna klizna vrata na terasu s duguljastim bazenom, pažnju su joj istog časa privukla dva kavalirska španijela kralja Čarlsa koja su trčala prema njoj.

– Trobojni je Bejli – rekla je Kordelija sa osmehom dok je crno-smeđe-beli španijel prilazio Tabiti.

Ona je kleknula i pružila mu dlan, a Bejli ga je onjuškao.

– Smeđe-beli je Fadž. Braća su i imaju sedam godina. Naša mačka Misti je priča za sebe – veći deo vremena provodi napolju, ali sigurna sam da će se kasnije pojaviti.

Fadž je bio podjednako uzbuđen kao Bejli zbog Tabitine pažnje. Mazila im je meke glavice i češkala ih ispod dugih spuštenih ušiju. Već je ranije brinula o španijelima i znala je da su to najprijatniji psi ljupke naravi.

– Zaista su divni – rekla je, razmišljajući o tome koliko će joj prijati njihovo društvo.

Preusmerila je pažnju na spoljni svet. Tropski vrt je bio obasjan zlatnom svetlošću sumraka, a sunce je nisko na horizontu i uranja u daleki okean. Zadovoljno je uzdahnula znajući kako je, uprkos žudnji za putovanjima, više nego srećna što će naredne tri nedelje ovo mesto imati za sebe i biti u društvu njegovih četvoronožnih stanovnika.

2.

Kordelija je bila predusretljiva i razgovorljiva kao i njen muž, pa je Tabita počela da se opušta. Nije uvek bilo tako – nije bilo lako razgovarati sa svima koje je upoznala tokom prošle godine. Kordelija je preuzela vođstvo, pokazujući Tabiti kuću, a psi su ih pratili. Glavni dnevni boravak imao je neposredan pristup bazenu i vrtu, kao i stepeništu koje se uzdizalo do međusprata s dve sobe za goste sa zasebnim kupatilom. U zadnjem delu kuće nalazila se otmena kuhinja iz koje je dopirao miris pečenja koji je golicao nozdrve. Rufus je navukao rukavice za rernu i poslao njih dve napolje.

– Dobro sam izabrala – rekla je Kordelija dok su se vraćale u dnevnu sobu – muža koji je izvanredan kuvar.

Misti, njihova baršunasta meka siva mačka nečujno se pojavila, uvijajući se oko nameštaja, i posmatrala je Tabitu.

– Kažem ti da je uzdržana, ali samo dok se ne navikne na tebe. – Kordelija ju je iz dnevne sobe povela hodnikom u kojem su bili kupatilo i ostava. Gurnula je vrata sa strane kuće okrenute ka vrtu. – Bićeš u našoj sobi. Kao što smo se dogovorile imejlom, psi uvek spavaju ovde, Bejli u korpi, a Fadž obično na krevetu. Pošto Bejli ume prilično da se unervozi, mislili smo kako je najbolje da im što je manje moguće menjamo navike. To je ujedno i najbolja spavaća soba. – Nasmešila se i mahnula rukom po prostoru.

Sve je bilo besprekorno, bez ijedne pseće dlake. Zid iza bračnog kreveta, obojen tamnom pepermint-zelenom bojom, odjekivao je spolja. Na toaletnom stočiću bile su samo kutija maramica i neiskorišćena mirišljava sveća. Izgledalo je kao kuća za pokazivanje, što naravno nije bilo ništa loše, ali Tabita je osećala pritisak da se ponaša uglađeno.

– Oslobodila sam ti prostor u ormanu i komodu koje možeš da koristiš. Kupatilo je tamo – Kordelija je pokazala prema zatvorenim vratima. – Tu je i klima-uređaj i dnevna soba. – Mašući repovima, Bejli i Fadž su kloparali preko uglačanog drvenog poda do ogromnih kliznih vrata koja su izlazila na terasu s pogledom na vrt. Tabita je zašla dublje u prostoriju. Osim sa terase, i s kreveta je imala pogled čak do ivice bazena. Solarne svetiljke su označavale kamenu stazu koja je sekla iskošeni travnjak, ali izuzev njih, prostrani vrt s palmama i tropskim biljkama bio je obavijen tamom.

Kordelija se pridružila Tabiti pored staklenog zida. – To je pogled koji mi nikad neće dosaditi. Ako ostaviš otvorene zavese, buđenje je zaista čarobno. Biće ti veoma udobno.

– Sigurna sam da hoće – rekla je Tabita, skrenuvši pogled s vrta.

– Naša čistačica Dolores dolazi četvrtkom ujutru i dolaziće dok nas nema, ali molim te čisti za sobom i psima.

– Budite bez brige.

– Sve što treba da znaš nalazi se u paketu za dobrodošlicu koji smo ti pripremili. Prespavaćemo u gostinskoj sobi. Zaista nije problem – rekla je pre nego što je Tabita stigla da se usprotivi. – Mislili smo da bi bilo dobro da se Fadž i Bejli naviknu na tebe u uobičajenom okruženju dok smo još ovde. Pustiću te sad da se raspakuješ i smestiš. Večera će biti za dvadeset minuta.

– Hvala – odvrati Tabita dok je Kordelija odlazila sa psima za petama.

Imala je dobar osećaj u vezi sa ovim mestom. Divlje i planinsko ostrvo sa suncem tokom cele godine i suptropskom klimom ju je privlačilo, a Madeira je dugo bila mesto na koje je želela da dođe, naročito zato što je od starog prijatelja o njemu čula dosta toga lepog. Boravak ovde biće savršena prilika da zaleči stare rane i ponovo se poveže s njim, uprkos tome što ju je pomisao na to pomalo uznemiravala. Ipak, sad nije bilo vreme da razmišlja o tome – usredsredila se na raspakivanje.

Tokom protekle godine, Tabita se navikla da je neka mesta na kojima je boravila oduševe. Nisu sva bila ovako velika i raskošna. Stančić u umetničkoj četvrti Sen Žermen de Pre u Parizu, gde se brinula o pudlici, bio je nezaboravan zbog izvanrednog hrastovog parketa i ogoljenih kamenih zidova, kao i kafića na pola minuta udaljenosti s najneverovatnijom kafom, pecivima i puslicama. Zatim je provela tri nedelje u brodu-kućici u jednoj od singapurskih marina s prijateljskim kovrdžavim bišonom. Najviše joj se dopadalo to što bi uronila u kulturu nekog mesta, boravila u nečijem domu i upoznala taj određeni deo grada. Radovala se otkrivanju Madeire i boravku koji će potrajati nešto duže nego što je to činila čitavog leta.

Pošto je prednji deo vile bio potpuno otvoren ka vrtu, svetlost iz dnevnog boravka obasjavala je terasu. Misti je vrebala preko trave, oči su joj svetlucale u tami, dok su se psi smestili na pločniku. Tabita je sedela s Rufusom i Kordelijom za stolom pored bazena, ispod pergole obrubljene svetlima i zaklonjene lisnatim palmama. Zamišljala je koliko bi bilo lepo sedeti tamo u vreli letnji dan.

Kordelija nije slagala kad je rekla da je Rufus dobar kuvar. Za večeru je pripremio *carne de vinha d'alhos*, meke komadiće svinjetine koje je dva dana marinirao u belom luku i vinu pre nego što ih je dugo pekao u rerni, i poslužio uz salatu i *milho frito*, prženi kukuruzni hleb. Okruženje je bilo idilično, a temperatura savršena jer je zalazilo sunce.

– Mnogo vam hvala – rekla je Tabita, kad joj je Rufus ponudio činiju svinjetine i ona dosula repete u tanjir. – Ovo je vrlo ljubazno od vas.

– Mi smo veoma zahvalni što ćeš biti ovde da se brineš o našim krznenim bebama. – Kordelija se slatko nasmešila.

Tabita je shvatala da su kućni ljubimci deo porodice, ali ju je nesnosno obraćanje ljubimcima rečima poput „slatkišu moj malecni“ odbijalo. Možda je to proisteklo iz toga što nije imala ljubimca dok je odrastala. Kao najmlađe dete, nije imala mlađeg brata ili sestru o kojima bi se brinula i nije verovala da ima majčinskih sklonosti... Tup bol ju je presekao iz dubine stomaka do srca. Savladavši uznemirenost pre nego što se prelila, ugušila je pomisao, s nelagodom se promeškoljila na stolici i nabola komad svinjetine.

Misti joj se uz zadovoljno predenje sklupčala oko noge. – Pa, to je dobar znak – rekla je Kordelija. – Misti inače ne vole strance, zar ne, Rufuse?

Punih usta, Rufus je samo klimnuo glavom u znak slaganja.

– Očigledno umeš sa životinjama i imaš mnogo iskustva sa čuvanjem ljubimaca, kao što ti piše na profilu – nastavila je Kordelija. – Jel' zaista moguće da nikad nisi imala ljubimca? – Ubacila je viljušku punu salate u usta.

Tabita je klimnula glavom i progutala zalogaj neverovatno meke svinjetine. Često su joj postavljali to pitanje. – Često smo se selili dok sam bila dete, pa nismo mogli da imamo kućnog ljubimca. Za to nije bilo prilike ni kad sam odrasla, ali volim životinje i povremeno se staram o kućnim ljubimcima prijatelja. Zbog toga mi se čuvanje ljubimaca činilo kao savršeno rešenje. – Uzdržala se da ne kaže kako više voli životinje nego većinu ljudi.

Kordelija je uzela čašu s vinom i klimnula glavom. – Ali očigledno ti posao dozvoljava da putuješ?

– Da, pre nekoliko godina sam išla na turneje s raznim bendovima, ali u poslednje vreme sam se usredsredila na pisanje pesama i uglavnom pišem melodiju i tekstove na ritam koji mi šalje producent. Rad na daljinu je sjajan.

– A nemaš nekoga ko bi ti nedostajao...?

Tabita je primetila Rufusovu podignutu obrvu kad je pogledom presekao suprugu.

– Ne, nemam nikoga – reče Tabita odlučno. – Dosta prijatelja i porodice svuda redom, ali nemam momka... bar ne više.

– Oh, bože – otelo se Kordeliji. – I pitala sam se da li je slomljeno srce razlog tome što sama čuvaš ljubimce.

Tabitini obrazi su se zarumeneli, a Rufus se nakašljao, prekinuvši neprijatnu tišinu time što im je dopunio čaše za vino. – Pa, reci nam, Tabita. Zašto Madeira?

– Obično idem tamo gde mi se uklapaju datumi sa onima koje sam već zakazala, a da budem sasvim iskrena, zavisi i od toga ko me prihvati.

– Da, bili smo zapanjeni koliko smo prijava dobili – rekla je Kordelija. – Nismo znali da će biti više onih koji čuvaju ljubimce nego ljubimaca!

– Da, čuvanje kućnih ljubimaca je prilično tražen posao i zato se trudim da budem što prilagodljivija i ne pravim pitanje oko toga gde ću završiti. Otkrila sam neka neverovatna mesta i bila prijatno iznenađena onim koje ne bih nužno izabrala.

Kordelija se zavalila u stolicu i izgladila nabore na pantalonama.

– Nešto posebno?

– Gent mi pada na pamet, jer o njemu nisam bogzna šta znala. Često su me mesta o kojima nikad ne bih razmišljala najviše iznenadila u pogledu toga koliko ih sad volim.

– Mesta ili kućni ljubimci? – Kordelijine oči su zasvetlucale dok je gledala u Tabitu preko čaše vina.

– Oh, i jedno i drugo. – Tabita se osmehnula. – Još nisam upoznala ljubimca koji mi se nije dopao, a gde god sam bila pronašla sam nešto privlačno. Ponekad ubodem zgoditak i dobijem sve: savršenog ljubimca, neverovatno mesto i izvanredan dom. Čini mi se da će tako biti i kod vas. – Sagnula se i pomilovala Fadža po glavi.

– On će prvi sesti pored tebe, nadajući se da će ti ispasti nešto hrane, zar ne, Rufuse?

– Nego šta će, iako se uzdržavamo da ih hranimo bilo čim sa stola.

– O, ne brinite za to – reče Tabita. – Pratiću uputstva koja ste mi pripremili.

– I siguran sam da će ti se dopasti Madeira – rekao je Rufus samouvereno. – Nama se jako sviđa.

– Već dugo živite ovde?

– Dvadeset dve godine – rekla je Kordelija sa zadovoljnim osmehom. – Živeli smo u Sariju, a Rufus se bavio finansijama u London Sitiju, tako da je stalno morao da putuje na posao, a želeo je da uradi nešto više u životu, zar ne, dušo? Bio je pun poslovnih ideja – pravi preduzetnik.

– Radio sam šezdeset sati nedeljno, što nam je donosilo mnogo novca, ali znao sam da ću izgoreti ako nastavim tim tempom. A Kordelija je bila čudo u marketingu, vodila je preduzeća do neslućenih uspeha, što nas je navelo da se zapitamo zašto to ne bismo mogli da radimo sami. Iz gostinske sobe smo pokrenuli svoju raskošnu turističku kompaniju, Sunce i zvezde, i oboje smo radili koliko god smo mogli kako bismo je postavili na noge. Kad smo osetili da smo izgradili trajnu i održivu kompaniju, koraknuli smo u nepoznato, prodali je i preselili se ovamo.

Sklopivši ruke i stežući čašu s vinom, Kordelija je pogledala Tabitu. – Prijatelji i porodica su se zapitali zašto baš Madeira, a ne, recimo, jug Francuske, ali to je ostrvo u koje smo se oboje zaljubili na odmoru kad smo imali dvadesetak godina. Suptropska klima nas je očarala, zar ne, dušo? Obožavamo šetnju, a staze duž levade – kanala za navodnjavanje – širom ostrva su predivne.

– Da ne pominjem kako postoji svetski poznat teren za golf, što me je prilično obradovalo – Rufus se široko osmehnuo. – U Sariju smo čeznuli za životom na otvorenom, ali Engleska baš i nema odgovarajuću klimu.

Kordelija je položila manikiranu šaku preko muževljeve nadlanice i nasmejala se. – Kad kaže život na otvorenom – ne govorimo o planinarenju zimi ili kampovanju na kiši – volimo da šetamo, ali prilično smo naklonjeni udobnosti doma. – Tabita je lako poverovala u to. – Ne, želeli smo veliki vrt, mesto gde bismo mogli da pozovemo prijatelje i uživamo u roštilju s pogledom na okean. – Mahnula je rukom prema Atlantskom okeanu, koji je blistao na mesečini iza zakošenog vrta.

Tabita je svakako uviđala privlačnost tog mesta. – Da li i dalje radite od kuće?

Rufus klimne glavom. – Poslujemo iz kućne kancelarije smeštene pri dnu vrta, ali nam je kompanija tokom godina porasla, tako da sad imamo i kancelariju u Londonu, gde je sedište većine naših zaposlenih – odlazimo tamo nekoliko puta godišnje, zar ne, dušo?

– Dobro je biti u dodiru sa zaposlenima, ali zaista možemo da radimo s bilo kojeg mesta, tako da je ovde savršeno. Imamo najbolje od svega što nam je potrebno.

– A i samo mesto – dodao je Rufus. – Nalazimo se nedaleko od sela, mogućnosti za šetnju su brojne i ništa nije predaleko. Čak je i Funšal udaljen samo četrdeset pet minuta.

– Zaista je mirno – rekla je Tabita. – I nema komšija? – Rufus i Kordelija se pogledaše.

Kordelija je uzela čašu vina i naslonila se na stolicu. – Džuli i Anton su u susedstvu – pa, kad kažem u susedstvu, udaljeni su nekoliko minuta hoda, ali su nam najbliže komšije. Ovde smo svi raštrkani, što je san snova, ali dno njihovog vrta se graniči s našim – Kordelija je značajno pogledala Tabitu i naborala nos. – Žena je prilično radoznala, pa se unapred izvinjavam. Međutim, ako znaš da ćeš biti napolju ceo dan, zamoli Džuli da obiđe pse. Jedino što je dobro u vezi s njom je što ima slobodnog vremena i uvek je srećna da ih prošeta, zar ne, dušo? – Pogledala je muža.

– Pa, ima svojih prednosti – nasmejao se Rufus.

Osećajući se pomalo nelagodno zbog nipodaštavanja para koji još nije upoznala, Tabita se slabo osmehnula.

– Znaju da ćeš biti kod nas i imaju rezervni ključ ako ti ikad zatreba – dodala je Kordelija.

– Samo se sagni iza žbuna ako si u vrtu, a Džuli odjednom proviri preko ograde! – nasmejao se Rufus.

Jedna od najlepših povlastica čuvanja životinja je što, osim početnog sastanka s vlasnicima i predaje ključeva po povratku, uglavnom isključivo provodiš vreme u društvu životinja. Posle kraćeg vremena u Rufusovom i Kordelijinom društvu, Tabita je stekla utisak kako se radi o paru koji bi mogao da postane naporan. Jedno veče je verovatno bilo dovoljno i, iako joj nije bilo ni najmanje neprijatno, znala je da će biti daleko srećnija kad konačno bude sama.

Pošto su Rufus i Kordelija kretali prilično rano ujutru, veče se bližilo kraju. Tabita je pomogla da se raščisti sto, i kad je Kordelija napunila mašinu za pranje sudova, a Rufus zaključao, poželeli su joj laku noć.

Izgledalo je pomalo kao proba: Tabita je imala svoju sobu s psima, dok su domaćini boravili u onoj za goste. Ruku na srce, nisu mogli da je izbace kad im predstoji najbolji odmor u životu.

Psi su delovali zbunjeno kad je Tabita krenula niz hodnik prema spavaćoj sobi. Zastala je ispred vrata i posmatrala ih kako se vrte unaokolo, osvrćući se kao da pokušavaju da shvate kuda su im otišli vlasnici. A onda su, bez daljeg oklevanja, pojurili hodnikom i pošli za njom u sobu.

– Dobri momci – rekla je, čučnuvši i češkajući ih ispod brade. Pogledali su je velikim smeđim očima i u srcu je znala kako će to biti još dva kućna ljubimca s kojima će se teško oprostiti. Ali još nije bilo potrebe da razmišlja o tome. Njeno vreme na Madeiri je tek počinjalo.

3.

Tabita se probudila uz trzaj dok joj se Fadž pentrao uz noge. Legao joj je na stomak i naslonio glavu na šape, istovremeno joj izazvavši smeh i potrebu da piški. Pružila je ruku i pomilovala ga po ušima.

– Pa, dobro jutro – rekla je, zadovoljna što je izgledalo da mu ne smeta što je privremeno zamenila vlasnike. – Pretpostavljam da si gladan?

Na sâm pomen te reči, Bejli je skočio iz korpe i skočio na stranu kreveta.

Tabita pogleda na sat. Tek je bilo prošlo sedam. Tačno vreme kad je Kordelija rekla da inače doručkuju.

– Hajdete onda, vas dvojica. Tabita se izmigoljila ispod Fadža i navukla dukséricu preko majice i šortsa u kojem je spavala.

Pratili su je hodnikom, dok ju je miris kafe mamio u blizini kuhinje.

Rufus je već ustao i obukao se, stajao je naslonjen na radnu površinu sa šoljom kafe u ruci.

– Dobro jutro – rekla je Tabita, tražeći činiju za pse.

Rufus ju je dočekao sa osmehom i pogledao na sat. – Tačno na vreme – pokazao je ka Bejliju i Fadžu, koji su je čekali kod nogu. – Gladni stomačići bude ih kao sat. Hrana im je u ormariću pored sudopere, a tu je i kafa – slobodno se posluži.

Rufus je ostavio Tabitu samu s psima koji su joj skakutali oko nogu. Izmerila im je po porciju suve hrane u dve činije i naterala ih obojicu da sednu pre nego što je stavila činije na pod. Fadž je odmah navalio, gutajući hranu, dok je Bejli bio nešto smireniji. Tabita je zgrabila šolju i sipala sebi kafu.

– Dobro jutro, Tabita – Kordelija je ušla u kuhinju obučena u bele lanene pantalone i bluzu s kratkim rukavima, sređena, savršeno razbarušene plave kose. Gomila narukvica zazveckala je dok je dosipala kafu. – Nadam se da si lepo spavala.

– Zaista jesam, hvala.

Kordelija se nasmešila i bacila pogled na Bejlija i Fadža dok su završavali s doručkom. – A vas dvojica niste ni zucnuli. To sluti na dobro, zar ne? – osmehnula se toplo Tabiti. – Stvarno je divno od tebe što ćeš ostati ovde, pa nećemo morati da se brinemo. Biće sjajno što ovog puta nećemo morati stalno da se pitamo kako su dok smo odsutni. – Krenula je prema otvorenim vratima sa šoljom, ali se okrenula nazad. – Uzgred, Misti se sklupčala na fotelji. Ona ne pokazuje zanimanje za hranu kao ova dvojica. Pustiću te da se središ, ali krećemo za pola sata.

Nakon što je izvela pse napolje da piške i nahranila Misti, Tabita se vratila u spavaću sobu da se brzo istušira. Dok se brisala peškirom, bacila je pogled na telefon i shvatila kako ima propušten poziv i poruku od Elspet.

Jesi li bezbedno stigla? Ne znam šta bih uradila da nisi. Samo mi javi da si dobro. Najlepše te molim. Cmok

Tabita je skroz zaboravila da javi Elspet da je lepo stigla. Nakon što su proveli dobar deo života putujući i radeći širom sveta, roditelji nisu bili zabrinuti što će Tabita nastaviti da putuje, ali je Elspet preuzela na sebe da se brine o mlađoj sestri, naročito sad kad je imala i svoju decu. Dok je odgovarala, Tabita je osetila užasnu krivicu što ju je zabrinula.

Izvini, El, skroz su me sludeli sinoć i zaboravila sam da ti pišem. Stigla sam i sve je u redu. Uskoro se opraštam s vlasnicima, pa ćemo imati prilike da se čujemo kasnije. Nadam se da ste ti, Getin i devojčice dobro. Cmok

Dok se Tabita obukla, Elspet je odgovorila.

Radujem se ćaskanju. Šalji slike pasa. Kavalirci su Oli-
vijini omiljeni (rekla mi je da ti to kažem!) i već kuka da joj
ga nabavimo. Slike slatkih pasa potrebne su da je umirimo,
molim! Cmok

Tabita se nasmešila i odgovorila podignutim palcem i poljup-
cem u vidu smajlića. Elspet je imala pune ruke posla s trogodi-
šnjakinjom i četvorogodišnjakinjom. Nije bilo šanse da svemu tome
doda i psa, čak ni opuštenog kavalirca. Umesto da smire Oliviju,
Tabita je bila sigurna da će joj fotografije pasa samo podstaći čežnju
za jednim.

Obučena u vrećaste muške farmerke i kratko sečenu majicu do
iznad pupka, utrljala je penu za kosu u pokušaju da ukroti kovrdže
pre nego što ih je osušila, a zatim je pratila zvuk glasova do dnevne
sobe, gde je Kordelija izdavala naredbe Rufusu dok je proveravala
njihov ručni prtljag.

Zatim se okrenula Tabiti. – Mislim da je to to. Uvek ima toliko
toga o čemu treba razmišljati pre nego što odemo. Ne znam kako
uspevaš sve vreme da putuješ unaokolo.

– Navikla sam. I boravak u nečijoj kući, a ne u hotelu, olakšava
život. Malo šta mi je potrebno osim odeće, nekoliko ličnih stvari i
onoga što mi treba za rad, a toga nema mnogo: telefon, laptop, gita-
ra, mikrofon za snimanje, pristup internetu i mašta.

– Pa, nadam se da ćeš se ovde osećati kao kod kuće dok nas
nema – rekla je Kordelija, prateći Rufusa, koji je vukao kofere do
vrata. – Ako bude bilo kakvih poteškoća, samo nam javi. Sve dok
su svi nahranjeni, napojeni i negovani, biće sve u redu. Najvažnije je
da kapija na prilazu uvek bude zatvorena. Bejli je kućni tip, ali Fadž
voli da istražuje i uopšte nema smisla za prostor – ako mu se ukaže
prilika, eto njega napolju očas posla.

– Biće sve u redu, Kordelija – rekao je Rufus, nežno je gurkajući
ka vratima.

– Znam da hoće. – Kordelija uzdahnu i osmehnu se Tabiti. – Ali
ako bi mogla da nas bar dvaput nedeljno izveštavaš na *Votsapu*, bila
bih ti veoma zahvalna. Čisto da znam kako su moje bebe dobro.

– A sigurni smo da će biti – naglasio je Rufus, uhvativši ženu podruku. – Tabita zna šta radi.

– Stvarno znam. Molim vas, ne brinite se i uživajte u odmoru – rekla je Tabita, izlazeći s njima i zatvarajući vrata Fadžu i Bejliju kako ne bi mogli da pobegnu. To joj je uvek bila najveća briga.

Taksi ih je čekao i, dok je vozač utovario kofere, a Rufus i Kordelija se smestili i mahnuli, Tabita se naježila od uzbuđenja zbog povratka na slobodu. Shvatila je koliko je teško poveriti kuću i voljene kućne ljubimce neznanki, ali se nadala da je uspela da ih umiri. Bila je sigurna da će se vratiti srećnim kućnim ljubimcima i lepo uređenom domu.

Tabita je posmatrala taksi dok se nije izgubio iz vida. Tišina. Polako je disala. Zatvorila je kapiju – po jednom od brojnih Kordelijinih jasnih uputstava – i vratila se u kuću. Bejli i Fadž su strpljivo sedeli i gledali kroz staklenu ploču ulaznih vrata. Tabita se radovala što će joj praviti društvo naredne tri nedelje.

Nakon što je završila s raspakivanjem, odlutala je niz kosi travnjak s kafom. Vrt je bio okupan suncem, spokoj potpun. Pogled na okean bio je uokviren palmama, a jedini zvuk pored poja ptica bilo je ćarlijanje povetarca kroz drveće.

Bilo joj je prilično lako da izgubi pojam o vremenu dok je čuvala ljubimce. Način na koji bi joj dan izgledao menjao se u zavisnosti od zemlje u kojoj se nalazila i životinja o kojima se brinula. Uopšte uzev, nije bilo važno koji je dan, osim ako nije planirala neki poziv preko *Zuma*. Svaka promena mesta obično je značila kako mora da izdvoji nekoliko dana – što je bilo dovoljno lako kad je bila samostalna i sposobna da napravi raspored – a uz to, promena pejzaža i nadahnuće koje bi stekla bili su vredni toga. Nije ni najmanje sumnjala da će i ovde biti isto.

Nakon osvežavajućeg plivanja u bazenu i ažuriranja društvenih mreža – selfija s tropskim vrtom i Atlantskim okeanom kao pozadinom – Tabita je osmislila šta će raditi sledeće nedelje, poslala poruke prijateljima, objavila selfi u grupnom četu porodice Kalahan i telefonirala roditeljima u Devon pre nego što je otišla na rani ručak.

Ako ništa drugo, Madeira je bila u istoj vremenskoj zoni kao Engleska, ali petak po podne nije odgovarao Elspet s dvoje male dece, pa je Tabita otišla u kupovinu u obližnje selo kako bi se snabdela s nekoliko dodatnih stvari koje su joj bile potrebne. Izvela je pse u šetnju pre nego što je napravila jednostavnu večeru sa salatom od tunjevine i sklupčala se na trosedu sa širom otvorenim vratima, dok je Bejli ležao na tepihu, a Fadž bio sklupčan pored nje. Preplavio ju je osećaj zadovoljstva dok je milovala Fadža i gledala duž bazena ka pticama koje su lepršale između drveća.

Pozvala je Elspet i, dok je telefon zvonio, Tabita nije mogla da ne uporedi mir i lakoću trenutnog života s ludilom u kojem se nalaze Elspet i njen suprug dok žongliraju dvoje male dece uz posao koji su nedavno pokrenuli.

– Pa ćao. – Elspet je zvučala uzbuđeno kad se javila. – Možeš da razgovaraš?

– Da, devojčice su konačno u krevetu – rekla je i uzdahnula. Tabita je zamišljala kako se sestra sručila na trosed.

– Bile su naporne?

– Kraj je duge nedelje, a Nensi... recimo samo da je preslatko kad imaš tri godine, ali i da trogodišnjakinje mogu biti prava mala govanca. Izvini na izrazu.

– Nadam se da ćeš večeras popiti veliku čašu vina.

– Sipano! – Tabita je čula osmeh u Elspetinom glasu. – A sad mi pričaj na kakvom si blaženom mestu odsela ovog puta.

Tabita je opisala vilu i gde se nalazi, trudeći se da ne raspreda previše o tome koliko je raskošna i savršena s bazenom i pogledom na okean. Ruku na srce, i Elspetin život je bio prilično idiličan. Živeli su u podnožju nacionalnog parka *Brekon bikons*, gde su osam meseci u godini vodili luksuzno glamping[1] odmaralište. Iako je novi poslovni poduhvat i način života podrazumevao seobu iz užurbanog Kambervela do velškog sela, i nije bio nimalo jednostavan s malom decom, devojčice su sad imale livade s divljim cvećem na kojima su

---

[1] Engl.: *glamping* – urbano kampovanje koje podrazumeva boravak u prirodi, ali u potpunom komforu. Mogu biti u pitanju specijalni šatori, brvnare ili kampovi sa strujom, krevetima, tuš kabinama itd. (Prim. prev.)

mogle nesputano da trče, dišu svež vazduh uz beskrajan prostor za igru. Imale su i postojanost i stalni dom.

Tabita se vratila razgovoru sa sestrom. – Kakvi su kućni ljubimci ovog puta?

– Dva kavalirca su jednostavno divna, mačka je stidljiva, ali ima i trenutaka kad je druželjubiva i prijatna.

– Trudim se da ne budem ljubomorna...

– Fadž je sad pored mene. Čitav dan me prati unaokolo kao senka. – Sklonila je ruku da počeše koleno, a Fadž ju je povukao šapom. – Srce malo, svaki put kad prestanem da ga milujem, on mi povuče ruku.

– Dobijanje psa je sve o čemu devojčice trenutno pričaju. Uvek se pitaju zašto ne možemo da se brinemo o psima kao tetka Tabita?

– Izvini.

– Ma, nema veze. Da nije bilo izliva besa zbog toga što nema psa, bilo bi izliva besa zbog nečeg drugog. Nema kraja. – Uzdahnula je.

– Hej, jesi li sigurna da si dobro?

– Samo sam umorna, to je sve. Potajno želim psa koliko i oni, Getin takođe. Ovo mesto je savršeno, ali devojčice moraju da budu malo starije kako bi to cenile i shvatile kako nam oduzimaju mnogo vremena i umeju da budu zahtevne. S obzirom na to da je naš posao s glampovanjem toliko nov, plus treba za dve nedelje da priredimo prvo venčanje u ambaru koji još nismo završili, pa, previše toga se dešava kako bismo sad na sve to dodali i psa.

– Uvek možeš da čuvaš tuđe ljubimce. I pre nego što išta kažeš – požurila je Tabita, zamišljajući sestru kako prevrće očima – ne mislim da lutaš po svetu kao ja, već da spojiš odmor i brigu o nečijoj kući i kućnom ljubimcu. Postoji gomila ponuda u Velikoj Britaniji. Sigurna sam da bi nešto pronašla.

– Možda, ali brinem se da bi im to još više podstaklo želju. Smučilo mi se što neprekidno zapitkuju, a moram da im kažem ne. Dakle, zasad ćemo nastaviti da uživamo u slikama životinja koje nam šalješ. Kad smo već kod toga, gubim pojam o tome gde si bila i kuda ćeš dalje.

– Ovde sam do 26. septembra, a onda ću možda da ostanem u Lisabonu nekoliko dana. Posle toga, nisam sigurna. Volim da se krećem, ali nakon leta ispunjenog putovanjem, lepo je biti na jednom mestu bar neko vreme.

– Znači sad si na Madeiri... – zastala je. Tabita je predvidela Elspetino sledeće pitanje, ali ga je ipak sačekala. – Hoćeš li videti Olija dok si tamo?

Tabita je zurila kroz otvorena vrata, niz vrt do stabala banana koja su uokvirivala pogled na okean. Odsutno je mazila Fadža. – Ne znam. Dvoumim se. Nisam sigurna da li je to pametno.

– On ti je prijatelj, Tabs.

– Misliš, bio mi je prijatelj.

– Još nije kasno da spaseš prijateljstvo, zar ne?

Tabita je uzdahnula. – Nije tako jednostavno.

– Znam da nije, ali znam i koliko ti nedostaje. I bez obzira na prijateljstvo, pomisli na svoju karijeru. Mnogo ti duguje.

– Samo mi se ne otvaraju stare rane. Pokušavam da se dovedem u red i ponovni susret s njim mogao bi da poništi sve ono što sam postigla proteklih nekoliko godina. – Tabitina utroba se steže na samu pomisao na Olija. Pa ipak, ako zaista nije imala nameru da ponovo stupi u vezu s njim, zar se ne bi klonila Madeire? – Ovo je veliko ostrvo, a nisam u Funšalu, tako da je verovatnoća da naletim na njega izuzetno mala. Imam vremena da odlučim želim li da ga vidim ili ne.

– Dobro, samo razmisli o tome, to je sve što kažem. – Elspet je zastala. – Moje sledeće pitanje je kad ćeš doći da nas obiđeš. Užasno nam nedostaješ. Ne možeš večno da putuješ, znaš?

– Zašto da ne? Mami i tati nije ništa falilo.

– Pa, dobro. Ali putovali su sa svima nama, a ne samo jedno od njih. I kuda god smo odlazili ostajali smo bar godinu ili dve. Mislim, koliko si različitih mesta posetila samo ove godine?

– Ne znam, izgubila sam računicu.

– Upravo tako.

Tabita je zamislila zabrinuti izraz na Elspetinom licu.

– Dođi za Božić ili pre ako možeš. Uvek možeš da ostaneš u jednoj od brvnara umesto da spavaš u ludnici sa svima nama. Tako bi mogla da ostaneš koliko god želiš.

Tabita je nastavila da miluje Fadža, osećala je nostalgiju za domom, iako nije imala gde da se vrati. – Znaš da bih volela da vas vidim.

– Znam da bi, pa nađi vremena i ubaci nas. – U pozadini se oglasio prigušeni glas. – Getin kaže da je večera spremna. Moram da idem. Čujemo se uskoro, zar ne? Volim te, Tabs.

– I ja tebe, El.

Pozdravile su se i tišina se spustila na prostoriju. Tabita je zamišljala Elspet kako se vraća u svoj užurbani život, kako se sručuje na trosed da dremne sat vremena s mužem pre nego što se neko od dece ne probudi. Za Tabitu je postojala samo tišina s povremenim lepršavim hrkanjem pasa.

Oli joj je ipak bio u mislima. Otvorila je *Instagram* i otišla na njegovu stranicu. Nije dozvoljavala sebi da ga često posećuje, jer se godinama trudila da prikrije zavist koju je osećala prema njegovom uspehu, uprkos sopstvenom. Bila je tiha uhoda koja je povremeno gledala slike, ali nije ih lajkovala, niti ih je komentarisala. Međutim, boravak na Madeiri joj je pružio savršenu priliku da mu se javi. On je svakako nekoliko puta pokušao da uspostavi kontakt s njom; ona je bila ta koja je to odbijala, mada jeste imala dobar razlog za to. Oli Pereira, s rasprodatim platinastim albumom, brojnim nagradama i s dvadeset miliona pratilaca na *Instagramu*.

Pregledala je sliku za slikom prijatelja kojeg je nekad tako dobro poznavala – na sceni i na zabavama, kako živi život vrhunske pop zvezde još otkad je pobedio u *Staru*, najpoznatijoj takmičarskoj emisiji na televiziji, pre sedam godina.

Tabita je uzdahnula i spustila telefon, želeći da ga zaboravi, kao i osećanja koja je budio u njoj.

4.

Kad je došao vikend, Tabita se opustila u svom privremenom domu. Kao da je svaki put kada bi se obrela u novoj kući uspevala iznova da osmisli novu sebe, ubacujući se u drugačiji način života pod uticajem kućnih ljubimaca o kojima je brinula i tipa doma u kojem je boravila. Vila na Madeiri je bila sjajno mesto za opuštanje i upijanje pogleda, i upravo to je nameravala da radi čitavog vikenda. Ozbiljan rad može da sačeka i sledeću nedelju.

Bejliju i Fadžu je bila potrebna šetnja, pa je Tabita, uzevši Kordelijin otmen beli BMV, odlučila da malo istraži. Nakon što je smestila pse u prtljažnik, krenula je kroz Prazeres do vrha sela. Bilo je prilično rano subotnje jutro i još nije postalo vruće, a staza za šetnju je pratila jednu od brojnih levada na Madeiri. Psi su kaskali ispred nje uskom stazom duž levade, zaustavljajući se da onjuše travu i paprat koja je rasla ispod senovitog drveća. Upravo je na ovakvim mestima Tabita mogla da se isključi i potisne brige. Umesto da razmišlja o prošlosti ili budućnosti – što je svesno izbegavala, čak i ako je putovanje trebalo da joj pomogne u tome – usredsređivanje na sadašnji trenutak bilo je osvežavajuće lišeno stresa. Samo psi kao društvo i sunce na ramenima.

Razbistrila je um i usredsredila se na zvuke šume i sjaj sunca između lisnatih grana. Ptice su cvrkutale, a voda koja je tekla duž levade neprekidno je žuborila. Okolni krajolik pretvorio se iz šume u poljoprivredno zemljište sa oranicama i pomoćnim zgradama, a živopisni plavi okean ukrašavao je pozadinu pre nego što su se vratili u neujednačenu hladovinu drveća.

Tabita je jedva čekala da istraži ostrvo i, iako joj se dopala pomisao na boravak u nekom mirnom mestu, želela je da doživi Funšal i bude na mestu koje pulsira životom. Međutim, Funšal bi je približio Oliju. Iako mu nikad nije bila u poseti, znala je gde se nalazi njegova vila u Madeiri, videla je slike na *Instagramu*. Znala je da ima bazen koji gleda na okean, jer je zasipao pratioce brojnim fotografijama ogoljenih grudi dok ulazi i izlazi iz bazena. Bilo je i mnogo fotografija njegove gajbe u Londonu. Izdigao se iz nekadašnjeg otrcanog stana, u kojem su proveli mnoge večeri uvodeći red u svet, i sad je imao daleko veći i raskošniji stan. Znala je da zvuči ogorčeno. Bilo je besmisleno boraviti u prošlosti kad ništa nije mogla da učini da je promeni. Jedino je trebalo da se usredsredi na ovde i sad. Funšal i Oli su mogli da sačekaju.

Ostatak subote bio je ispunjen suncem i provela ga je na otvorenom. Osim nekoliko šetnji, nije otišla daleko, iako nije ni bilo nekog razloga za to kad je mogla da uživa u vrtu i bazenu, a i psi su joj pravili društvo.

Kao što je obećala, Tabita je Kordeliji i Rufusu zajedno s novostima poslala i nekoliko fotografija Bejlija i Fadža u šetnji, kao i Misti sklupčane na omiljenoj fotelji.

Ovde je sve u redu, svi su srećni i zadovoljni – brinuti o njima je pravi san snova. Nadam se da uživate u odmoru.

Kordelija je odgovorila gomilom srdaca, nakon čega je napisala:

Ne mogu ti opisati koliko je olakšanje što to čujem. Sad mogu da se opustim i odem na popodnevni spa, mnogo ti hvala.

U nedelju po podne, Tabita je odnela gitaru na sunčano mesto dve trećine puta niz vrt. Sedela je prekrštenih nogu na dvosedu od ratana s jastucima i svirala akorde pesme na kojoj je radila. Delić melodije joj se već neko vreme vrteo u glavi. Note koje je isprobavala pridružile su se ptičjoj pesmi i Tabita je zadovoljno uzdahnula.

Upravo je to volela, da provodi vreme sama, da sledi svoju strast bez drame boravka u blizini drugih ljudi. Povremeno su joj nedostajali nastupi, beskrajne turneje i uzbuđenje sviranja na sceni pred brojnom publikom, ali nije joj nedostajalo neprekidno putovanje iz jedne hotelske sobe u drugu, nedostatak sna, previše pića i iskušenje droge. Ovo je bolje. Bilo je lakše iako je znala kako neće moći ovako da nastavi unedogled, ne ako želi da ima ozbiljnu karijeru kao autorka pesama.

Slabašni glas ju je prenuo iz misli. Podigla je pogled, pretpostavljajući da je loše čula.

– Zdravo.

Eto ga opet, ovog puta nešto glasnije.

Tabita se osvrnula unaokolo. Žena s velikim šeširom za sunce smeškala joj se preko ograde u procepu između žbunja.

– Zdravo – reče Tabita kad joj je žena mahnula. – Kordelija mi je spomenula da će neko boraviti ovde dok su...

Glas joj je utihnuo, zamaskiran šuštanjem guštera u žbunju. Govorila je blago, kao jedna od onih osoba koje stvarno moramo da slušamo kako ne bismo propustili neku reč, a ne kao neko s kim bi Tabita lako mogla da razgovara s mesta gde je sedela.

Naslonila je gitaru na dvosed i otišla do dela susedne ograde koji nije bio zaštićen žbunjem i drvećem.

– Oh, izvini, nisam htela da te uznemirim. Ja sam Džuli.

Na koju me je upozorila Kordelija, pomislila je Tabita.

– Nema veze. Drago mi je. Ja sam Tabita. – Tutnula je ruku kroz gustiš sa svoje strane ograde, koja je bila toliko različita od ostatka Rufusovog i Kordelijinog uređenog vrta. Tabita se pitala da li su namerno ostavili to malo divljeg rastinja u pokušaju da komšijama bar malčice zaklone vidik.

– Izašla sam da se malo bavim vrtlartstvom i primetila te – rekla je Džuli i protresla joj ruku. – Nadam se da ti ne smeta što sam htela da se pozdravim.

– Naravno da ne – odvratila je Tabita skoro iskreno. Kordelijine i Rufusove ne baš laskave opaske o susedima pobudile su njeno zanimanje. Džuli je bila mlađa nego što ju je zamišljala. Kordelija je govorila o njoj kao da se radi o ženi od preko pedeset godina. Džuline crte lica bile su podjednako prefinjene kao i njen glas i šešir za sunce koji je bacao senku na njenu bledu kožu. Slabašna tamnoplava kosa bila je vezana u niski konjski rep. Na osnovu prvog utiska Tabita ne bi bila nimalo iznenađena da je Kordelija neprekidno spuštala Džuli. Tabita je odlučila da nastavi razgovor, a ne da izmišlja izgovore i odlazi. – Imate divan vrt – rekla je gledajući u prostran i besprekoran travnjak oivičen cvećem i pravilno razmaknutim senovitim mestima ispod palmi i stabala čerimoje.

– Oh, hvala ti. To je bio glavni razlog zbog kojeg smo kupili ovo imanje. – Glas joj se ispunio ponosom. – Sama kuća nije ogromna – iako nas je samo dvoje, pa to ne predstavlja nikakav problem, ali vrt to nadoknađuje.

– Da li ste dugo ovde?

– Skoro trideset godina na ostrvu, ali dvadeset dve ovde. – Ja sam Engleskinja, a moj suprug Anton je poreklom Portugalac – deda i baka su mu sa Madeire došli u Englesku. Upoznali smo se dok smo bili na obuci za nastavnike u Londonu, ali smo se preselili ovamo. A ti? S tom divnom riđom kosom mora da imaš keltsko poreklo?

– Tata mi je Irac, a mama Velšanka.

– Ali nemaš nijedan od ta dva naglaska.

– Previše sam putovala da bih ga stekla.

Džuli je klimnula glavom, izgledajući kao da bi još nešto rekla, ali nije bila sigurna. – Nisam htela da te uznemiravam. – Obrazi su joj se zarumeneli kad je mahnula prema Tabitinoj gitari.

– Pišem tekstove pesama – objasnila je Tabita.

– To mora da je neverovatan posao.

– Pa, ima svojih prednosti.

Džuli se nežno osmehnula, a sitne bore su joj se ukazale u uglovima očiju. – Pa, pustiću te da se vratiš pisanju. Ako ti nešto zatreba, samo nam javi.

– Hoću, hvala vam.

– Drago mi je što smo se upoznale.

– I meni.

Tabita je odlutala do dvoseda od ratana i uzela beležnicu. Osetila je kako bi Džuli volela da su duže popričale, ali verovatno je bila svesna da joj oduzima previše vremena. Međutim, dopalo joj se njeno tiho i nenametljivo ponašanje, sasvim suprotno Kordelijinom samopouzdanju.

Tabita je odlučila da se svesno potrudi da proćaska s njom ako je vidi preko ograde.

Ono što je ostalo od nedeljnog popodneva prolazilo je laganim tempom, psi su joj pravili društvo dok se vrzmala unaokolo i lenčarila pored bazena pre nego što se bućnula, a rano večernje sunce joj je prijatno zagrevalo ogoljena ramena.

Kad je Elspet poslala poruku da pita kako joj je proteklo prvih nekoliko dana, Tabita je odgovorila selfijem u bazenu sa čašom džin-tonika. Elspetin odgovor je stigao munjevitom brzinom.

Muka mi je...

I ubrzo:

Ali te svejedno volim! Cmok

Tabita se nasmešila i uzvratila poljupcem. Provela je još dvadeset minuta u bazenu posmatrajući kako sunce klizi prema obzorju pre nego što je ostavila mokre otiske stopala preko popločane staze i otišla u sobu.

Posle večeri provedene pred televizorom s Bejlijem koji joj je spavao kraj nogu, a Fadžom sklupčanim na trosedu pored nje, otišla je u postelju sa osećajem smirenosti i zadovoljstva.

5.

Tabita jedva da je zaspala kad joj se učinilo da je nešto čula. Otvorila je oči. Soba je bila zaslepljujuće mračna. Ležala je mirno, osluškujući. Na kraju kreveta Fadž se ispružio i zevao, meškoljeći se dok mu se glava i šape nisu oslonile na noge.

Verovatno nije bilo ništa. Uvek joj je trebalo nekoliko dana da se navikne na novo mesto, njegove zvuke i opšti utisak, posebno noću. Bilo joj je drago što su zavese navučene preko francuskih vrata. Pogled u vrt bio je neopisiv, ali noću bi je tama gušila, a njena isuviše bujna mašta usredsređivala se na misli o sablasnim prilikama koje vire unutra.

Prevrnula se na bok u pokušaju da ponovo zaspi, kad je začula tup udarac, kao da je nešto palo na pod.

Sad već potpuno budna zadržala je dah i pažljivije osluškivala. Ništa osim Bejlijevog i Fadžovog hrkanja. Možda je pogrešila? Iako dva slatka kavalirca teško da su bili opaki psi čuvari.

Kroz otvorena vrata spavaće sobe iznenada je doprlo slabo svetlo. Tabita je progutala pljuvačku. Lagano je izvukla noge ispod Fadža. Nakratko je podigao glavu pre nego što ju je ponovo spustio.

Koraci.

Tabitino srce je ubrzano kucalo. Izvukla se ispod pokrivača i tiho prešla sobu.

Fadž je skočio s kreveta i sleteo uz tupi udarac. Tabita se ukočila. I koraci su zastali. Fadž je seo na pod i počeo da se liže.

Znojavih dlanova Tabita je polako izašla iz sobe i zaputila se hodnikom prema slabom sjaju svetiljke, dok su joj reči *loša zamisao, loša zamisao* neprekidno odzvanjale u glavi. Poželela je da u rukama ima nešto što bi mogla da razbije o glavu uljeza ako bude došlo do toga.

Na vratima dnevne sobe stajala je prilika u senci. Tabita je vrisnula.

– Dođavola! – uzviknula je prilika. – Ko si sad pa ti?

– Ko sam sad pa ja? – Tabita je uspela dovoljno da dođe do daha i progovori. – Ko si sad pa ti?

– Prvi sam pitao – rekao je dubok glas, daleko mirnije nego što se Tabita osećala.

Gledala je širom otvorenih očiju u uljeza u senci. – Moraš da izađeš.

Koraknuo je u hodnik ka njoj.

– Pozvaću policiju – rekla je strogo. Niti je imala telefon kod sebe, niti je znala broj.

– Samo ću upaliti svetlo – rekao je blago kao da je ona uplašena životinja. Pružio je ruku ka prekidaču.

Tabita je trepnula od iznenadnog svetla. U hodniku je stajao mladić njenih godina, u farmerkama i *fu fajters* majici. Bio je visok, građen kao Kris Hemsvort, tamne kose i guste brade nalik Tomu Hardiju, istetoviranih ruku i mrzovoljno zgodan.

Mila majko, al' je bio dasa.

Pogledi su im se susreli, i na trenutak nijedno od njih nije progovorilo ni reč – delovali su zbunjeno.

Fadž je prekinuo čaroliju, izašao iz spavaće sobe, protrčao pored Tabite i pravo do neznanca.

Muškarac je skrenuo pogled s nje i obratio pažnju na Fadža. Čučnuo je i zagolicao ga ispod brade. – Zdravo, drugar!

Možda je još spavala i sanjala, jer ovo je bilo više nego čudno.

Muškarac je podigao pogled. – Ja sam Raf – rekao je kao da bi to trebalo nešto da joj znači.

– Dobro – odvratila je polako – ali ko si ti?

– Rufusov i Kordelijin sin.

Tabita se namršti. Sad je bila skroz zbunjena. Zaustila je da nešto kaže, pa ponovo zaćutala.

Raf je uzdahnuo. – Da pogodim, nisu me spomenuli.

Tabita je sklopila ruke, iznenada svesna da je samo u majici i pidžami. – Ni rečju – rekla je. Uprkos tome što je provela veče s njima, nijednom nisu pomenuli da imaju sina, niti je njoj palo na pamet da pita imaju li dece. Doživela ih je kao bogat par bez dece, koji u potpunosti uživa u životu. – Ali bez obzira na to, upravo si ušetao u kuću usred noći, a sto posto sam sigurna kako ne bi trebalo da budeš ovde. Dakle, moraćeš ili da odeš, ili da mi objasniš šta se dođavola dešava, a zatim da odeš.

Raf je pomilovao Fadžovu glavu i ustao. – Hoću, ali strašno mi se pije čaj. Pristaviću čajnik. – Pogledala ga je u nadi da će shvatiti kako misli da je poludeo. – Ne. Ponoviću. Ušao si usred noći.

Raf je slegnuo ramenima. – Kako hoćeš.

Odlučno je krenuo prema kuhinji. Fadž je širom otvorenih očiju pogledao u Tabitu, a onda se okrenuo i potrčao za njim.

Ošamućena, dok joj je srce i dalje tuklo, vratila se u spavaću sobu, navukla dukericu preko pidžame i navukla čarape. Bejli je još hrkao u korpi, nesvestan uljeza. Ostavila ga je da spava – poželevši da i sama to može – i sa strepnjom otišla u dnevnu sobu.

Svetiljke su bile upaljene, a srebrnobeli sjaj mesečine dodatno je razbijao tamu u prostoriji. U čajniku je ključala voda, a iz kuhinje je dopirao zvuk preturanja. Veliki ranac oker boje, ukrašen značkama iz različitih zemalja, ležao je na podu pored ulaznih vrata. Ko god da je Raf bio, izgleda da je dosta putovao.

Tabita je prekrstila ruke, ne znajući šta da radi. Osećala se izgubljeno na mestu na kojem je tek počela da se oseća kao kod kuće. *Ma, mani ovo*, pomislila je. Bez obzira na to ko je tvrdio da je, bila je u pravu. Odlučna da zahteva da ode, odmarširala je duž dnevne sobe prema kuhinji baš kad je Raf ušao sa šoljicom vrelog čaja, s Fadžom koji je veselo kaskao za njim.

Uznemirena time kako je delovao opušteno, Tabita se zaustavila u mestu.

– Toliko o psu čuvaru... – promrmljala je kad ju je Raf očešao u prolazu, zapahnuvši je losionom za posle brijanja koji ju je podsetio na njenog bivšeg dečka Luisa.

– Oni su kavalirci, vole svakoga – rekao je Raf, smeštajući se na trosed. Fadž je skočio pored njega i posmatrao ga s ljubavlju. – Ozbiljno, i da sam ubica sa sekirom, ipak bi mi prišao mašući repom.

– Uopšte mi ne pomažeš – Tabita je prekrstila ruke. Izgubila je svaki osećaj kontrole, a Raf je izgledao kao da mu je udobno koliko i Fadžu.

– Dakle – rekao je Raf, prebacujući pažnju s Fadža na nju. – Rekao sam ti ko sam ja, ali ko si ti?

Tabiti su se raširile nozdrve. Osećaj da je u nekakvoj stvarnoj opasnosti počeo je da bledi, ali je nelagodnost ostala i bila je silno besna što je ovako ispituju usred noći.

Zaustila je da nešto kaže, pa ponovo zaćutala. Iznervirana, shvatila je da što pre objasni zašto je ovde, pre će moći da ga se otarasi.

– Boravim u kući i pazim na Fadža, Bejlija i Misti dok su tvoji... dok su Rufus i Kordelija odsutni.

– A tvoje ime je? – Pogledao ju je sa iščekivanjem, a blagi osmeh mu je zaigrao na usnama kao da mu je priča krajnje zabavna.

– Tabita.

Raf se nagnuo napred, stavio šolju na sto za kafu, ustao i ispružio ruku. – Pa, drago mi je što smo se upoznali, Tabita.

Tabita je čvrsto sklopila ruke. – Ako su ti oni roditelji, kako ne znaš da su odsutni, a da sam ja ovde?

Raf je progunđao i bacio pogled na Fadža. – Znao sam da odlaze, samo nisam znao za tebe. Poslednji put kada su išli na odmor odveli su Misti u odgajivačnicu, a psi su bili zbrinuti negde drugde. Mislio sam da će i ovog puta uraditi isto.

– Ali zašto si ovde kad su oni odsutni? Uopšte te nisu spominjali.

Tabita je primetila kako je stisnuo vilicu kao da je pogodila u živac.

– Ne viđam ih često – promrmljao je.

A izgleda da i ne razgovarate, pomislila je Tabita. Zavrtela je glavom. – Kako da znam da ne lažeš?

Izvukao je komplet ključeva iz zadnjeg džepa farmerki i mahnuo njima pred njom. – Za početak, nisam provalio.

– To ne dokazuje ništa. Mogao si da ih ukradeš.

Uputivši joj prekoran pogled, prešao je dnevnu sobu ka policama duž zadnjeg zida. Preturao je po jednoj od fioka i izvadio foto-album. Vratio se do troseda, stavio album na sto i prelistao ga skoro do kraja. Okrenuvši se, pokazao je prstom u visokog, tamnokosog momka od oko osamnaest godina. – Evo, ovo sam ja.

Tabita se približila i začkiljila, pokušavajući da shvati da li momak na slici liči na tridesetogodišnjaka ispred nje.

– Kad je to slikano?

– Treba ti još dokaza? – Sad je delovao iznervirano i uzbuđeno, što je u velikoj meri bilo baš kako se ona osećala stojeći u gluvo doba noći s potpunim neznancem u kući o kojoj je brinula. Zatvorio je album. – Moja majka, Kordelija, sasvim je izvesno nosila ružičasti lak za nokte i previše nakita. Moj otac, Rufus, ima takav ten da izgleda lažno i sigurno ti je bio nasmrt dosadan zbog priča o golfu. Takođe su verovatno bili nepristojni prema komšijama i rekli ti da nikad ne hraniš pse ničim drugim osim uobičajenom hranom. Jesam li u pravu?

Na licu mu se video izraz prkosa i morala je da prizna kako je potpuno pogodio Rufusa i Kordeliju. Što ga je više gledala više je shvatala da postoji i porodična sličnost. Kordelija i Rufus su bili zgodan par, i Raf je sigurno nasledio njihove dobre gene. Uprkos krajnje neobičnim okolnostima, shvatila je da će morati da prihvati kako je on njihov sin.

– Zašto nema porodičnih fotografija? – upitala je, ne želeći da se u potpunosti saglasi da je on onaj za koga se predstavlja.

– Zato što moji roditelji vole urednost, a mi nismo baš velika srećna porodica.

Tabita je razmišljala o neredu u kući svojih roditelja. Godinama su živeli svuda redom, ali fotografije su uvek bile na prvom mestu kad je trebalo da se raspakuju. A tamo gde su sad živeli, konačno penzionisani i skućeni u kućici u Devonu, nije bilo sobe bez fotografija Tabite i njene braće i sestara, a svakog vikenda bi ih posećivao bar neko od njene braće ili sestara, plus njihova deca.

– Ono što, međutim, ne shvatam je zašto si uopšte ovde, ako si znao da tvoji roditelji nisu?

Ćutao je neko vreme dok se prkos pretvarao u nelagodu. – Zato što sam planirao da prespavam ovde dok su odsutni.

– Znači, jesi se ušunjao?

– Da, osim što nisam očekivao tebe. Pa, žao mi je, ali evo me.

Tabita je ostala da stoji, dok je Raf sedeo s Fadžom pribijenim uza se. Zgledali su se. To je svakako bila jedna od najčudnijih situacija u kojoj se Tabita našla u nečijoj tuđoj kući. Jednom je morala da odvede mačku kod veterinara, a drugi put da se pozabavi sa cevi koja je procurila, ali nikad nije bila suočena sa uljezom, što je Raf tehnički bio, čak i ako je bio Rufusov i Kordelijin sin.

– Slušaj, kasno je – prekinuo je Raf ćutanje.

Tabita podiže obrvu. – Znam.

– Da, izvini zbog toga. Iskreno, nisam mislio da će neko biti ovde. Ali, kasno je – naglasio je ponovo – i nemam gde da odem večeras, pa ako bih mogao da ostanem u gostinskoj sobi, ujutru bih ti se sklonio s puta.

Tabita je protrljala prstima čelo, odmeravajući koliko je to loša zamisao. – Kako bi bilo da prvo pozovem tvoje roditelje...

Raf je pružio ruku, kao da će je dodirnuti, ali se zaustavio.

– Molim te, nemoj. Iskreno, nisam hteo da pravim probleme, ali ako ih pozoveš, to će me uvaliti do guše, pa te preklinjem.

Tabita nije razumela šta se zaboga dešava, ali su njegove molećive oči i ozbiljan izraz lica mnogo govorili. Uvek je primećivala kako se životinje ponašaju oko ljudi, a Fadž je izgledao ispunjen samo ljubavlju prema njemu. Bacila je pogled na psa, s glavom na šapama naslonjenom na Rafovo bedro, koje je ispunjavalo njegove farmerke na prilično privlačan način.

Raf ju je uhvatio kako ga gleda i nasmešio se. – Šta da ti kažem? – Pomazio je Fadža po glavi.

Fadž je očigledno bio srećan u njegovom društvu. Znala je kako ne bi trebalo da dozvoli da je pokoleba kavalir, najslabiji i najnepouzdaniji čuvar od svih pasa, ali sad je jedino mogla da se pouzda u životinju. Zar nemaju neko šesto čulo kad su u opasnosti? Iznad svega, bila je umorna i želela je da se ovo besmisleno preganjanje završi. Jedina druga mogućnost bila je da ga izbaci usred noći. Iako nije bio u pravu i ne bi trebalo da brine za njega, nije mogla to da uradi.

– Dobro – rekla je, uzdahnuvši pomirljivo – možeš da ostaneš, ali moraš da odeš čim ustaneš.

– Hvala ti.

Zvučalo je iskreno, ali ostavio ju je s toliko neodgovorenih pitanja, među kojima i to zašto Rufus i Kordelija nisu pomenuli da imaju sina. Kao da su ga izbrisali iz života.

Raf je progutao ostatak čaja i vešto sklonio Fadžove šape sa svoje butine.

– Pretpostavljam da znaš gde su spavaće sobe za goste? – upita Tabita.

– Budi bez brige.

– Tvoji roditelji su spavali u jednoj pre nego što su otišli dok sam ja bila u njihovoj sobi, ali mislim da je i druga nameštena.

– Snaći ću se, ne brini.

Tabita se namrštila, želeći da kaže „sjajno, uopšte ne brinem" – ali je oćutala.

Raf je podigao ranac i, sa šoljom čaja u drugoj ruci, zaputio se prema stepenicama koje su vodile do soba za goste na srednjem nivou, doviknuvši: – Vidimo se ujutru – preko ramena.

Tabita je pričekala dok nije čula da se vrata prve spavaće sobe otvaraju i zatvaraju. Osetila je olakšanje, ali je nemir koji ju je grubo probudio ostao. Upao je u njeno lično utočište.

Preplavio ju je umor pomešan sa uznemirenošću. Bacila je pogled na Fadža, koji je sedeo na trosedu i izgledao iznervirano što je krilo na kojem je počivao nestalo.

– Hajde – šapnula je. – Idemo u krevet.

Pas ju je ispratio do njene sobe. Rufusove i Kordelijine sobe. Zbog toga ju je i pratio, jer je tamo obično spavao, ali je bar nije potpuno napustio. Tabita nije mogla a da se ne osmehne Bejliju, koji je i dalje ležao sklupčan u krevetu, kao mrtav, pošto je propustio čitavo uzbuđenje. Uzbuđenje koje joj nije bilo potrebno. Čučnula je i nežno ga pomilovala po glavi. Jedva je odgovorio, jedno oko je lagano zatreperilo pre nego što se ponovo zatvorilo.

Fadž skoči na krevet, a Tabita ostavi Bejlija na miru. Vratila se do vrata i oslušnula. Opet je sve utihnulo, ali bilo je čudno znati da je u vili još neko. Zatvorila je vrata i zaključala ih, za svaki slučaj.

6.

Greb-greb. Greb-greb.

Tabita je uzdahnula i prevrnula se, pokušavajući da ignoriše buku. Greb-greb-greb-greb, sve brže i brže.

Uspravila se odjednom shvativši otkud potiče taj zvuk. Snenim očima ugledala je Bejlija kako grebe po zatvorenim vratima. Uza sve što se dogodilo prethodne noći, potpuno je zaboravila na Kordelijino pravilo o ostavljanju otvorenih vrata spavaće sobe kako bi psi mogli da izađu. Opsovala je i iskočila iz kreveta, trgnuvši iz sna jadnog Fadža. Trupnuo je na pod za njom. Zaustavila je Bejlijevo neprekidno grebanje i otvorila mu vrata. Čak i bez klečanja, ogrebotine su bile očigledne.

Prokletstvo, pomisli Tabita. *Sad ću to morati da objasnim Kordeliji i da popravim štetu.* Uznemirenost se rasplamsala u njoj.

S Fadžom za petama, krenula je hodnikom za Bejlijem i ušla u kuhinju. Sve je bilo tiho i bilo je lako poverovati da se sve ono od prošle noći nikad nije ni dogodilo.

Nahranila je pse koji su joj se motali oko nogu i, trljajući umorne oči, odlutala nazad u dnevnu sobu da potraži Misti, koja nije spavala na stolici. Možda se uplašila od Rafovog upada.

Tabita je stajala u dnu stepenica. Vrata spavaće sobe bila su zatvorena i bilo je tiho, pa je pretpostavila da on još spava. Na kraju krajeva, bilo je rano. Da nije bilo životinja, ni ona ne bi izabrala da bude budna u ovo vreme, naročito nakon što su je tako neučtivo probudili usred noći. Kolebala se, ne znajući šta da radi s Rafom. Ništa nije odlučila. Kad bude ustao, zamoliće ga da ode.

Tabita je istresla Mistinu suvu hranu u činiju i izašla napolje da je pronađe. Ranojutarnje sunce je okupalo vrt zlatnom svetlošću i jarkonarandžasti cvetovi kraljevske strelicije stajali su uspravno. Još u šortsu za spavanje i majici, prošetala je vrtom, a kratka trava golicala joj je bosa stopala.

– Misti – dozivala ju je nežno dok je pratila kretanje u žbunju između tropskog drveća i biljaka.

Iz zelenila se odjednom pojavilo sivo stvorenje, prišlo joj i protrljalo meko krzno o njenu nogu.

Barem je imala jednu brigu manje znajući da je Misti dobro. Jedino što Rufusov i Kordelijin sin još spava u kući.

Razdraženost s kojom se probudila počela je u Tabiti, kako je jutro odmicalo, da se pretvara u bes, a od Rafa nije bilo ni traga ni glasa. U jedanaest sati, pošto nije uspevala da se potpuno usredsredi na posao, odlučila je da joj je dosta. Raf se i dalje nalazio na mestu za koje je bila odgovorna, i to joj je išlo na živce. Ni najmanje je nije zanimalo da li pati zbog promene vremenske zone ili je jednostavno lenj – želela je da se izgubi i da vila ponovo bude samo njena.

Penjala se po dva stepenika odjednom, ne pokušavajući više da bude tiha. Posustala je na odmorištu ispred prve spavaće sobe, razmotrila da li bi trebalo da mu pruži još malo vremena, ali onda je odlučila da je prekoračio granicu gostoprimstva. Bez daljeg oklevanja pokucala je na vrata.

Izgledalo je kao preterano dugo čekanje. Zatim, taman kad je opet htela da pokuca, začulo se komešanje, praćeno koracima i vrata su se otvorila. Raf, razbarušene kose i samo u donjem vešu, ispunio je dovratak svojom krupnom pojavom. Zevnuo je i protrljao oči. Bez ikakve njene namere, pogled joj se spustio naniže, upijajući crteže crnim mastilom koji su mu krasili ruke, desno rame i uokvirivali mišićave grudi. Vratila je pažnju na njegovo lice i susrela ledenoplave nasmejane oči.

– Jutro – glas mu je bio hrapav jer se tek probudio i odjednom se osetila nepristojno što ga je uznemirila. – Koliko je sati?

– Ovaj, upravo je prošlo jedanaest...

– Ah, izvini – rekao je, tutnuvši šake ispod pazuha, što je još više istaklo mišićave ruke, tetovaže i trbušne mišiće. – Spavao sam kao top!

Tabitin bes je iščezao. – Samo sam se pitala da li možda želiš neki, hm, kasni doručak... – A njena krivica je progovorila pre nego što je razmislila šta će reći.

– Da – rekao je, gledajući malo budnije, dok mu je pogled pratio njeno lice kao da je tek sad vidi prvi put. – Ali ja ću ga napraviti, da se iskupim što sam te uznemirio sinoć. Samo me prvo pusti da se istuširam. – Pokazao je na skoro nago telo.

– Naravno – reče Tabita tupavo, očiju čvrsto usredsređenih na njegovo lice. Otišla je misleći kako je sada čitavu priču učinila još neugodnijom – barem za sebe. Raf se očigledno osećao kao kod kuće.

Dok se vraćala niz stepenice, tiho je opsovala što je toliko zgodan da joj to odvlači pažnju. Poslednjih dvanaest meseci bila je sama. Nije se radilo o nedostatku muške pažnje ili da joj niko nije zapao za oko, već jednostavno nije bila zainteresovana. Želela je da se usredsredi na sebe i bilo joj je potrebno vreme da se izleči bez otežavajućeg prisustva druge osobe, čak i u obliku kratkotrajne zanimacije. Raf je u velikoj meri bio otežavajuća okolnost. Tabita je pokušala da izbriše iz glave sliku njegovih isklesanih grudi.

Otvorila je dvokrilna vrata, puštajući Bejlija i Fadža napolje, a nalet toplog vazduha unutra, uz zujanje pčela i šuštanje trave kao jedini zvuk. Fadž je lajao i bezuspešno jurio leptira koji se poput vihora uzdizao na sigurno.

Tabita je stajala na senovitom delu dvorišta ispred bazena, posmatrajući pse, ali se sve više osećala kao da joj se dan vrti oko Rafa. Zanemarivanje ga ne bi oteralo, ali bilo je lakše pobeći s psima u vrt. Doručkovaće s njim, on će otići, a ona će ponovo moći da se vrati poslu. Jednostavno. Međutim, dok je šetala u senci banana, shvatila je kako je ljuta na sebe jer joj je Raf zagolicao maštu.

Odlutala je do kraja vrta uživajući u nežnoj sunčevoj toploti. Stajala je neko vreme gledajući iza stenovite obale u beskrajni okean, čije ju je prisustvo smirivalo i uznemiravalo, jer se ispred nje stotinama kilometara pružalo samo vodeno prostranstvo.

Bila je vična bežanju, razmišljala je dok je nogom kopkala po parčetu suve zemlje. Zar nije poslednjih godinu dana radila upravo to? Bežati je bilo mnogo lakše nego se suočiti sa osećanjima i njihovim prihvatanjem.

Misti je proletela pored nje, nestavši u grmlju u potrazi za gušterima, dok su psi veselo njuškali unaokolo. Tabita je odlutala do dvoseda od ratana, sela i udahnula svež okeanski vazduh.

Elspet joj je ranije tog jutra poslala poruku s fotografijom devojčica s cvetovima bele rade u kosi kako na izletu sede na livadi ukrašenoj divljim cvećem. Izgledala je krajnje idilično, kao da je uzeta iz nekog bleštavog časopisa, a anđeoska lica devojčica delovala su tako savršeno i mazno. Tabita se borila s talasom uznemirenosti dok je odgovarala.

Ovu bi trebalo da postaviš na veb-sajt. Obe su prelepe. Mnogo mi nedostaju.

Zaista su joj nedostajale, i sestričine i sestra. Kao i ostali braća i sestre, i roditelji, zajedno s buljukom šire porodice koju su sad činili muževi, žene, partneri i partnerke, i još mnogo njihove dece. Činilo joj se da se porodica razgranala tokom protekle decenije kad su starija braća i sestre zasnovali porodice. Razmišljanje o njenoj porodici neizbežno ju je navelo da razmisli o tome šta bi se desilo s njom i Luisom da je sve krenulo drugim tokom. Ne, zapravo, da su njih dvoje bili drugačiji. Ona nije bila prava za njega – baš kao što ni on nije bio pravi za nju. Odnos jednak prisiljavanju klina u obliku kvadrata da uđe u okruglu rupu bio je od početka osuđen na propast. To nije značilo da ga nije volela, ali jeste da je donela pravu odluku što je otišla, čak iako je i dalje pokušavala sebe da ubedi da poveruje u to.

Nakon što je dvadeset minuta sedela i razmišljala o propaloj vezi, stavila je telefon u džep i polako odlutala u vrt, čula razbuđenih mednim mirisom cvetova i raznovrsnim bojama koje su razbijale jednoličnost zelenila. Kako se približila vili, zapljusnuo ju je miris nečeg ukusnog. Psi su pojurili napred, namamljeni mirisom.

Raf, obučen u farmerke i vrlo tesnu majicu kratkih rukava, još vlažne kose, izašao je iz kuhinje u dnevnu sobu držeći dva tanjira.

– Taman na vreme – rekao je, stavljajući tanjire na trpezarijski sto ispred otvorenih vrata. – Napravio sam nam *prego* sendvič – ponos Madeire. Nadam se da nisi vegetarijanka?

– Nisam. Jedem skoro sve. – Tabita je krenula za njim.

Sela je nasuprot njemu, raširivši oči na veliki sendvič napravljen od hleba *bolo do caco* koji je kupila, tanko sečenog goveđeg odreska, zelene salate, sira i paradajza.

Bilo je neobično ugodno i krajnje neočekivano podeliti doručak s nekim. Nije radila od... pa, poslednji put je to bilo s Luisom. Najmanje od svega je žudela za nečijim društvom, ali morala je da prizna, dok je uzimala zalogaj sendviča, kako joj je to neobično prijalo.

– Ovo je ozbiljno dobro – rekla je Tabita, nakon što je progutala ukusan zalogaj meke govedine s mrvicom belog luka.

– Godinu dana sam radio u restoranu s Mišlenovom zvezdicom. Naučio sam ponešto.

Tabita se namršti. – Ti si kuvar?

Raf odmahnu glavom. – Ne.

– Čime se onda baviš?

Zagrizao je sendvič i zavalio se u stolicu. – Svačim pomalo.

To nije objasnilo ama baš ništa i samo je produbilo njenu zapitanost zašto se usred noći ušunjao u roditeljsku kuću bez njihovog znanja.

– Znaš – rekao je, tapkajući prstom po *denbi* tanjiru – da su moji roditelji uvek čuvali dobar porcelan za posebne prilike, a sad im je to izgleda svakodnevno posuđe.

Bilo je teško zanemariti očiglednu gorčinu. Tabita nije ništa rekla. Poslednje što je želela bilo je da se unosi u ono što se dešava između njega i njegovih roditelja. Najpametnije je to zanemariti, jer svakako nije želela da zabada nos u Rufusov i Kordelijin život.

– Ako ne živiš na ostrvu, gde živiš? – upitala ga je Tabita, pažljivo ga posmatrajući.

– Trenutno nigde.

Ha, još jedan neobavezujući odgovor. Napućila je usne i još jednim zalogajem hrane prikrila nelagodnost zbog razgovora koji je neprekidno udarao u cigleni zid. A opet, što više pita i saznaje o njemu, to se više unosi i obrnuto. Držati distance može biti samo korisno.

– U svakom slučaju, za mene je dom oduvek bila Velika Britanija – rekao je Raf, prekidajući neprijatnu tišinu. – London, da budem precizniji, iako sam mnogo putovao. Svrbe me tabani.

Tabita ga je pogledala u oči. – To nam je zajedničko.

Raf je pojeo poslednji zalogaj sendviča i sklopio ruke. – Profesionalno se baviš čuvanjem kućnih ljubimaca?

Tabita je primetila skriveni kez. Takođe je opazila kako je delovao zadovoljno što je razgovor sa sebe skrenuo ka njoj.

– Ne, profesionalno se bavim pisanjem tekstova za pesme, a u slobodno vreme čuvam kućne ljubimce. Postoji razlika.

– Da li si napisala nešto što bih prepoznao?

Tabita se setila *fu fajters* majice koju je nosio prethodne noći i nabrala je nos. – Pisala sam pesme za poznate pop zvezde, ali možda ne slušaš tu vrstu muzike.

– Aha. – Klimnuo je glavom kao da potvrđuje to što je rekla. – Ali tako zarađuješ za život?

– Da.

– Izgleda kao divan posao, putovati okolo i raditi dok se brineš o kućnim ljubimcima. Pretpostavljam da te ništa ne drži na jednom mestu?

Susrela je njegov uporni pogled. – Ne, ništa.

Tabita je sprečila sebe da postavi isto pitanje. Mogla je da pogodi odgovor i, još jednom, nije želela da bude povučena ka njemu ili u njegov život, šta god da se dešavalo. Čuvanje ljubimaca u tuđim kućama bilo je jednostavno jer mimo njih nije bilo problema s vezivanjem. Prekid je bio jednostavan i čist nakon kratkog boravka. U Parizu je očijukala sa zgodnim šankerom u obližnjoj kafeteriji, a dok je ranije ove godine pisala muziku s pop zvezdom u usponu u Los Anđelesu povremeno bi se pozdravila sa zgodnim komšijom u otmenoj stambenoj zgradi u kojoj je odsela, ali nepozvani posetilac, iako neverovatno zgodan, bio je nešto sasvim drugo.

Tabita je bila svesna tišine koja se širila između njih. – Pesme koje pišem za sebe razlikuju se od onih koje pišem za novac – rekla je da ispuni tišinu. – Razmišljam o tome kao o dve različite niti. Jedna me stvaralački ispunjava, a drugom zarađujem za hleb i omogućava mi da živim svoj život.

– Koji želiš da provedeš putujući i boraveći u tuđim kućama gde čuvaš kućne ljubimce...

– Zasad. – Kao što je on nerado zalazio dublje u pojedinosti svog života, i ona je bila nevoljna da previše podeli s njim. Tabita je ubacila poslednje parče hleba u usta i obrisala prste salvetom. – Hvala ti, to je bilo ukusno. Prošlo je mnogo vremena otkako je neko pripremao hranu za mene.

Izraz zainteresovanosti na njegovom licu naterao ju je da zažali što nije progutala te reči. Poslednja osoba koja joj je spremala hranu, osim za Božić, koji je provela kod roditelja, bio je Luis. Nije htela da poredi Rafa s njim.

Raf je klimnuo glavom, ali nije ništa rekao. – Ja ću pospremiti, to je najmanje što mogu da učinim. Siguran sam da imaš posla. – Podigao je tanjire i zaputio se prema kuhinji pre nego što je stigla da kaže: *Ne, u redu je, stvarno bi trebalo da kreneš...* ili nešto slično.

Raf je bio jedan od onih momaka, poput svog oca, koji su bili svesni svog dobrog izgleda i odisali samouverenošću. Delovao je rasterećeno pretvarajući neprijatnu situaciju u onu kojom je opušteno upravljao – barem spolja posmatrano. Ispunjavao je prostor svojim prisustvom i bio je uparljiv i izgledom i stavom. Dok je sedela za stolom, zureći u pravcu u kojem je otišao, nije joj se činilo u redu da ga zamoli da ode, a ipak, zar druga mogućnost nije bila gora? Čitavog jutra se vrtela unaokolo znajući da je on u vili, znajući da prostor nije samo njen, i nije mogla da se usredsredi, niti da se prilagodi i radi. Nekako je uspeo da se ugura u njeno mirno vreme na Madeiri, i nije znala kako da izađe na kraj s tim. Ili s njim.

7.

Tabita je uradila ono u čemu je bila najbolja – zbrisala je. Dok je Raf pospremao kuhinju, iskoristila je priliku da zgrabi gitaru i krene niz vrt. Ne suočavati se s trenutnim okolnostima zasad se činilo kao najlakša mogućnost. Možda će je Raf videti kako radi i svojevoljno odlučiti da ode.

Sedela je prekrštenih nogu na dvosedu od ratana, a prsti su joj lebdeli nad žicama gitare. Kao da joj je um bio ispražnjen od svega osim od jedne stvari. Ili, bolje rečeno, jedne osobe. Kad je malo porazmislila o tome, naravno da joj je Raf bio u mislima. Njegov dolazak je bio dramatičan, a njegovo prisustvo zavladalo je njenim utočištem. Odsvirala je akord i zvuk se stopio sa zujanjem pčele. Možda bi mogla da iskoristi osećanje od poslednjih nekoliko sati i pretvori ga u nešto korisno. Nije htela da napiše pesmu o Rafu, ali tu se krila priča, u to je bila sigurna.

Vreme razmišljanja bilo je korisno koliko i stvarno vreme pisanja, pružalo joj je prostora da se melodije i reči oblikuju, ideje razvijaju i stapaju u nešto smisleno. Putovanje je pomagalo u svemu tome. To što je stalno boravila na različitim mestima održavalo je zamisli u vazduhu – ništa se nije činilo ustajalim, a ona je bila slobodna da se igra s raznim zamislima dok je istraživala. A onda bi nastavila dalje i nove predstave bi joj zaokupile maštu. Sedenje za stolom ispred kafića u Parizu ili Barseloni bilo joj je jedna od omiljenih zanimacija. Posmatranje ljudi ju je radovalo i u tome je pronalazila nadahnuće, bilo da se radi o mladom paru koji pokušava da obuzda prigušenu raspravu, ili dvadesetogodišnjakinji koja čita knjigu, pokušavajući da sakrije suze koje joj teku niz obraze. Tabita je bila oduševljena strancima i njihovim pričama, zbog čega ju je, zaključila je, Raf i zainteresovao.

Bejli i Fadž su poskakali iz sna pred njenim nogama, i to ju je vratilo u sadašnjost. Pojurili su prema Rafu kad se ukazao na vidiku.

– Dakle, pronašla si dobro mesto za rad – rekao je pogledavši u njenu gitaru.

– Da. Krajnje je vreme da nešto uradim – rekla je oštro. *Sad bi bio pravi trenutak da se pozdravimo...* ali reči su joj zamrle na usnama.

Tutnuo je ruke u džepove farmerki, što mu je samo naglasilo mišiće. Zamršena šara mastila na njegovom bicepsu, koju Tabita nije mogla sasvim da razazna, smelo se blistala na suncu. Nikako nije uspevala da odvoji pogled od njega.

Raf je zurio po vrtu. – Između onih stabala dole visila je mreža – to bi bilo dobro mesto za pisanje. Pitam se zašto li su je skinuli? – Eto ga opet, taj ogorčeni ton. – Možda je još imaju.

Pre nego što je Tabita imala priliku bilo šta da kaže, okrenuo se i krenuo uz vrt.

Tabita je uzdahnula i odmahnula glavom zagledana u Fadžove krupne smeđe oči. Počeškala ga je ispod brade. – Baš sam se našla u nebranom grožđu, zar ne? – promrmljala je dok je Fadž šapom tražio više pažnje. – Da, da, znam. S vama je mnogo lakše izaći na kraj. Jedino što želite su hrana i maženje. – Mada, kad malo bolje razmisli o tome, zar su muškarci zaista drugačiji?

Dok ju je Fadž gurkao šapom, a misli o Rafu joj se rojile u glavi, Tabita je bila svesna da ni od pisanja ni od sviranja gitare nema ništa. Bila je u iskušenju da odustane za taj dan, ali kako se približavao rok za isporučivanje teksta pesme na kojoj je radila, a sutradan je imala zakazan razgovor s producentom diskografske kuće, nije mogla jednostavno ništa da ne uradi. Jedina prednost samostalnog putovanja bila je u tome što ako ne obavi posao tokom dana, uvek može da ga nadoknadi uveče. Pošto je bila sama, to je bilo doba dana koje joj je najteže padalo. Povremeno bi izašla na večeru, ali nije volela da sedi sama. Bilo je trenutaka kad bi joj društvo prijalo.

Raf se vratio s plavo-belom visećom mrežom ispod pazuha i osmehom koji mu je osvetlio lice. – Pođi za mnom.

Nevoljno je krenula, s Fadžom i Bejlijem za petama. – Jutro, Tabita.

Džulin tihi glas začuo se naizgled niotkuda.

Raf se u trenu bacio u stranu sve dok, zajedno s visećom mrežom, nije ostao skriven od pogleda zahvaljujući pampas travi koja je zaklanjala pogled iz susedstva. Slobodnom rukom prineo je prst usnama.

Tabita je zauzdala smeh i zaklonila oči rukom. – Zdravo, Džuli.

– Divan dan, zar ne? – Prekinula je orezivanje cveća i prišla do jaza pored ograde. – Mora da ti donosi nadahnuće dok pišeš.

– Obično da, mada ne i danas. Nisam imala mnogo prilike da radim. – Usmerila je opasku na Rafa, kojeg je videla krajičkom oka.

– Moraćeš da sačekaš dok nadahnuće ne stigne.

– Nažalost, to baš i ne ide tako. Ponekad jednostavno moram da radim čak i ako mi se čini da se probijam kroz smolu. Naročito ako imam rok koji moram da ispoštujem – rekla je odlučno, u nadi da će Raf shvatiti poruku.

– Pa, nadam se da će ti proraditi mašta. Uzgred, ako se pitaš gde je Misti, sunča se u našem dvorištu. Ne hranimo je, niti bilo šta slično, samo izgleda da uživa na tom mestu.

– Pitala sam se gde se izgubi tokom dana, pa hvala vam što ste me obavestili.

– Nema na čemu – nasmešila se Džuli. – Ostaviću te da radiš, ali jedan dan moraš da dođeš na kafu. Ako budeš imala vremena, naravno.

– Svakako, to bi bilo divno.

Tabita je pričekala dok Džuli nije odlutala po makaze i nije više mogla da je čuje.

Raf se pojavio između pampas trave s visećom mrežom, a osmeh mu je ozario lice.

Tabita je zavrtela glavom, ali nije mogla da ne uzvrati osmeh. – Ozbiljno nameravaš da ostaneš ovde i tako se šunjaš?

– Da, a vidim da si se već sprijateljila s komšijama.

– Zašto tvoji roditelji ne vole Džuli i Antona?

– Bog sveti zna.

Eto ga opet, izbegava odgovor. Bila je ubeđena da sigurno zna zašto. Čak i za to kratko vreme koliko je poznavala njegove roditelje, uvidela je koliko se razlikuju od Džuli. Bilo je očigledno da postoji sukob ličnosti, i osetila je da dolazi od Kordelije i Rufusa, a ne obrnuto.

Raf je išao napred, očigledno ne želeći da nastavi razgovor. U dnu vrta, sa strane kancelarije obložene drvetom, nalazile su se dve palme, razdvojene ležaljkama. Posmatrala je kako Raf čvrsto vezuje viseću ležaljku između njih. Uporedila ga je s Luisom. On sigurno nije imao Rafovo samopouzdanje ili hvalisavost. Raf je banuo u njen život, dok se Luis ušunjao, a upoznali su ih zajednički prijatelji. Luis, ugledni finansijski savetnik i njen bivši dečko. On i Tabita nisu mogli biti različitiji – da li je njihova veza zaista bila osuđena na propast od samog početka? Tabita je bila neobuzdana, pisala je tekstove i muziku, i u to vreme navikla bila na noćne svirke i da više vremena provodi u hotelu nego kod kuće, gde god to bilo. Luis ju je promenio, to je znala. Možda mu je to najviše i zamerala.

Raf je završio pričvršćivanje ležaljke i okrenuo se ka njoj sa osmehom. – Hajde, probaj.

– Hoćeš da je *ja* isprobam? – Sklopila je ruke u odglumljenom ogorčenju.

Navalio se svom težinom na sredinu ležaljke kako bi dokazao da je bezbedna, ali sve što je zapravo uradio bilo je da pokaže bicepse. Okrenuo se ka njoj. – Savršeno je bezbedna, časna reč.

Umesto da se usredsredi na Rafa, Tabita je razmišljala o ležaljci i kako da se dostojanstveno smesti u nju. Barem je nosila šorts, a ne suknju. Bejli je stao ispod palme, dok je Fadž jurio između drveća, verovatno se pitajući šta će njegova privremena starateljka da uradi. Oprezno je naslonila ruke na sredinu ležaljke, izazivajući kolebanje mreže.

– Treba li ti pomoć? – upita Raf sa smehom u glasu.

– Samo sam malo zabrinuta da ću se prevrnuti na drugu stranu. Čvrsto stežući materijal sa obe strane, pokušala je da se podigne. Ležaljka se žestoko zaljuljala.

– Biće ti lakše ako prvo ubaciš zadnjicu – rekao je Raf i frknuo, zabavljajući se. – Kao da nikad ranije nisi bila u ležaljci.

Osetivši da su joj obrazi crveni, Tabita se okrenula prema njemu. – Pa i nisam, već duže vreme.

Raf je sklopio ruke i razigranog pogleda ju je posmatrao kako se uvlači u nju. Duboko je udahnula i zavalila se, a noge su joj poletele u vazduh.

– Eto ga! – Raf joj je lagano gurnuo noge i ubacila ih je unutra dok nije potonula u sigurnu dubinu ležaljke.

Osetivši kako je obuzima kikot, promeškoljila se i suočila s Rafom. Na neobrijanim obrazima pojavile su mu se rupice od vragolastog osmeha.

Gledala ga je pravo u oči. – Snašla bih se i sama, znaš.

– Siguran sam da bi. Na kraju. Ali bilo je mnogo zabavnije gledati te kako se koprcaš kao nasukani kit.

– Nasukani kit, ozbiljno? – Podigla je obrve i odmahnula glavom, ali sjaj u njegovim očima nagoveštavao je da je zadirkuje.

– Mrdni se – rekao je.

Još jednom je shvatila kako radi upravo ono što je tražio. Možda je, nakon što je toliko dugo gurala ljude od sebe, bilo osvežavajuće nalaziti se u blizini nekoga kao što je Raf, nekoga ko nije znao njenu prošlost.

Raf se naslonio na sredinu ležaljke, povlačeći se sve dok je nije samo ovlaš dodirivao. Zamahnuo je nogama naviše i unazad, daleko sličnije kitu, vešto se nameštajući dok nije legao pored nje.

– Već si to radio, zar ne? – upitala je.

– Putovao sam po Tajlandu i neko vreme spavao u ležaljci.

Tabita je zurila napred, neverovatno svesna koliko su blizu, zbijeni u ležaljci koja ih je potiskivala jedno ka drugom. Ovaj dan nije ispao onako kako je zamišljala. Pogled je bio veličanstven i pokušala je da se usredsredi na to, a ne da je Raf čvrsto pritiska. Pod blagim uglom između dve palme, pogled joj se pružao preko žbunja koje je uokvirivalo vrt do ogromnog plavog okeana, blistavog poput dijamanta na suncu.

– Samo da se zna – Rafov duboki glas ispunio je tišinu – uopšte ne ličiš na nasukanog kita. Samo me je bespomoćno koprcanje navelo da to pomislim, ništa drugo, kunem se.

– Stvarno bi trebalo da prestaneš da pričaš.

Vratili su se tišini i zurili u predeo, a ležaljka se lagano ljuljala. Fadž je prestao da trči unaokolo i sedeo je na travi, nagnute glave, gledajući ih. Tabita se trudila da ne razmišlja previše o okolnostima u kojima se obrela, ali to joj je slabo išlo od ruke. I zaista se našla u nezgodnom položaju. U nebranom grožđu, baš kao što je rekla Fadžu. Izbegavala je ljudsko društvo koliko god je to bilo moguće, ali Raf je uleteo u njen miran život prirodno opušten i zgodan. I zapitala se, da ne izgleda tako kako izgleda, zar ga ne bi dosad već poslala da se spakuje.

Iz tako neposredne blizine nije samo Rafov izgled imao učinka. Takođe je i divno mirisao, pomalo citrusno, a ipak muževno. Uznemirilo ju je koliko joj je prijalo što je pripijena uz njega, što se dodiruju ogoljenim rukama. Bilo je tako mirno, i ležala je i te kako svesna da im se disanje usklađuje dok su se nežno ljuljuškali. To kako se ubacio u njeno tiho parče Madeire trebalo je da izaziva nelagodu, a ipak je shvatila da uživa u njegovom društvu.

– Zar te ne brine da bi Džuli mogla saznati da si ovde?

– Ma jok, ne brinem se za nju. Ona je dobra. A čak i da sazna, ne bi me odala.

– Ali sakrio si se od nje.

– Ne želim da je dovedem u nezgodan položaj da laže moje roditelje.

Tabita ga je pogledala. – A ipak ti je u redu da ih ja lažem...

– E, kad smo već kod toga. Zaista bih cenio ako im ne bi ništa rekla. – Prstima joj je očešao ruku i ona se trznu. – Znam da mnogo tražim...

Okrenula je glavu taman toliko da ga vidi. Stvarno je bio lep. Imao je čekinjastu bradu, a plave oči boje različka preklinjale su je da sačuva njegovu tajnu.

– Ne brini, neću im ništa reći.

– Hvala ti. Zaista cenim to.

Gledali su se u oči još trenutak pre nego što je Raf prekinuo sveprožimajuću tišinu.

– Znaš šta, prijalo mi je tvoje neočekivano društvo. Znam da treba da radiš i trebalo bi da idem, ali kako bi bilo da prvo izvedemo pse? Mogu da ti pokažem jednu od staza za šetnju duž levade.

Ovo joj je bila odlična prilika da kaže ne, da Raf ode i da se stvari ponovo vrate u normalu. Onoliko normalno koliko to može biti kod nekog ko ide s mesta na mesto, pokušavajući da izbegne suočavanje sa osećanjima.

– Zvuči sjajno – rekla je Tabita, shvativši da tako i misli. – Samo izgleda da sam zaglavljena ovde.

Raf šmrknu. – Izlazak je smejurija. Samo gledaj.

Nije skidala pogled s njega kad je zamahnuo nogama i iskočio na travu. Uspravio se, a Tabita se zagledala u njegovu zadnjicu u tesnim farmerkama kad se zaljuljala napred-nazad.

Uradila je isto što i on, podigavši noge i oslobađajući se iz dubine ležaljke s Bejlijem i Fadžom uz svoje noge. Svojevremeno je imala Rafovo samopouzdanje, sve dok je život nije prizemljio. Ne život – veza. Pokušavala je da udovolji nekom drugom, popuštala, ali se naposletku jedino ona žrtvovala. Naravno, Rafova vrcava sigurnost mogla je da bude i samo paravan – to nije mogla znati bez pravog razgovora s njim. Najmanje od svega je žudela za društvom neznanca, ali deo nje je želeo da ga bolje upozna.

8.

Raf se ponudio da vozi, ali nije dolazilo u obzir da mu Tabita dozvoli da se približi volanu Kordelijinog besprekorno belog BMV-a. Vožnja do nekog novog odredišta nije joj predstavljala poteškoću. Navikla je na to, a brojna mesta na kojima je boravila bila su nedostupna javnom prevozu.

Vozili su se putem koji je grlio obalu. S Rafom joj je bilo prijatnije jer nije osećao potrebu da ispuni tišinu kao njegov tata. Tabiti je laknulo što je mogla da se usredsredi na vožnju, kroz brojne tunele i sela koja su se držala ivice ostrva i nadgledala Atlantik. Posle dvadeset pet minuta stigli su do sela Ponta do Sol, i Raf ju je uputio uz zastrašujući uske i vijugave putiće pored kuća smeštenih između plantaža banana, do parka pored Crkve Lombade i početka Levada do Moinjo.

Krenuli su svako sa psom na uzici, a Tabita je upijala okolinu dok su pratili levadu kroz dolinu okruženu mešavinom obrađenih i neobrađenih terasastih parcela. Oblaci su se skupljali, nadvijajući se nad dalekim planinskim vrhovima u senci. Raf je bio dobro društvo i opušteno su ćaskali o psima i drugim mestima na ostrvu koja je vredelo posetiti. Tabita je saznala malo više o njemu, otkrivši da je, iako više ne živi na Madeiri i već neko vreme ne radi, bio tu kao mlađi. Njegova ljubav prema prirodi bila je očigledna, i dok su hodali primetila je kako u njemu postoji izvesna lakoća zbog koje se Tabiti učinilo da je tu srećan.

Kretali su se uskom pešačkom stazom, uz koju se s jedne strane pružala levada, a sa druge strma ograđena kosina ka dolini prekrivenoj suncem, u kojoj se nazirala uska reka. Tabita je uživala u delovima puta gde je zemljana staza bila zaklonjena bagremovim i eukaliptusovim drvećem, a suvo lišće i grančice prekrivale su tlo prošarano sunčevom svetlošću. Pustili su pse da se utrkuju pred njima i obojica bi se povremeno zaustavila da pronjuškaju žbun trave ili listove paprati koja je zeleno svetlucala obasjana suncem. Staza je ponovo izbila na jako sunce s dalekim pogledom na dolinu obrubljenu šećernom trskom.

Uspon do vodopada bio je mukotrpan i težak za butne mišiće, ali napor se isplatio zbog dobrodošle hladovine drveća i umirujućeg kapanja vode.

– Ovo je jedna od tiših staza uz levadu – rekao je Raf, dok su šetali pored ledenog, bistrog potoka. – Šta misliš?

– Divno je.

Raznoliko ćurlikanje i zov ptica ispunili su šumoviti proplanak dok su se približavali vodopadu. Voda je padala između zakrivljenih stena, kao da ju je, tokom hiljada godina, neprekidan pritisak istrošio, oblikovao i izgladio u uspravni tunel. Put je presekao stenu, pa su mogli da hodaju iza vodopada. Fina izmaglica orosila im je kožu dok su zurili kroz vodenu zavesu ka putu kojim su došli, a pogled im zaklanjao neprekidni tok tako da su pred sobom videli samo zamagljenje svežeg zelenila i bakarne boje. Dok su Bejli i Fadž trčali kroz hladnu vodu potoka, Tabita i Raf su nastavili zakrivljenom stazom ispod sive stene, čiju je vlažnu površinu prekrivala mahovina.

U povratku su bili nagrađeni pogledom ka dolini. Mešavina zelenila, brežuljci okovani drvećem i grmljem prostirali su se sve do crvenih krovova Ponta do Sola i okeana, tamnijeg preliva plave od neba.

Kad su napokon stigli do kola, psi su dahtali na popodnevnoj vrućini. Željno su pili vodu iz svojih posuda, dok su Tabita i Raf popili ostatak iz bočica.

– Predugo sam živeo u Londonu – rekao je Raf, prekidajući laptanje pasa.

– Oh? – Tabita je zavrnula poklopac bočice.

– Nedostaje mi sve ovo. – Pokazao je u pravcu kojim su upravo išli. – Ne mislim na to što sam ovde, već na prostor... Prija duši.

– Ne sviđa ti se London? – Tabita je bila svesna da se malo otvorio i htela je da ga ohrabri.

– Oh, sviđa mi se. Malo previše, i u tome je poteškoća. Bar je tako bilo. – Uputio joj je znalački pogled, ili joj se bar tako učinilo. – Previše je iskušenja.

– A pod iskušenjem misliš na...

– Ah. – Zavrteo je glavom. – Pogrešna publika. – Odjednom se odmakao od vrata automobila, uznemirivši Fadža. – Umirem od gladi. Jesi li za klopu?

I tek tako je prekinut početak zanimljivog razgovora. Bez obzira na to s kakvim se problemima suočavao u Londonu, Tabita se pitala da li je dolazak na Madeiru delom bio način da pobegne od njih. Želela je da nastavi razgovor, ali i nju je nakon pešačenja obuzela glad, čak i nakon obilnog doručka koji je Raf napravio. Dan je projurio. Hrana i prilika za dalji razgovor zvučali su prilično primamljivo.

Okean je svetlucao, obrisi talasa nazirali su se u daljini, ali ih je od šljunčane plaže podalje držalo stenje koje je štitilo lagunu. Selo Ponta do Sol bilo je okruženo liticama – na ivici jedne stajao je hotel, a prekoputa nje bila je druga, prekrivena plantažom banana. Vazduh je imao ukus morske soli, miris ribe s roštilja spuštao se ka njima, a sve je prožimala popodnevna vrelina. Fadž i Bejli su njuškali unaokolo dok su Tabita i Raf obilazili stolove kako bi seli na slobodno mesto u restoranu pored plaže i vezali pse za noge stola. Čak i okruženi ljudima koji su uživali u ukusu morskih plodova, oba psa su ležala u hladu i dahtala.

– Ja častim – rekla je Tabita nakon što je konobar uzeo porudžbinu. – Hvala ti što si me izveo u šetnju, inače to verovatno nikad ne bih uradila.

– Trebalo bi ja da se zahvalim tebi – uzvratio je Raf, presavijajući ivicu salvete između prstiju. – Cenim to što si bila tako opuštena u vezi sa okolnostima od sinoć.

– Samo mi je laknulo što nije ispalo da si neki ubica psihopata...

– Ha, bukvalno! A meni je drago što si ti na kraju ispala, pa, takva kakva si.

Bio je krajnje divan kad se smešio, i ta opaska joj je probudila osećaj da je ceni. Topao, iskričav osećaj ju je obuzeo, uzburkao nešto što dugo nije osetila, zajedno sa željom da provede više vremena s njim.

Rafovo pivo i Tabitina limunada stigli su s hranom, i bila je veoma zahvalna što je time skrenula pažnju s toga kako se oseća zahvaljujući Rafu. Fadž je s blagim zanimanjem podigao glavu sa šapa, onjušio vazduh, a zatim je ponovo spustio.

Tabitine lignje na žaru, ražnjići od paprike i škampa bili su toliko dobri da je na trenutak mogla samo da ispušta zvuke čistog zadovoljstva, dok je Raf navalio na ogromnu činiju *lapasa*, pužića u sosu od putera, belog luka i limuna, posluženih uz hleb *bolo do caco*.

Kao što je ranije istakao, prijalo je duši što su bili na takvom mestu. Tabita se pored mora uvek osećala smireno. Gradski život je imao svojih čari, a u Londonu je živela godinama. Gradovi su joj bili neka od omiljenih mesta, ali to su više bili kratki predasi i shvatala je koliko bi bilo drugačije da stalno živi na mestu kao što su Pariz ili Barselona. Iako bi možda život u gradu pored okeana bio savršenstvo.

– Voliš da putuješ? – upitala je kad je završila sa žvakanjem račića u sosu od limuna.

– Aha. Međutim, u proteklih nekoliko godina nisam imao priliku da putujem onoliko koliko sam želeo. – Otpio je pivo i pogledao je preko ruba čaše. – Definitivno žudim za slobodom da radim šta hoću i kad hoću.

– Je li u pitanju novac, ili te neko koči? – Tabita se usudila da pokuša i pronikne malo dublje u njegov život.

– Oboje – nasmejao se Raf i bocnuo pužića. – A u tvom slučaju? Odlazak s jednog mesta na drugo, čuvanje kućnih ljubimaca – jel' to zbog želje za putovanjem?

Tabita slegne ramenima. – Odrastala sam nomadskim načinom života, selili smo se iz zemlje u zemlju svakih nekoliko godina, pa mi je sad teško da se pomirim s tim kako bi trebalo da se skrasim na jednom mestu.

– Ali zašto osećaš potrebu za tim? – upitao je Raf. – Očigledno se baviš poslom koji bi mogla da radiš s bilo kojeg mesta. A i on verovatno uključuje mogućnost putovanja? Jesam li u pravu?

– Da, u pravu si.

– Zašto se onda osećaš kao da bi se negde zaglavila? – Raf je otpio još jedan gutljaj piva. – Zbog nekoga, zar ne?

Tabita se promeškoljila. – Da.

– Zar nije uvek tako?

– Isto važi i za tebe? Ono što si ranije rekao o tome kako bi voleo da radiš šta želiš i kad poželiš – jel' te neko sprečava? – Tabita je primetila kako je brzo skrenuo razgovor na nju, ali nije želela da bude jedina koja će se otvoriti, posebno kad je u pitanju otkrivanje prošle tuge.

– Da – rekao je Raf, zavalivši se u stolici i odmarajući stopalo na kolenu. – Napravio sam grešku i kupio stan s bivšom devojkom. Nije trebalo da živimo zajedno, a kamoli da se obavežemo na tako nešto. Suludo je što smo duboko u sebi oboje znali kako želimo različite živote, ali smo to ipak učinili. – Zavrteo je glavom. – Ne znam, mislio sam da je to prirodan sledeći korak jer sam u to vreme želeo da budem s njom, ali danas znam da je to bilo zato što je želela takvu vrstu posvećenosti i više od toga. Pa, zapravo mnogo više, što je i bio koren poteškoća.

– Zato što nisi hteo da se obavežeš?

– Aha. Priča mog života.

Pošto se činilo da je voljan da razgovara, Tabita je odlučila da nastavi. – U čemu je problem s tobom i tvojim roditeljima? Izgleda da imate zategnut odnos.

– Tako je.

– Zašto si se onda vratio?

– Zato što nisu ovde, a ja sam nakon raskida poslednjih nekoliko meseci išao s jednog mesta na drugo. Mislio sam da u punoj meri iskoristim to što su odsutni, samo nisam računao na to da ću upoznati tebe.

Tabita ga je pogledala preko stola i osmehnula se. Svideo joj se način na koji je to rekao, kao da je u pitanju nešto dobro. Bilo je glupo tako razmišljati o nekome koga je tek upoznala, ali joj se dopao utisak koji je izgleda ostavila na njega.

– Svojevremeno sam želeo da su moji roditelji kupili kuću u Funšalu, znaš, gde se nešto zapravo dešava, ali u njihovoj mudrosti – rekao je tonom koji je ukazivao na potpuno suprotno – smatrali su kako bi bila dobra ideja da uzmu nešto ovde, gde živi mnogo drugih

Britanaca – odlično je za zabave, ima mnogo prostora i odgovaralo bi njihovom načinu života – da su bili par bez dece. Za ljude koji vole da se druže, njih dvoje to čine isključivo pod svojim uslovima. A i kad izađu u Funšal, imaju novca da uzmu taksi do tamo i nazad. Prilično su sladak život stvorili za sebe.

Tabita se namršti, pitajući se kako da razotkrije neprijateljstvo koje je naslućivala u njegovim rečima. Bio je odrastao čovek, ali njegova opaska o tome da su kao par bez dece mora da seže daleko u prošlost. To što je Raf suštinski provalio i smucao se po roditeljskoj kući dok su bili odsutni verovatno je značilo da imaju mnogo porodičnih tajni. S obzirom na to da se ona starala o njihovoj kući i kućnim ljubimcima, i da nisu znali da im je sin ovde, možda bi najbolje bilo da ostanu u neznanju.

Završili su obrok i sedeli u ugodnoj tišini, upijajući sunce. Okean se blago uspinjao uz obalu, a lešinar im je krstario visoko iznad glave. Tabita je platila i, uz malo truda, probudili su Fadža i Bejlija, ohrabrujući ih da napuste senku stola i vrate se do kola.

Fadž je uskočio u prtljažnik, ali je Bejli odbio. Raf i Tabita se nasmejaše kad ga je podigla i zaključala unutra.

– Hej – rekao je Raf, prstima joj očešavši ruku, što joj je na trenutak zaustavilo dah. – Znam da mnogo tražim, ali mogu li da ostanem još jednu noć dok nešto ne sredim. Nećeš ni znati da sam tu. – Osmeh mu je razotkrio savršene bele zube, a oči su mu se nabrale na uglovima tako da je bar delovao iskreno.

Tabita je bila sigurna da će svakako znati da je tu, jer je već osećala leptiriće u stomaku, a misli su joj se neprekidno vraćale na to koliko je upadljiv. Uz način na koji ju je gledao i sve što je govorio...

Tabita je zaustavila misli u začetku. Svakako nije bio zainteresovan za nju – naravno da je imao skriveni motiv. Želeo je da ostane u kući, to je bila njegova igra i nesumnjivo je računao na njenu dobrotu i sopstvenu privlačnost kako bi dobio tačno ono što je nameravao. Odvlačio joj je pažnju i bio sve što joj nije trebalo, a ipak...

– Naravno – uhvatila je sebe kako govori – možeš ostati još jednu noć.

Verovala je i nadala se da naposletku neće zažaliti zbog te odluke.

9.

Vratili su se u vilu nešto pre sumraka. Iscrpljeni od šetnje, Bejli i Fadž su utapkali unutra i pojeli hranu pre nego što su se smestili na hladan, popločan pod. Tabita je lagano izvukla stopala iz čizama za šetnju, skinula čarape i prošla pored pasa kako bi otvorila dvokrilna vrata i pustila unutra nežnu večernju toplinu. Obzorje je bilo prošarano ružičastom i zlatnom, a svetlucavo sunce utapalo se u okean.

Dok je Raf rovario po kredencu za piće, Tabita je odustala od posla za taj dan – nadoknadiće to krajem nedelje i raditi za vikend ako bude potrebno. Nakon klimavog početka, dan je ispao iznenađujuće dobar. Prošlo je mnogo vremena otkad se osećala opušteno u bilo čijem društvu osim sa svojom porodicom, posebno s nekim novim. Sukob sa Olijem pre sedam godina učinio je da zazire od zbližavanja s bilo kim, u strahu da će biti razočarana i ponovo izneverena. Što se tiče romantičnih osećanja, iako su se ona i Luis razišli pre samo godinu dana, sad je znala kako je pritisak na njihovu vezu dugo prethodio tome. Pomisao na to da je Raf privlači iznenadila ju je – nije bila spremna, njeno srce i osećanja još su bili smušeni.

Misti se pojavila u dnevnoj sobi, mjaučući za hranom. Tabita joj je dala da jede, a zatim se osvežila u kupatilu, ispljuskavši lice vodom. Zurila je u ogledalu u prkosne kovrdže. Pege po obrazima bile su izraženije posle izlaganja suncu. Dok je sušila ruke, razmišljala je o danu za sobom. To što je dozvolila Rafu da ostane nije bilo zato što se ustručavala – bila je sasvim sposobna da mu se suprotstavi i kaže mu da se izgubi, ali je znala da ipak želi da ostane. Možda je u njemu prepoznala deo sebe, nekoga ko ne razume svoje mesto u svetu, lutalicu.

Tabita je ugasila svetlo u kupatilu, vratila se u dnevnu sobu i pustila muziku. Raf je sedeo napolju podvrnutih farmerki, sa stopalima u bazenu i bocom piva u ruci.

– Pomislio sam kako bi možda trebalo da počnemo iz početka – rekao je kad mu se pridružila. – Znaš, nakon što sam sinoć provalio unutra.

Sela je pored njega i zamahnula nogama u bazen, uživajući u dodiru hladne vode na koži.

Pružio joj je pivo i kucnuo bocom o njenu. – Ja sam Raf, skraćeno od Raferti, ali godinama me niko nije tako zvao.

– Pa, kao što znaš, ja sam Tabita.

– Dakle, Tabita, da li više voliš da te tako zovu ili postoji skraćena verzija?

– Braća i sestre me zovu Tabs, ali ostali me zovu Tabita. Tako i potpisujem pesme – Tabita Kalahan.

– To je dobro ime.

– Jeste, dopada mi se.

Raf je otpio gutljaj piva. – Koliko imaš braće i sestara?

– Najmlađa sam od petoro – dva brata i dve sestre.

– Opa, tvoji roditelji su baš radili na tome.

Tabita podiže obrvu.

– Doduše, mora da je lepo imati toliko društvo.

– Ti si jedinac?

– Da. – Sručio je ostatak piva u grlo i ustao. – Hoćeš još jedno? Mahnula je skoro punom bocom. – Prvo moram da te sustignem.

Raf se povukao unutra, šljapkajući po vodi preko kamenih ploča, i vratio se minut kasnije s još dve boce u rukama.

Tabita je odmahnula glavom. – Vidim da ćeš loše uticati na mene.

Ponovo je seo i uz pljuskanje spustio noge u bazen. – Daću sve od sebe. – Nasmejao se i kucnuo novom bocom piva o njenu.

Bez oklevanja, Tabita je iskapila svoju prvu bocu, što nije bilo lako u cugu, ali ispraznila ju je što je brže mogla i coknula kad je završila. – Rekoh, da bar pokušam da te sustignem.

– To volim da vidim. – Raf joj je pružio još jedno pivo. – Pa, reci mi, s toliko braće i sestara, kladim se da si imala nadimak.

– Moj najstariji brat, koji je tačno znao šta radi, zvao me je Tabi-maca, što je na kraju postalo Mačkica.

Raf se zamalo zagrcnuo.

– Tako me je zvao između četvrte i desete godine.

– Jel' time Mačkica hteo da kaže da si strašljiva? – Gledao ju je pravo u oči, skoro kao da je izaziva.

Tabita se nasmeja i odmahnu glavom. – Ma kakvi! Kao dete sam bila pomalo nemilosrdna, tako da mi taj nadimak svakako nije pristajao. – Nestašno mu se nasmešila. – To su samo radosti kad imaš starijeg, mudrijeg brata. Trebalo bi da istaknem da me više ne zove tako. Niko to ne radi.

– Ako ti tako kažeš, Mač...

– Da se nisi usudio. – Nestašno ga je pljesnula nadlanicom, dodirnuvši njegovu mišićavu ruku. Pažnju joj je privukla tama koja se u međuvremenu spustila iza bazena i otpila je veliki gutljaj piva. Od svega što je mogla da podeli s njim, otkud joj pobogu pomisao da bi ta priča bila odgovarajuća?

– Dakle, sledeće pitanje – rekao je Raf, srećom usmeravajući razgovor dalje od njenog sramnog nadimka. – Koliko imaš godina?

– Trideset dve. A ti?

– Trideset jednu. – Znači, nije mnogo omašila u proceni.

– Zbog čega bi neko tvojih godina proveo život putujući s jednog mesta na drugo?

– Neko mojih godina? – Tabita začkilji i napući usne.

– U redu, neko naših godina – Raf ju je blago munuo ramenom.

– Kraća verzija je da sam se u životu našla u situaciji iz koje sam želela da pobegnem, i srećom sam imala karijeru koja mi je neko vreme omogućila da radim skoro bilo gde.

– A duža verzija?

Tabita je osetila kako je posmatra. Osetila je poznati čvor u grudima – pronalaženje reči koje bi objasnile razloge njenog odlaska i dalje joj se činilo nemogućim. Bilo je dovoljno teško setiti se tog vremena. Mučila se da o tome razgovara čak i sa Elspet, a kamoli s nekim koga je tek upoznala. Razmišljajući o onome što se dogodilo, osetila je kako joj panika ispunjava grudi. Raskid s Luisom bio je težak, ali ispravan izbor. A to što je slučajno zatrudnela, a zatim pobacila, dovelo ju je na rub očajanja. Boreći se da obuzda osećanja, ispružila je noge, praveći talasiće i prskajući po betonu.

– Zaista ne želim da ulazim u dužu verziju, ali recimo da mi je bilo potrebno da se na neko vreme udaljim... od svega. Uzela sam šest meseci slobodno, nisam radila, samo sam se seljakala s mesta na mesto i brinula o kućnim ljubimcima pokušavajući da se saberem. – Okrenula se i susrela njegov pogled, nadajući se da će razumeti kako u njenoj prošlosti postoji bol koji nije spremna da podeli. Nije želela neprijatnosti. Možda ju je podstakao da provedu neko vreme zajedno, ali na kraju krajeva, odluka šta će mu ispričati bila je isključivo njena. – Ipak, putovanje mi je u krvi. Naša porodica se mnogo selila. Do moje osamnaeste godine selili smo se sedam puta, tako da mi je sasvim normalno da menjam mesto boravka, mada se sad mnogo više seljakam nego kad sam bila dete.

– Zvuči kao da si stvarno izgradila karakter tokom odrastanja. Pretpostavljam da je potrebna poprilična količina samopouzdanja da bi stalno putovala i odlazila na nova mesta.

– Pa, pretpostavljam da je tako. – Otpila je gutljaj piva. – Uz četvoro starije braće i sestara naučila sam da se zauzmem za sebe, a seleći se toliko često navikla sam se da stalno iznova sklapam prijateljstva i pokušavam da se uklopim u novu školu. Samopouzdanje je došlo s tim.

Raf je klimnuo glavom i dovršio pivo. – Ali čuvanje ljubimaca u tuđim kućama je posledica toga što si želela da pobegneš od života kod kuće? – upitao je oprezno. – Gde god da ti je dom.

– Da, živela sam u Vimbldonu. Mada se tamo nikad nisam osećala kao kod kuće.

– Jesi li bežala od mesta ili od nekoga?

– Pitaš me da li mi je slomljeno srce?

– Recimo.

Tabita je lagano mlatarala nogama napred-nazad, uživajući u osećaju da je voda sad već topla. – Ne baš – rekla je naposletku. – Iako sam ja sigurno slomila njegovo.

– Bivšem dečku?

Tabita klimnu glavom. – Možda je slično bilo i kod tebe? U svakom slučaju slomila sam mu srce.

Da li je zaista želela da otkriju svako svoju zbrku iz prošlosti i odnose koji su pošli naopako?

Popila je još piva, spustila bocu i okrenula se ka njemu. – Ovo postaje prilično ozbiljan razgovor nakon veoma prijatnog dana.

– Mogu da budem manje ozbiljan.

– Dobro. Ajde probaj to.

Njegovo nasmejano lice odavalo je malo toga kad se nagnuo ka njoj. Tabita je pomislila kako se sprema da je poljubi, kad su joj se njegove šake spustile na leđa. Nežno ju je gurnuo i ona polete napred. Uz ciku i pljuskanje, uronila je u sad već ne tako toplu vodu bazena.

Iako zaglušeno dok je bila pod vodom, Rafov smeh ispunio je noć kad je izbila na površinu.

– Bezobrazniče – ciknula je.

Držao je ruku na grudima, jedva se suzdržavajući od smeha. – Žao mi je, nisam mogao da odolim.

Pronašavši oslonac u bazenu, hitnula je vodu u njegovom pravcu pre nego što je pojurila napred. Dograbila ga je za majicu, povlačeći ga sa sobom. Ponovo je potonula, dok je mlaka voda pravila mehuriće oko njih. Raf je pružio ruku i uhvatio je za struk, povukavši je za sobom i zajedno su isplivali na površinu, dok je voda prskala u noć. Zvuci koji su pod vodom bili prigušeni, sad su dopirali sa svih strana, Bejli i Fadž su lajali nadjačavajući nežno zujanje noćnih insekata, trčeći gore-dole dužinom bazena, dok su im duge uši lepršale.

Raf joj je skinuo ruke sa struka, mada se i dalje smešio. – Jel' to bilo manje ozbiljno?

– Nisam baš to imala na umu – rekla je Tabita, smejući se. Pokazala je na pse. – Sasvim sigurno ćemo uznemiriti komšije.

– Misliće da praviš žurku.

– U tome i jeste problem.

– Neće te odati, obećavam.

– Hmm – uzdahnula je Tabita neubedljivo, ali nije mogla da obuzda osmeh. Pokazala je na natopljenu majicu. – I šta sad?

Raf je oborio pogled. Potopljenom do struka, majica mu je bila prilično providna, a način na koji je zadržao pogled nagoveštavao je da je i njena u sličnom stanju.

– Da igramo jednu igru? – Pažnju je usmerio s njene mokre majice naviše.

Susrela mu je pogled. – Koju?

– Možda poker u skidanje.

Tabita je šmrknula. – Samo ti sanjaj.

– Vredelo je pokušati.

Otplivao je do ivice bazena i sručio se na popločanu stazu, dok mu se voda cedila iz farmerki. Okrenuvši se, pružio joj je ruku. Prihvatila ju je i popela se.

Prošao je rukom kroz natopljenu kosu. – Da budem iskren, prijalo mi je što smo pili i ćaskali.

– Potpuno se slažem – rekla je Tabita dok je cedila višak vode iz kose. Kapljice su prskale po kamenu, kao i po Fadžu i Bejliju, koji su joj se uzmuvali oko nogu.

Iako je pomisao bila primamljiva, uzdržala se da ne promeni mišljenje o igranju pokera u svlačenje. Još nije dovoljno popila da bi na to pristala, iako, kad je pomislila na svoje dvadesete, koje je provela na turnejama s bendovima i u druženju s rok zvezdama, bilo je prilika kad je radila i to. Iako Raf to nije morao da zna...

S psima za petama i vodom koja je kapala po besprekornom Kordelijinom i Rufusovom dnevnom boravku, Tabita je zgrabila peškire iz kupatila i bacila jedan Rafu pre nego što su se razdvojili. Raf je otišao u gostinsku sobu, a Tabita u svoju.

Fadž je ušao s njom i ona je zatvorila vrata. Duboko je udahnula. Svaki deo ju je peckao. Svaki deo. Ugrizla se za usnu i pogledala u Fadža, koji je zurio u nju.

– Eto još nebranog grožđa. – Fadž je nakrivio glavu u jednu stranu, a Tabita je zavrtela svojom. – Ne bi razumeo, druže.

Skinula je natopljeni šorts, majicu i donji veš, i ostavila ih pod tušem da se kasnije pozabavi njima, a zatim se osušila i presvukla u suknju i majicu. Peškirom je osušila kosu, i naprskala je nečim da ukroti kovrdže. Uz Fadža, koji ju je pratio kao senka, vratila se u dnevnu sobu, i zatekla Rafa u suvoj majici i farmerkama, kako sipa tekilu u dve čaše.

– Ova boca je u ormariću neotvorena godinama. – Pružio joj je jednu od čaša. – Limun i so bismo mogli da preskočimo.

Tabita se pitala da li je to dobra zamisao, ali kad je Raf podigao čašu ka njenoj, nije bilo vremena za razmišljanje. Kucnuli su se i ispili tekilu u cugu. Namrštila se kad joj je tečnost kliznula niz grlo.

– Tekila je jedno od retkih žestokih pića koja još mogu da pijem – rekao je Raf, podigavši obrvu dok je sipao još jednu čašicu. Uz malo oklevanja, i njih su slistili.

Raf im je sipao treću čašu i stavio bocu na sto za kafu. Dok su se Bejli i Fadž smestili na sofu, Tabita i Raf su sedeli zajedno na tepihu. Uz pesmu grupe *Florens end d mašin* „Dog Days Are Over" u pozadini, i noćne zvuke koji su dopirali kroz otvorena vrata – udaljeni lavež, šuštanje u grmlju – imali su osećaj da se unutrašnjost i spoljašnjost spajaju. Moljac je lebdeo oko dvorišta, privučen plavo osvetljenim bazenom. Iznad toga se nadvijala tama posuta zvezdama. Mesec je bacao srebrnkasti sjaj iznad Atlantskog okeana.

– Mnogo je pića koja ja više ne mogu da podnesem – rekla je Tabita i zavrtela bistru tečnost u čašici.

– Da, takođe. Sećam se kad smo u školi drugari i ja kradomice uneli boce votke u spavaonicu. Te noći mi je ozbiljno bilo muka, a sutradan sam ozbiljno nadrljao od dežurnog nastavnika.

– Išao si u internat?

– Aha. – Sljuštio je treću čašicu. – Šta ne možeš da podneseš?

– Više je pitanje šta mogu. – I Tabita je ispila svoju. Namrštila se i isplazila jezik. – Mnogo toga, između ostalog sajder i votku. Sve zbog silnih noćnih provoda dok sam bila na turneji s bendom *Jedna ljubav*. Velike turneje na stadionima u ono vreme, po Britaniji i Evropi.

– Stvarno? Išla si na turneju s njima? Mislim, ne slušam tu muziku, ali kladim se da je bilo prilično ludo.

– Jeste, bile su to dve vrtoglave godine. Sviranje pred stotinu hiljada obožavatelja koji vrište – iako nisu bili moji obožavatelji – bilo je tako uzbudljivo. Ništa nije nalik tome. I s njima sam napisala nekoliko pesama.

– Opa, to je ozbiljno.

– Da, razmišljam o mestima na kojima sam bila, ljudima koje sam upoznala, šta smo sve radili... – Podigla je obrvu. – Bila sam u dvadesetim i zabavljala se kao nikad u životu. Bilo je lako pristati na sve i svašta, na čitav taj način života, znaš već, biti deo te ogromne mašinerije: žurke, ludilo, svirke. Bilo je strava, iako neodrživo.

– Zbog čega si prestala?

Tabita je posegnula za bocom tekile i dopunila im čaše. Slistila je svoju i okrenula se Rafu. – Razgovor ponovo postaje ozbiljan.

Oči su mu preletele preko njenog lica pre nego što joj je uhvatio pogled. – I dalje sam raspoložen za poker u svlačenje.

Tabita je frknula. – Nema teorije.

Iako je i te kako osećala delovanje tekile, još nije bila spremna da se tako igra s njim.

– Pa, dobro. – Slegnuo je ramenima. – Ali ako se isključe ozbiljni razgovori i poker u svlačenje, ovo će te naterati da se kikoćeš. – Podigao je majicu i spustio gornji deo farmerki, otkrivajući napete trbušnjake. – Izgubio sam opkladu na fakultetu.

Sedela je uspravno i naginjala se napred, žmirkajući ka delu tela koji je pokazivao. – Jel' to Štrumpf?

– Da.

– I radi li ono što mislim da radi?

– Da.

Tabita je prešla prstima preko tetovaže, prateći pregibe stomaka koliko i žalosno loš crtež Štrumpfa koji pokazuje zadnjicu.

Nasmejala se i pogledala u Rafovo lice koje je bilo tik uz njeno. Prsti su joj ostali uz njegovu vrelu kožu. Dah s mirisom tekile, pogled koji ju je mamio u krevet i usne stvorene za ljubljenje izazvali su joj lupanje srca.

Sve se dešavalo brzo, zbog čega se zapitala kako bi ostatak noći mogao da se odvija...

– Znaš šta nam treba – rekla je, sklanjajući prste. – Još tekile! – Okrenula se malo prebrzo, od nekoliko čašica zavrtelo joj se u glavi. Bar joj je to što se usredsredila na sipanje pića odvuklo pažnju s njegovih trbušnjaka i želje da ga poljubi.

Posle još nekoliko čašica, Tabitina briga da će ih susedi čuti i po-misliti kako pravi žurku je isparila. Raf je naglasio kako su dovoljno daleko i da čak i ako nešto čuju, niko od njih ih verovatno neće tužakati njegovim roditeljima – nisu bili takvi ljudi.

Dugo se nije ovoliko smejala. S Rafom je bilo iznenađujuće jed-nostavno slagati se i, kako su se sve više opijali, ćaskali su o svemu, osim o privatnom životu, od politike i gradskog života do putovanja i hrane, raspravljajući o svetskim pitanjima uz prekomernu količinu tekile.

Tokom protekle godine čvrsto je verovala da ne želi društvo, ali nakon ovog proteklog dana s Rafom, nije to bilo toliko izbegavanje društva koliko njen strah da se ponovo obaveže i oseti zarobljeno i nesigurno kao što je to učinila s Luisom.

Razgovor je prešao s poslova koje su radili tokom godina – od toga kako je Raf proputovao svet i završio u marincima pre nego što je počeo da se bavi dizajnom video-igara, do nezgoda u najže-šćem pijanstvu, uključujući Tabitin izgred kad je sa sve gitarom pala s bine na koncertu u Londonu. Počela je da se opušta, otva-rajući se pomalo o tome kako ju je studiranje muzike na Velškom kraljevskom koledžu za muziku i dramu u Kardifu i sviranje gitare u bendu sa Olijem, koji je studirao dramaturgiju, dovelo do toga da se radije bavi muzikom kao podrška u studiju kad su se ona i Oli preselili u London. Međutim, izostavila je dosta toga o Oliju, usred-sredivši se umesto toga na rad u studiju tokom snimanja s bendom *Jedna ljubav*, zbog čega je završila na turneji s njima, a nije nastavila put sa Olijem, koji je imao kraću saradnju s dva benda pre nego što se zaista probio u *Staru*.

Dok su se smejali i šalili zajedno, pomisao na to koliko je neod-govorno što se u tuđoj kući opija pićem vlasnika morila ju je sve više. Iako je bila s njihovim sinom. Onim kojeg nikad nisu pome-nuli. Koji nije trebalo da bude ovde... Iako je bilo dobro što je ostao još jednu noć, pošto bi teško mogla da ga izbaci kad je toliko olešen.

Olešen... ta reč je u njenoj glavi zazvučala neverovatno piskavo. Zakikotala se.

– Šta je toliko smešno?

Odmahnula je glavom, što je samo pogoršalo vrtoglavicu. – Nemam pojma. – Zakikotala se još jače i štucnula. – Prošlo je mnogo vremena otkako sam ovako pila.

– To mi je jasno. – Kucnuo se s njom. – Moraću da pripazim na tebe.

Tabita je zadržala njegov pogled, bar onoliko koliko je mogla s obzirom na to da joj se jako vrtelo u glavi. Svidela joj se pomisao da pripazi na nju. Dopadala joj se pomisao na njega.

Bila je to budalasta pomisao. A ipak, eto je, opija se s njim, a sasvim lepo su mogli da provedu veče odvojeno. Na kraju krajeva, samo mu je trebalo prenoćište.

Raf je pokupio skoro praznu bocu tekile.

Tabita je stavila ruku iznad čaše. – Ne, ne. Dosta je. – Posrćući, podigla se na noge, uznemirivši Fadža. – Strašno mi se piški.

Krenula je preko dnevne sobe do kupatila, osećajući se kao da se kreće cikcak preko broda na olujnom moru.

Posle najdužeg mokrenja na svetu, oprala je ruke i naslonila se na lavabo. Lice joj je bilo rumeno, poluukrućene kovrdže svaka za sebe, crte lica iskrivljene u ogledalu kao da je još na tom brodu koji se ljulja.

Ugasila je svetlo i, teturajući se, izašla iz kupatila, obećavajući sebi da će usporiti s pićem, iako je šteta već učinjena. Ujutru će imati grozan mamurluk. Međutim, čak i pijana, shvatila je koliko je uživala s Rafom. Bio je preterano zgodan, zbog čega je osećala svakojake divne porive koje dugo nije osetila.

I upravo dok je mislila o njemu, krenuo je prema njoj, visok i mišićav, u slabo osvetljenom hodniku, podsetivši je na njihov prvi neočekivani susret. Od sinoćnjeg uljeza do večerašnjeg zajedničkog smeha i očijukanja.

– Hej – rekao je kad je stigao do nje. – Samo sam hteo da proverim da se nisi negde onesvestila.

– Možda je prošlo mnogo vremena otkako sam ovoliko pila, ali mogu da podnesem – rekla je, pokušavši da uguši štucanje.

Raf se iskezio. – Ako ti tako kažeš.

Ovako izbliza, jedino je mogla da razazna hladno plavetnilo njegovih očiju, napola sklopljenih zbog pijanstva, i tamnu bradicu koja mu je senčila vilicu.

– Treba li ti pomoć da se vratiš nazad? – Spustio joj je ruku na bok, a ona se oslonila na njega, ali nisu se micali. Čula je kako psi trupkaju po uglačanom podu u hodniku kad su im se pridružili u hodniku.

Pogledala je naviše, dok joj se u glavi vrtelo. Nagnuo se bliže njoj, njegov dah prožet tekilom golicao joj je kožu, ali nije joj bilo neprijatno. Srce joj se uzlupalo. Stojeći na prstima, načas se zanela, a onda pritisnula usne uz njegove, ljubeći ga nežno dok joj nije uzvratio. Jezici su im se upleli. Imao je ukus tekile i piva.

Zavukla mu je ruke ispod majice i pomilovala ga po čvrstim grudima. I on je učinio isto, povezujući se s njenom kožom i poslavši joj trzaj uzbuđenja kroz telo. Zatvorila je oči i sve joj se zavrtelo. Čula su joj bila ophrvana, mešavinom požude i pijanstva, koji su se isprepletali sa ukusom njega i njegovog dodira, čvrstog i zavodljivog. Pritisnuo ju je uza zid i primakao se, dok je poljubac postajao sve strastveniji.

Tabita je otvorila oči i odmakla se, jer je osećaj kao da je na vrtešci bio previše jak, iako je jedina razlika bila u tome što su je umesto metalnih šipki pridržavale Rafove snažne ruke. Zgrabila je porub njegove majice i svukla mu je preko glave. Primetila je njegov pijani osmeh kad ju je bacila na pod. Prešla je prstima preko njegovih izvajanih grudi pre nego što je prihvatila ruku. Zajedno su se teturali kroz hodnik, tresnuvši jedno u drugo pred vratima spavaće sobe uz neobuzdani kikot.

10.

Tabita je zastenjala i probudila se, a mučnina joj se pela u grlo. Sunčeva svetlost se probijala kroz poluotvorene zavese, terajući je da čvrsto stisne kapke, jer od dobovanja u glavi nije mogla da podnese ni tračak dnevnog svetla. Slike iz prethodne noći vrzmale su joj se po glavi: ispijanje tekile, pad u bazen, otkrivanje tetovaža, ljubljenje s Rafom...

Tabita je na silu okrenula glavu, koja joj je pucala. Umornim, mamurnim očima posmatrala je Rafa, raširenog pored nje na krevetu samo u farmerkama. Ruke su mu bile uvijene oko jastuka, mišići napeti, a široka leđa lepo oblikovana.

Hvala bogu što ima nešto na sebi, pomislila je.

Naglo je povukla prekrivač ka sebi. Nosila je samo grudnjak i gaćice, a suknja i majica bile su zgužvane na podu.

– O bože – mrmljala je, razmišljajući naglas.

Raf je zastenjao. – Uh, koliko je sati?

Tabita je pogledala ka dnu kreveta u Fadža, koji je sedeo i posmatrao je sa očekivanjem. – Pretpostavljam, sedam. – Glas joj je zvučao hrapavo. Preterivanja od prošle noći udarila su joj u glavu kao da se borila deset rundi s Tajsonom Fjurijem.

Raf je ponovo zastenjao i okrenuo se na leđa. Dugmad na njegovim farmerkama bila su otkopčana, a njegove zategnute grudi u njenom vidnom polju. Sva osećanja od prošle noći preplavila su je u talasu. Mučninu i da ne pominje. Bože, kako se loše osećala.

Tabiti je pogled lutao preko Rafovog primamljivog tela. Nije osećala nikakvo kajanje što ga je sinoć poljubila. Namrštila se, sećanje joj je bilo mutno dok je pokušavala da se seti ko je napravio prvi korak. Ko god da je bio, i ona je bila deo tog očijukanja. Pogled joj se zadržao na zategnutom stomaku, prešao preko žalosne tetovaže Štrumpfa pre nego što se spustio naniže gde su otkopčane farmerke otkrivale malje...

Jedva je odvratila pogled od njega. Ovo je toliko pogrešno. Čak i ako se ništa nije dogodilo osim poljupca, za šta nije bila sigurna, izneverila je Rufusovo i Kordelijino poverenje. Tabita je duboko udahnula misleći na to da je u *njihovom* krevetu s njihovim sinom koji nije trebalo da bude tu.

U očajničkoj potrebi za svežim vazduhom i osećajući se kao da će povratiti, Tabita se naterala da ustane iz kreveta. Grlo joj je bilo odrano kao da je celu noć provela u klubu, a usta obložena onim jutarnjim ukusom lude noći. Navukla je majicu i teturavo izašla iz sobe, dok su je Fadž i Bejli pratili, a Raf još jednom pospano zastenjao.

Majica mu je ležala na podu hodnika i srce joj je stalo kad je stigla do dnevne sobe. Vrata su bila širom otvorena, sto za kafu i terasa pretrpani praznim bocama piva, čašicama i bocom tekile iz Rufusove i Kordelijine vitrine s pićem. Uz ubrzano lupanje srca, Tabita je pogledala unaokolo, proveravajući da li je sve i dalje tu. Kako je mogla da bude tako glupa? Psi su mogli da izađu napolje tokom noći, moglo im se desiti bilo šta. Bila je potpuno neodgovorna, ponašala se kako nikad nije otkako je počela da se bavi čuvanjem kućnih ljubimaca.

Fadž i Bejli su joj se muvali oko stopala, pokušavajući da joj privuku pažnju, vrteći se ukrug.

– Da, da – promrmljala je. – Sad ću vas nahraniti.

Potrčali su za njom do kuhinje. Sunčeva svetlost koja je dopirala kroz prozor bila je previše jaka. Zatvorila je zavesu, blago je prigušivši. Osetila je veliko olakšanje što psi imaju suvu hranu, ali ju je čak i miris naterao da otrči do kupatila pored hodnika.

Nadvila se nad klozetskom šoljom i ispovraćala kiseli sadržaj sinoćnjeg pijanstva, poželevši da je izabrala drugačije. Već dugo nije tako pila i strahovito je zažalila zbog sebe, istovremeno zbunjena zbog osećanja koje je Raf u njoj probudio. Popila je čašu vode, isprala usta tečnošću koju je pronašla u ormanu i namrštila se kad je ugledala svoje nenaspavano lice u ogledalu.

Nakon što je pustila Fadža i Bejlija napolje, a Misti se smestila na fotelju ignorišući Tabitinu ponudu za doručak, zatvorila je dvokrilna vrata. Dok su psi mirno ležali u dnevnoj sobi, saplitala se nazad do spavaće sobe. Bila je previše umorna i pospana da bi čak i razmatrala da ostane budna. Raf je i dalje čvrsto spavao, pa se uvukla u krevet i okrenula mu leđa, zatvorivši oči i gurnuvši ruke ispod jastuka.

Tabita se probudila uz stenjanje po drugi put tog jutra. Sunce je bilo već odavno izašlo, i ispunjavalo je spavaću sobu toplotom. Kloparanje u glavi je popustilo, ali se i dalje osećala pospano. Protegnula se i zevnula pre nego što je shvatila da je druga strana kreveta prazna.

Uspravila se, zastenjavši, i izvukla noge iz kreveta. Sedela je trenutak, laktova naslonjenih na kolena, s glavom u rukama. Vrata spavaće sobe bila su odškrinuta i Rafov duboki glas dopirao je unutra. Namrštila se, zbunjena što je neko drugi u vili, pre nego što joj je sinulo da verovatno razgovara telefonom.

Naterala se da ustane. Pretražila je komodu da pronađe šorts, navukla ga i odšetala niz hodnik do dnevne sobe. Raf je razgovarao mobilnim telefonom, naslonjen na rukohvat kauča, izgledajući daleko svežije nego kad ga je videla prvi put tog jutra. Primetila je takođe da je sklonio prazne boce, iako je trebalo još pospremiti pre nego što Kordelijina čistačica dođe kasnije te nedelje. Podsetila je sebe da treba da kupi tekilu.

– Dobro, sjajno, javiću ti se kasnije da se dogovorimo. Ćao. – Kliknuo je da prekine poziv i stavio telefon u zadnji džep farmerki. Pogledao je ka Tabiti. – Dobro jutro.

– Dobro jutro. – Grlo joj je još bilo kao šmirgla.

– Shvatio sam da si verovatno ustala ranije da nahraniš pse. Ako želiš da se istuširaš, ja ću pripremiti doručak – kapiram da bi nam oboma dobro došlo nešto da nas digne.

Tabita je osetila olakšanje što se ponaša normalno, bez ikakve nelagodnosti, mada je bila srećna što može da zbriše nazad u sobu na preko potrebno tuširanje. Vrela voda ju je razbudila, dajući joj osećaj da spira neumerenost od prethodne noći. Nije mogla da se seti ničeg posle poljupca s Rafom u hodniku. Bio je deo noći koji je želela da posloži. Sigurno bi se setila da su uradili nešto više od poljupca?

Izašla je iz tuš-kabine mirišući mnogo prijatnije i umotala se u veliki mek peškir. Atmosfera je bilo prilično domaća, Raf je ponovo pripremao doručak, kao da su par... Srce joj je preskočilo kad je bacila pogled u kantu pored noćnog stočića. Nije bilo ni kondoma, ni praznog pakovanja. Da li je to dobra ili loša vest? Pomešana osećanja su je preplavila dok se brisala i oblačila u široke kargo pantalone i usku belu majicu. Takva osećanja su delom bila razlog zbog kojeg je pobegla od svega sa čime se nosila kod kuće.

Umesto da joj izazove nelagodu u stomaku, miris nečeg slatkog i prženog učinio je da joj voda pođe na usta dok je išla prema kuhinji. Nije bila bogzna kakva kuvarica, a pošto je poslednjih godinu dana živela sama, to da joj neko drugi sprema hranu bilo je novo iskustvo.

Tabita se naslonila na otvorena vrata kuhinje i posmatrala Rafa, koji je delovao opušteno dok je istresao sadržaj iz vrućeg tiganja pevušeći sebi u bradu. Nije mogla da se ne osmehne.

Primetio je njen pogled i prestao da peva. – Kafa je gotova ako želiš da sručiš koju šolju.

Miris kafe je bio još bolji kad ju je sipala i iznela šolje na sto na terasi. Sunčeva svetlost ju je naterala da zatvori oči, i glava ju je ponovo zabolela, ali blaga toplina i šapat vetra bili su lek.

Raf joj se pridružio i spustio dva tanjira na sto. – Francuski tost da oteramo mamurluk.

Nijedno od njih nije oklevalo, pohlepno su navalili na hranu.

– Ovo je tako dobro – promrmljala je Tabita ustiju punih slatkog i ukusnog hleba umočenog u žumanca, prelivenog javorovim sirupom i posutog sočnim borovnicama, kiselkastom marakujom i slatkim komadićima banane.

Raf je klimnuo glavom i nastavili su da jedu u tišini, dok su psi šetali oko terase, a crni kos skakutao po travi.

Pošto je omazala tanjir, Tabita se osećala manje mamurno i više kao ona stara. Obgrlila je šakama šolju kafe i pogledala u Rafa preko stola. Nije želela da postavlja pitanje, ali više nije mogla da podnosi neizvesnost.

– Što se tiče sinoć. Pretpostavljam da nismo, hm... znaš već.

– Imali seks? – upitao je Raf smejući se. – Jedva sam mogao da stojim, a kamoli da uradim bilo šta drugo. Uz to, ti si bila previše pijana da bi uopšte znala na šta pristaješ.

Opa. Tabita je bila oduševljena. Bez obzira na to što ju je iznenadio i zbunio, izgleda da je bio pravi džentlmen. Bio je u pravu. Uz maglovito sećanje na prethodnu noć, sigurno je bila previše pijana da bi zasigurno znala šta radi, a on to nije iskoristio. Da jeste, bila je prilično sigurna kako ne bi mogla da mu kaže ne sve i da je htela. Uostalom, sinoć joj nije bilo ni na kraj pameti da ga odbije. I činilo se da bi i Raf to hteo, da su okolnosti bile drugačije.

Ipak, najviše ju je oduševilo koliko je bio opušten u vezi sa stanjem stvari. Pre mnogo godina i ona bi. Provela je godine u vezi. Mnogo je vremena prošlo otkako je bila intimna s nekim. Davno se i tako dobro zabavljala s bilo kim, zbog čega joj je samo bilo teže da kaže ono što je morala.

– Što se tiče tvog ostanka... – zaustila je oprezno.

Odmahnuo je rukom i popio preostalu kafu.

– Nemoj da brineš. Dogovorio sam se da se nađem s prijateljem, srediću već nešto.

Znači s njim je razgovarao ranije.

– Radi se jedino o tome da moram da radim. – Tabita je osećala potrebu da objasni. – Iako putujem naokolo, to ne znači da mogu da imam ovako mnogo, hm, slobodnog vremena...

– Skroz kapiram. Pospremiću i skloniću ti se s puta.

To je ispalo iznenađujuće lako, ali dok je gledala kako Raf odlazi do kuhinje s njihovim tanjirima od doručka, osetila je bol zbog toga što će se vreme koje provode zajedno uskoro završiti.

11.

Bila je skoro sredina nedelje i već mnogo kasnije ujutro nego što je Tabita nameravala da započne s radom. Ostavivši Rafa da opere posuđe od doručka, ponela je gitaru i laptop na natkriveni trem pored bazena. S obzirom na to da je bila na novom mestu, lako je gubila pojam o vremenu. Dani su se stapali u jedan bez razlike između vikenda i radnih dana, ali danas je imala zakazan *Zum* poziv s producentom u muzičkoj kući i morala je da završi tekst pesme na kojoj je radila. Kako je objasnila Džuli, ponekad jednostavno mora da piše čak i ako oseća da joj je stvaralačka energija sputana.

Bila je toliko usredsređena na melodiju koju je slušala da nije ni primetila Rafa sve dok joj nije stavio ruku na rame. Prepadnuta, podigla je pogled.

– Hej – rekao je kad je zaustavila pesmu na laptopu i izvadila bežične slušalice iz ušiju. – Nisam hteo da te ometam, ali idem.

Tabita je ustala, a talas razočaranja ju je zapljusnuo pri pomisli na rastanak.

– Hvala ti što si bila puna razumevanja i što si mi dozvolila da prespavam dve noći.

Gurnula je ruke u duboke džepove kargo pantalona i susrela se s njegovim plavim očima. – Nema problema. Ovaj, drago mi je što sam te upoznala.

– Takođe. – Pogledali su se na trenutak, a neizvesnost je preplavila Tabitu dok je razmatrala da li bi trebalo da okonča to poznanstvo, ili da ostanu u kontaktu – jer je povezanost zasigurno postojala.

– Hej – rekla je tiho, pruživši ruku i dodirnuvši mu rame. – Hoćeš da razmenimo brojeve?

– Da, naravno. – Izdiktirao joj je svoj broj telefona, a ona ga je unela u mobilni pre nego što ga je pozvala.

– Eto, sad i ti imaš moj. – Pritisnula je dugme za kraj poziva i stavila telefon u džep. – Ideš da se nađeš s prijateljem?

– Da, ne živi daleko odavde, ali nisam ga video neko vreme. Jedan od mojih retkih prijatelja na ostrvu. Naći ćemo se pošto završi s poslom. – Duboko je udahnuo. – Bolje da te ostavim na miru da radiš.

Krenuo joj je u zagrljaj, a Tabita je uzvratila. Držali su se tako na trenutak, čvrsto, njeno telo pritisnuto uz njegovo, a misli su joj odlutale do prethodne noći i poljupca u hodniku... Zapravo, nije želela da ga pusti.

Raf se prvi povukao i klimnuo glavom. – Vidimo se. – Stavio je ranac na leđa i otišao, nestajući iza ugla kuće.

Tabita je stajala na tremu okupanom suncem, s bazenom koji se svetlucao, i samo su joj ptice i psi pravili društvo. Doduše, i Misti, gde god da je bila. Prednja kapija je kliknula kad se zatvorila, i ona je uzdahnula. Raf je otišao i konačno je ostala sama. Zar nije to želela više od svega? Razmenili su brojeve, ali verovatno ga neće ponovo videti. Ušao je u njen život, uzdrmao ga, i brzo otišao. Možda bi to bio dobar materijal za pesmu.

Fadž i Bejli su joj bili najbolje društvo. Odvela ih je u kratku šetnju, a zatim su je pratili gde god da je odlučila da radi, delimično na tremu pored bazena, a onda neko vreme za trpezarijskim stolom koji je gledao na vrt. Sve je bilo mirno i opušteno, i svakako je morala da nadoknadi posao nakon previše dana uživanja u stilu života svojstvenom Madeiri. Ipak, misli su joj stalno lutale do Rafa, i pitala se gde li je i šta radi. Razmišljala je o tome da mu pošalje poruku, a onda je odustala. Šta bi uopšte rekla? I iz kog razloga bi kontaktirala s njim? Osim što dobro izgleda, još je bio pomalo tajanstven, ali upravo je to bila srž onoga što ju je kod njega tako intrigiralo.

Nakon dugog popodneva provedenog na *Zumu*, gde je razmenjivala predloge s producentom, a zatim pokušavala da se usredsredi na doterivanje i zapisivanje tekstova koje će poslati sledećeg dana, završila je s poslom kad su psi počeli da je gnjave za hranu. Mehanički je nahranila njih i Misti.

Bazen ju je čitavog dana privlačio, a u ranim večernjim satima – i dalje prijatno toplim i osunčanim – Tabita se presvukla u bikini i skočila u vodu. Osvežavajući pljusak hladne vode vratio ju je pravo u noć prethodnog dana kad su ona i Raf završili zajedno u bazenu. Razmišljanje o Rafu usredsredilo je njenu pažnju na jedan od razloga zbog kojih je preuzela čuvanje kuće na Madeiri. Oli. Dolazak ovamo bio je njena prilika da stupi u kontakt s njim i ostavi prošlost iza sebe – da se oslobodi uznemirenosti koju je izazvao, a koja joj je godinama nagrizala dušu. Plutala je na leđima, opuštena, gledajući u nebo prošarano prozračnim oblacima kao da su nacrtani na plavom platnu. Nije mogla zauvek da ga izbegava. Niti je to želela, iako je osećala kako bi joj bilo previše teško da ga ponovo vidi. Već duže vreme je bila u sukobu sa sobom i nadala se da će Madeira biti okidač za pomirenje s tim.

Osvežena plivanjem, izronila je iz bazena, istuširala se, obukla trkačke helanke i majicu bez rukava, napravila salatu za večeru i sela na trosed. Dok je jela, kliknula je na Olijevu stranicu na *Instagramu*. Oli Pereira, s plavom kvačicom pored imena koja je garantovala da je to zaista njegov profil, imao je 28,7 miliona pratilaca. Tabitina lična stranica imala je skromnih 26.000 pratilaca, a mnoge od njih je stekla u poslednjih dvanaest meseci objavljujući slike s putovanja, kao i ponešto o muzičkoj strani svog života.

Na Olijevoj stranici nije bilo potrebe za uvodom, osim imena i adrese internet stranice. Fotografije su govorile same za sebe: plakat za predstojeću turneju po Sjedinjenim Američkim Državama, Olijevo pevanje na nastupima, profesionalno fotografisanje, rad u studiju, sve to pomešano s povelikom količinom fotografija bez majice. Njegov izgled, trbušnjaci i glas doneli su mu slavu širom sveta i stvorili armiju obožavatelja. Bio je oličenje savršenstva, a Tabita je to znala još otkad su se kao osamnaestogodišnjaci prvi put sreli u Kardifu.

Sećala se dana kada su zajedno otvorili naloge na *Instagramu* i objavili prve fotografije: Oli kako nastupa u Brajtonu i ona kako sedi prekrštenih nogu na trosedu s gitarom. Nije mogla da se seti da li je to slikao Oli ili neko od njihovih cimera. U svakom slučaju, pratili su godinama jedno drugo, iako je od razlaza Tabita samo povremeno gledala njegove objave i nikad nije lajkovala nijednu od slika. Ne zato što joj se nisu sviđale, jednostavno nije želela da reskira da joj primeti ime. Ni on nije lajkovao ništa što je ona objavila, ali ipak se pitala da li povremeno baci pogled.

Ušla je u lične poruke i zastala. Samo će mu se javiti, to je sve. Bez očekivanja. Jedino što je želela bilo je da se suoči s njim i nastavi dalje. Popravljanje njihovog prijateljstva bilo bi dodatak. Kao što je Elspet rekla, bili su prijatelji. Nekad su bili najbolji prijatelji. Bilo je more trenutaka tokom poslednjih nekoliko godina kad joj je bilo potrebno njegovo prijateljstvo, ali sprečavala je sebe da mu piše jer je bila previše ljuta da bi to učinila.

Dok je birala reči za poruku, brisala ih i prepravljala nekoliko puta pre nego što je skupila hrabrost da pritisne dugme *pošalji*, priznala je kako joj je trebalo mnogo vremena da se pomiri s prošlošću.

Eto, završila je i poslala. Ako je očekivala da će joj od toga biti lakše, razočarala se. Umesto da bude tako, stomak joj se zgrčio, a zatim se uvijao u mešavini nestrpljenja i nervoze dok je čekala odgovor. Ako uopšte odgovori. Toliko dugo ga je držala podalje od svog života da je postojala velika mogućnost da će se i on prema njoj isto ponašati.

Tabita je usmerila pažnju na nešto drugo, odlučivši da, kako bi skrenula misli, ponovo posluša tekstove koje je prethodno snimila. Nakratko je uspelo. Nije očekivala da će Oli tako brzo odgovoriti, ali manje od petnaest minuta kasnije telefon je zvrcnuo, oglasivši novu poruku na *Instagramu*. Nije je odmah otvorila. Umesto toga, podigla je gitaru i odsvirala završenu pesmu, ali nije bilo vajde. Sa zgrčenim želucem više nije imalo svrhe odugovlačiti. Odložila je gitaru, duboko udahnula i kliknula na poruku.

O BOŽE! Tabita! Toliko si me iznenadila, ali mnogo mi je drago da vidim tvoje ime, drugarice. OBAVEZNO da se nađemo. Prošlo je previše vremena. Hoćeš na piće u petak uveče u Funšalu?

Tabita je shvatila da joj se ruke tresu dok je kuckala odgovor.

Da, volela bih. Odgovara mi petak, samo mi javi u koje vreme i gde.

Nije htela ništa drugo da kaže; biće dovoljno prilike da razgovaraju uživo. Prošle su godine otkako su se videli, i ako je on osećao ikakvo kajanje ili nelagodnost, sigurno nije to pokazivao. Poslala je poruku Elspet.

Uradila sam to. Napokon pisala Oliju. Nalazimo se u petak. Cmok

Uopšte se nije iznenadila kad joj je svega nekoliko sekundi kasnije zazvonio telefon.

– Oh, Tabs, toliko sam ponosna na tebe – rekla je Elspet čim se Tabita javila.

– Konačno sam skupila hrabrost.

– Znam da želiš da popraviš stvari, ali mora da shvati koliki ti je bol naneo.

Tabita je lagano prelazila prstima preko žica gitare. – Reći ću mu to, ali stvarno želim da pređemo preko svega. Dosta mi je svih ružnih osećanja koja se probude kad ga vidim, a ne znam da li je to zbog onoga što je uradio ili jednostavno zato što posmatram njegov život izdaleka. I ti i ja znamo kakve su društvene mreže, i da muzičke kompanije prikazuju umetnike tako da samo istaknu glamuroznu stranu njihovog života...

– U svakom slučaju, paparaci odlično obavljaju posao pokazujući tamniju i stvarnu stranu priče, zar ne?

– Tačno, ali sa Olijem imam osećaj kao da me bombarduju samo fenomenalne stvari koje mu se događaju... Oh, ne znam. Možda je ovo ogromna greška, ali moram nešto da učinim. Toliko dugo mi je u mislima.

– Mislim da je dobro što to radiš. Prava prilika da se pomakneš s mrtve tačke.

– To je početak – uzdahnula je Tabita. – Nego, dosta o meni. Kako si ti?

– Ma znaš, trudim se da uradim previše toga kao i obično. Imamo još samo nedelju dana da privedemo kraju uređenje ambara za prvo venčanje sledeće subote. Samo te pritisak krajnjeg roka može naterati da sve konačno privedeš kraju.

– Volela bih da sam tamo da ti pomognem.

– Stalno ti govorim da nas posetiš, neću prestati dok to ne učiniš. I mami i tati nedostaješ. Svima nam nedostaješ.

– Da, znam. I hvala ti što me zoveš jer znam koliko si zauzeta. Volim da pričam s tobom.

– Jesi li sigurna da si dobro, Tabs?

– Jesam. Danas je samo bio čudan dan, to je sve. – Iako je obično pričala Elspet sve što se zbiva, bilo joj je teško da pretoči u reči poslednjih nekoliko dana provedenih s Rafom. On je bio tajna – svakako ona koju je trebalo da čuva od Kordelije i Rufusa, ali iz nekog razloga nije htela sad o tome da priča. Nakon što su se pozdravile, odustala je od rada i umesto toga sipala čašu vina. Poslala je poruku Kordeliji i Rufusu da ih obavesti kako je sve u redu, ne spominjući njihovog sina, iščitala razgovor porodice Kalahan na *Votsapu*, a zatim se s knjigom ušuškala na trosedu. Bila je posebno srećna kada je Fadž skočio i naslonio glavu na njena gola stopala, grejući ih.

Sunce je već bilo na putu ka obzorju kad joj je telefon zvrcnuo. Pretpostavila je da joj piše Oli u vezi s petkom, ali srce joj je zaigralo kad je iskočilo Rafino ime.

Jesi li kod kuće? Imam pastéis de maracuja *koje moraš da probaš.*

Tabita je zbunjeno podigla obrve i ponovo pročitala poruku. Da li to znači da dolazi kod nje? I šta su uopšte *pastéis de šta već*? Otkucala je odgovor.

Da, ovde sam. A gde si ti?

Potražila je *pastéis* na internetu i otkrila da su u pitanju slatke pogačice slične portugalskim kremastim pogačicama *pastéis de nata*, ali sa ukusom marakuje. Zvučalo je veoma ukusno, ali pošto više nije odgovarao, pomislila je kako joj je možda greškom poslao poruku.

Tabita se vratila čitanju, ali misli su joj neprekidno lutale, pa je više puta morala ponovo da pročita pasus na kojem je bila. Po ko zna koji put tog dana misli joj je ispunio Raf. Tek jutros je otišao, a ipak, uzbuđenje u njenom stomaku bilo je dokaz koliko želi da ga ponovo vidi.

Dvokrilna vrata bila su širom otvorena, a jedini zvuk bio je umirujuća kombinacija povetarca koji je uzdisao u drveću i udaljenog brujanja kolâ koja povremeno prođu. Nije bilo teško čuti zvuk automobila na putu trideset minuta kasnije. Zaustavio se i dvoja vrata su se zalupila. Bejli je ostao da spava na tepihu, ali je Fadž podigao glavu.

Glasovi su dopirali do vile – duboki i muški, ispunjeni smehom.

Fadž je poskočio i potrčao po pločicama ka terasi, a Tabita za njim.

Kad je ugledala Rafa, s neodoljivim osmehom na lepom licu i rancem preko ramena kako se pojavljuje s bočne strane vile, u stomaku joj je zaigralo. Ovoga puta nije bio neočekivan i nije bio sâm. Za njim je išao drugi muškarac, ne toliko visok, ali slično obučen u farmerke i košulju kratkih rukava, s bocama piva. Tabita je preusmerila pažnju s prijatelja nazad na Rafa.

– Šta radiš ovde? – Tabiti nije bilo jasno treba li da bude srećna što ga vidi ili ne, mada ju je telo odalo jer je iznutra sva utrnula.

Raf je i dalje bio nasmejan i slegnuo ramenima. – Nisam mislio da ćeš imati nešto protiv.

Hmm, uzeo je sebi priličnu slobodu, posebno što nije došao sâm. Raf je bio jedno, ali njegov prijatelj...

– I donosimo darove. – Podigao je belu kutiju, u kojoj je su pogačice, pretpostavila je, a u drugoj ruci je mahao bocom. – I ovo, najlepše vino na Madeiri, po mom skromnom mišljenju.

Očigledno ga je već dosta popio, s obzirom na to da je delovao prilično pripito.

– Ovo je moj prijatelj Emilio – pokazao je Raf ka tamnokosom momku pored sebe, a zatim prema njoj. – Ovo je Tabita. Čuva kuću dok su mi roditelji odsutni.

– *Olá*, Tabita – rekao je Emilio s tvrdim, verovatno pijanim naglaskom.

– Zdravo – rekla je i osmehnula mu se pre nego što je usredsredila pažnju na Rafa. – Nadam se da nisi vozio ovamo, zar ne?

– Ma ne. Došli smo taksijem, iz susednog sela. Pomislio sam kako bi možda želela društvo. Prilično je samotno ovde... – Zadržao je njen pogled na trenutak, a zatim prošao pored nje u vilu, ostavljajući za sobom miris pikantnog đumbira. Veoma uznemirenog stomaka, mahnula je Emiliju da je sledi. Deo nje je bio srećan što vidi Rafa, ali još jednom ju je iznenadio, dovevši neočekivanog i ne baš dobrodošlog gosta.

Nekako je, jedva dvanaest sati nakon što su se rastali, Raf ponovo bio u njenom životu.

12.

Na povratku iz kupatila sat vremena kasnije, Tabita je zastala na vratima dnevne sobe i posmatrala Rafa i njegovog druga. Deo nje je žudeo da bude okružena ljudima, da se opusti i uživa u životu. Na to je bila navikla. Zapravo ne, to je radila pre nego što je upoznala Luisa. Njihova veza je prilično brzo postala ozbiljna. Ohrabrio ju je da donese odluke koje su mnogo promenile njen način života, ali im i omogućile da provode više vremena zajedno.

Bilo je očigledno da je Raf glavni u prijateljstvu sa Emiliom, i da je tako otkako su se upoznali tokom tinejdžerskih godina nakon što se Rafova porodica doselila na ostrvo. Tabita je više puta čula Emilija kako mrmlja: *Ines će me ubiti* pre nego što je popio piće. Saznala je da je njegova supruga Ines kod kuće s njihovim sedmomesečnim sinom, što je objasnilo zašto su se on i Raf pojavili ovde nakon nekoliko pića, umesto da se vrate u Emiliovu kuću. Raf je bio prilično drzak jer je pretpostavio da njoj neće smetati ako joj se jednostavno uvali s prijateljem, a ipak ponovo nije učinila ništa da ga zaustavi. Zar nije bilo nekakvog očekivanja pri pomisli da će ga ponovo videti, isto koliko i zabrinutosti? I ona je stekla jasan utisak da Raf loše utiče na Emilija.

Njih dvojica su već bili prilično popili, a Tabita je ovoga puta svesno odlučila da ne preteruje i ne ponovi nesmotreno ponašanje od prethodne noći. Završiti ponovo u postelji s Rafom, bez obzira na to što se između njih ništa nije desilo, ne bi bilo pametno. Barem su bili dovoljno pristojni da donesu piće sa sobom. A opet, dozvolila je Rafu da iskoristi njenu dobrodušnost. Duboko u sebi znala je kako je to uradila zato što je privlači, čak i ako joj je zadirao u lični i stvaralački prostor.

– Zašto se kriješ tamo? – Rafov glas je presekao ritam albuma Toma Grenana *Lighting Matches*, koji su slušali.

Tabita je smireno uzdahnula, izašla iz senke i pridružila im se.

– Raf kaže da pišeš pesme? – rekao je Emilio. – Da li si napisala neku za koju sam čuo?

Tabita je nabrojala naslove pesama i umetnike za koje je pisala i prijalo joj je što je Emilio razrogačio oči.

– *É bué fixe!*[2] Tu ima baš poznatih imena – uzviknuo je. Čak je i Raf delovao prikladno oduševljen, primetila je Tabita.

– Da, sad pišem honorarno za diskografsku kuću. Ranije sam dosta pisala za umetnike, ali otkako sam krenula da putujem, uglavnom radim na daljinu i pišem tekstove i melodiju. Mada sam početkom godine, između čuvanja ljubimaca, provela nekoliko nedelja u Los Anđelesu pišući s jednom mladom pop zvezdom u usponu, za koju kažu da je nešto između Pink i Bili Ajliš.

– Ali više voliš da radiš sama? – upitao je Raf. Sedeo je na trosedu oslonjen laktovima na kolena, s pivom u ruci.

– Nije stvar u tome da mi se više sviđa, već sam nedavno osetila potrebu za tim. – Pogledala ga je u oči, nadajući se da je shvatio kako ne želi da zalazi u pojedinosti. – Prija mi da radim sama, ali uživam i u saradnji i zamislima koje pokreću druge ljude. U pitanju je drugačiji pristup, ali oba su dobra na svoj način.

Još malo su razgovarali o njenom poslu pre nego što se razgovor vratio Rafu i Emiliju i muzici koju su slušali u tinejdžerskim godinama, kao i zabavama koje je Emilio pravio u kući svojih roditelja kad se Raf vratio iz internata. Nakon prošle noći, Tabita je polako pijuckala maderu i slušala. Pojela je i drugi *pastel de maracuja*, hrskavo pecivo s puterom, lepo umućenim slatkim kremom i prijatnom oštrinom marakuje, bilo je previše dobro da bi pojela samo jedno.

Kako je veče odmicalo, romantična predstava kako se Raf vratio da provede vreme s njom i istraži osećanja koja su sinoć bila očigledna počela je da vene. Iako se uzdržala od ispijanja više od dve čaše vina, Raf i Emilio su brzo popili najveći deo pića koje su

---

[2] Port.: Pa to je sjajno! (Prim. prev.)

doneli. Razgovarala su uglavnom njih dvojica, a ona se osećala kao posmatrač. Tabiti je sinulo da Raf zapravo uopšte nije zainteresovan za nju, već za to da ima mesto gde može da prespava i dovede prijatelje. To mu je sve vreme bila namera, koju je ona pokvarila svojim prisustvom.

Umor ju je polako sustizao. Bila je skoro ponoć i njeno mirno veče ponovo su oteli nezvani gosti. Nije više htela to da trpi.

– Hej – rekla je, ustajući. – Već je kasno. Mislim da je vreme da vas dvojica krenete. – Odlučno je pogledala Rafa, nadajući se da ima dovoljno autoriteta da je ovoga puta zaista posluša.

– Mnogo sreće u pokušaju da ga pomerimo – klimnuo je glavom ka Emiliju, koji se izležavao na trosedu, delujući mrtvosano.

Tabita je uzdahnula. – Napraviću kafu. Da vidimo možete li dovoljno da se otreznite da odete.

Otišla je do kuhinje, napunila električni bokal i uključila ga. Naslonila se na radnu ploču i duboko udahnula. Bila je ljuta na sebe što ju je Raf nasankao i što je dozvolila da privlačnost zaseni njegovo ponašanje.

Začula je korake iza sebe.

– Hej, Tabita – reče Raf umirujuće. – Nisam hteo da te naljutim. Mislio sam da će ti biti drago da imaš društvo.

– Ne na ovaj način – okrenula se ka njemu, pa shvatila da stoji bliže nego što je očekivala. Bolje bi mu bilo da i ne pokuša da je poljubi. Pa ipak, nije morao ni da je dodirne, a osećala je privlačnost između njih kao magnetnu silu. Dobro je što večeras nije mnogo popila...

Pokušala je da se usredsredi na ono što je govorio, a ne na njega.

– Nadao sam se da ću prespavati kod Emilija, ali okolnosti su se nekako promenile otkad sam ga poslednji put video.

– Zato što ima ženu i bebu?

Samo je slegnuo ramenima. – Nije bila baš zadovoljna kada sam se pojavio, ne voli me baš...

Tabita se namršti.

Raf ju je pogledao krotko. – Misli da loše utičem na njega.

Tabita je frknula. – Ma ko bi to rekao!

– Samo tražim da ostanem ovde još jednu noć, to je sve.

– Ne – reče Tabita odlučno. – Zašto bi morao da budeš moja muka? Sad si u Emiliovim rukama. Kapiram da mu je žena nezadovoljna, i to s dobrim razlogom, ali tako neće moći. – Okrenula mu je leđa, nasula instant kafu u šolju, zalila je ključalom vodom i dodala malo mleka. – Pozovi taksi, Emilio može ovo da popije, a onda se vrati kod njega.

Podigavši šolju, odlučna da ne dozvoli Rafu da se svađa s njom, odnela ju je u dnevnu sobu. Nije mogla da shvati gde je Emilio otišao dok nije čula hrkanje. Snuždila se.

Prišla je trosedu. Bio je ispružen, otvorenih usta, i spavao kao top. Raf joj se pridružio. – Izgleda da ćemo ipak ostati.

– Ti si takav krelac! – Tabita je tresnula šolju na stočić za kafu, prolivši tečnost po staklu. Nameravala je da ode, ali se okrenula. – Kako možeš tako lako da se dodvoriš nekome koga i ne poznaješ, negde gde ne bi ni trebalo da budeš?

– Navikao sam da se uklapam u nova mesta i da se brinem o sebi. Pretpostavljam da je i s tobom isto – nova mesta i novi ljudi sve vreme?

– Osim što ja *treba* da budem ovde.

– *Touché.*

Trudeći se da zanemari Rafa i grleno hrkanje njegovog prijatelja, Tabita je zatvorila dvokrilna vrata, dvaput proverivši da li su i Fadž i Bejli unutra i spavaju li na tepihu.

Projurila je pored Rafa u kuhinju i krenula da pretura po ormarićima tražeći plastičnu posudu. Vratila se u dnevnu sobu i stavila je na pod pored Emilija.

– Za svaki slučaj – rekla je na Rafov zbunjeni izraz lica. – Idem na spavanje. Pošto se već osećaš kao kod svoje kuće, samo nastavi.

Ceptela je od besa i nije je bilo briga da li će povrediti njegova osećanja dok se on zavitlavao, a njegov prijatelj hrkao na trosedu.

Kao da je shvatio da je vreme za spavanje, Fadž se podigao na noge, a Bejli je dotapkao za njim nekoliko trenutaka kasnije. Tabita je ostavila Rafa da stoji u dnevnoj sobi i zbrisala u spavaću sobu, jedino mesto na kojem se osećala kao da joj pripada.

* * *

Fadž je probudio Tabitu kao i obično tako što joj se promuvao uz noge sve dok mu glava i šape nisu počivale na njenom stomaku, a krupne smeđe oči se ispunile ljubavlju. Ili je to bila glad? Uz sunčeve zrake koji su dopirali kroz staklena vrata i bez mamurluka ili nelagodnosti što je Raf s njom u postelji, polako ju je obuzeo osećaj zadovoljstva. Dok se nije setila da su Raf i njegov obeznanjeni prijatelj i dalje tu.

Uznemirenost od sinoć ponovo se uskovitlala. Ne samo da je rano ustala već je bila besna što sad mora da se otarasi dvojice momaka pre nego što se skrasi i krene da radi. Nije je najviše izluđivalo to što ju je Raf iskorišćavao, već istina što mu je – da nije bio tako privlačan – nikad ne bi dozvolila da ostane.

Bila je sreda i radni dan; imala je odgovornosti i karijeru na koje će moći da se usredsredi čim se po drugi put otarasi Rafa.

S dva muškarca u kući, prvo se istuširala i obukla crne farmerke i majicu boje senfa, i nije se našminkala izuzev maskare i mrvice crvenog karmina.

– Hajde, Fadž – nasmešila mu se dok je sedeo nasred sobe i strpljivo čekao. Protrljala mu je duge svilenkaste uši, pa se uputila prema vratima. Fadž je odmah krenuo za njom, probudivši Bejlija svojim trupkanjem.

Najpre ju je pogodio smrad, ustajali miris znoja koji je, kad je izbliza proverila, bio nešto mnogo gore. Zgrabila je Fadža pre nego što se približio posudi punoj povraćke. Emilio je bio onakav kakvog ga je ostavila sinoć, hrkao je, otvorenih usta i balavio niz bradu, samo mu je košulja sad bila umrljana sadržajem želuca. Tabita se iz petnih žila napela da ne povrati. Dobro je što mu je ostavila posudu pored kauča, iako je podjednako mnogo sadržaja bilo van činije koliko i u njoj. Sto je bio zatrpan bocama od piva, prazna boca vina ležala je na tepihu, a šolja kafe je stajala tamo gde ju je i ostavila, s tim što je prolivena kafa sad bila hladna lokva.

S besom koji je tutnjao u njoj, Tabita je odvukla Fadža i Bejlija u kuhinju da ih nahrani. Ostavila ih je da jedu, odjurila nazad u dnevnu sobu i otvorila vrata kako bi pustila unutra preko potreban svež vazduh. Duboko je udahnula, uživajući u toploti sunca i daleko slađem mirisu cvetova plumerije dok je razmišljala šta da radi.

Dovraga, pomislila je. Bilo joj je dosta. Morala je da se baci na posao, a Raf i Emilio su morali da odu.

Dodirnula je Emilijevu ruku, jedini delić njega koji izgleda nije bio ni u kakvom dodiru sa sadržajem želuca i nežno ga protresla. Zastenjao je i okrenuo se na stomak. Tabita je opsovala, shvativši kako mu je njegova košulja zamazana povraćkom sad u neposrednom dodiru s trosedom.

Na stolu je njegov mobilni zasvetleo pozivom, bez zvuka, a na ekranu se pojavilo ime Ines. Njegova žena. *Bože, al' će ona biti besna*, pomislila je Tabita kad se poziv prekinuo. Na ekranu se videlo da ima četiri propuštena poziva i bezbroj nepročitanih poruka.

Dok su Fadž i Bejli ulazili u vrt, Tabita je odjurila na sprat. Pokucala je na vrata spavaće sobe za goste i, ne čekajući odgovor, upala.

Roletne su bile spuštene i bio joj je potreban trenutak da se oči prilagode i ugledaju obris Rafovog tela ispruženog na krevetu.

– Koliko je to sati? – promrmljao je, posegnuvši da uključi noćnu lampu.

Namrštio se i zažmirio zbog iznenadnog svetla, pre nego što je Tabitin pogled pao na njegova gola prsa i vratio se nazad da mu se usredsredi na lice. Namrštila se kad je shvatila kako joj je srce ustreptalo. Prevejani osmeh pojavio se na Rafovom licu.

– Emilio se ispovraćao i još čvrsto spava. Moraš da ga dovedeš u red i da odete. Imam posla.

– Dobro jutro i tebi.

Tabita je sklopila ruke, sita njegove drskosti. – Ozbiljna sam, Rafe.

– U redu, sići ću malo kasnije – zevnuo je.

– Ne. Silaziš odmah. – Tabita je stajala, zureći u njega, pitajući se da li će joj prkositi.

Raf je šmrknuo. – Možda ćeš želeti da izađeš pre nego što ustanem iz kreveta – pokazao je ka čaršavu koji mu je jedva pokrivao donji deo tela. – Spavao sam go.

Tabita je uzdahnula, iznervirana što je nekako stekao prednost i usplahirio je. Ponovo ga je pogledala u oči i shvativši da ga sve to zabavlja, povukla se iz sobe.

Uživao je kad se ona uzvrpolji, to joj je bilo jasno. Moglo je da bude i gore, mogao je da leži *na* čaršavu... Obrazi su joj se zacrveneli od same pomisli.

U prizemlju se Emilio promeškoljio, a hrkanje se pretvorilo u stenjanje. Svež vazduh i sunce probijali su se kroz otvorena vrata i mnogo doprineli da se prostorija provetri od mirisa, ali Tabita je znala da je posuda s povraćkom i dalje tu, kao i da treba očistiti trosed i tepih, ali pre nego što se sutra pojavi Kordelijina čistačica. Ne želeći neprijatan razgovor sa Emiliom, otrčala je od troseda i pobegla u kuhinju da pristavi kafu. Bila joj je očajnički potrebna, a po svemu sudeći i Emiliju.

Vratila se u dnevnu sobu tek kad je čula Rafa i Emilija kako razgovaraju. Raf ju je nešto manje ometao jer se u međuvremenu obukao, ali Tabita se debelo potrudila da ga ne pogleda dok je stavljala poslužavnik s kafom, mlekom, šećerom i šoljicama na jedini čist deo stočića.

– Strašno mi je žao, Tabita – rekao je Emilio, a glas mu je zvučao hrapavo kao njen juče ujutru. Košulja mu je bila zamazana, kosa mu je štrčala na sve strane, a učinak prethodne noći odražavao mu se u umornim očima i kao ispranom licu.

– Nisam jedina osoba kojoj ćeš morati da se izviniš – rekla je i pokazala ka telefonu.

Podigao ga je i ponovo zastenjao. Bacio je pogled na Rafa. – Moram da radim danas. Rekao sam ti da je izlazak loša zamisao.

Posao ti je sad najmanji problem, pomisli Tabita.

Raf je slegnuo ramenima. – Pa ne viđam te tako često.

Tabita ga jednostavno nije razumela. Da li je zaista bio toliko usredsređen na sebe da nije shvatao kako njegovo ponašanje utiče na druge? Bilo je očigledno da Raf nije drag Emilijevoj supruzi – što joj je i rekao – a Tabita ipak nije nimalo sumnjala da je on vodio čitavu priču, ohrabrujući Emilija da zanemari ženu i izađe da pije. Na njenom mestu, i Tabita bi odlepila. Živciralo ju je što su sad zauzeli njen prostor. I zaista se tako osećala, očajnički je želela da ponovo bude sama, da uživa u mirnom životu, radi i istražuje kako njoj odgovara, bez neizbežnog ometanja i zbunjivanja druge osobe. Upala je u zamku pijane požude, ali to je sad definitivno bilo gotovo.

Emilio je uzeo telefon i stao na prag između dnevne sobe i terase da pozove ženu.

Sa izrazom gađenja na licu, Raf je podigao posudu s povraćkom i zaputio se prema kupatilu. *Neka, neka, zaslužio je da to čisti*, pomislila je Tabita dok je skupljala prazne boce.

Emilio je sa suprugom razgovarao na portugalskom, ali glas mu je bio napet. Bilo je velikih praznina u razgovoru, tokom kojih je Tabita pretpostavila da ga žena koja je kod kuće s malom bebom riba na pasja kola.

Bejli je uleteo u prostoriju i skočio na fotelju na kojoj je voleo da ujutru drema, gazeći jastuk i okrećući se sve dok se nije namestio.

– Konačno ti je udobno, a? – rekla je Tabita, počešavši ga po temenu. Pogledala je prema vrtu, očekujući da vidi Fadža u blizini i namrštila se. – Gde ti je drugar?

Svesna da Emiliov glas postaje sve glasniji, Tabita je prošla pored njega na terasu i zaklonila oči dok je osmatrala vrt. Misti bi obično bila odsutna po ceo dan, vraćajući se samo uveče, ali Fadž se ili držao Bejlija, ili joj je bio za petama.

Obišla je oko bazena i izašla na travnjak. Zvuk svađe na portugalskom je jenjavao, bledeći što je dalje odlazila dok je zavirivala između žbunja i palmi i stabala banana tražeći bilo kakav trag Fadžu. U dnu vrta, okrenula se i začkiljila, pokušavajući da vidi da li se nekako provukao.

Dok joj je srce lupalo, vratila se, još jednom proveravajući svaki kutak, hodajući dužinom bazena i uz kuću. Nije ličilo na Fadža da nestane. Uspaničila se, otišla na drugu stranu vile, pitajući se da li je odlutao napred. Sa te strane je bilo senovito s travnatim delom i palmama koje su se izdizale ka suncu. Tabita je prošetala između žbunja koje je zaklanjalo vrt s prilaza i srce joj je sišlo u pete.

Od Fadža nije bilo ni traga ni glasa, a kapija je bila širom otvorena.

13.

Tabita je požurila nazad u kuću, beznadežno se nadajući da je pogrešila i da je Fadž negde unutra. Čula je očaj u sopstvenom glasu dok ga je dozivala. Emilio je i dalje telefonirao, a Bejli je sklupčan ležao na fotelji. Fadža nigde nije bilo.

Srce joj je zaigralo na zvuk koraka koji su dolazili hodnikom. Tabita se okrenula ka Rafu čim je ušao u dnevnu sobu.

– Ostavio si otvorenu kapiju.

– Molim? – Namrštio se na nju.

– Sinoć, kad ste se pojavili pijani, nisi zatvorio kapiju za sobom. Ne mogu da nađem Fadža.

– Siguran sam da je tu negde.

– A šta ako nije? – Nozdrve su joj se raširile dok ga je streljala pogledom, dok su bes i zabrinutost strujali njom, zajedno sa zlovoljom na njegovo odsustvo brige ili osećaja šta je bitno.

Emilio je prekinuo poziv i promrmljao nešto na portugalskom.

– Jel' sve u redu? – upitao je Raf tonom za koji je Tabita pretpostavila da znači kako je svestan da ništa nije u redu, ali svejedno smatra kako treba da pita.

– *Não.* Ines dolazi po mene. – Izgledao je još iscrpljenije nego kad se probudio. Gledao je čas u Rafu, čas u Tabitu. – Mogu li u toalet?

– Radi šta hoćeš.

Tabitu nije bilo briga što je drska. Bila je besna, iako je njen gnev trebalo da bude usmeren na Rafa, a ne na njegovog drugara, koji će svakako dobiti grdnju od supruge.

Čim je Emilio nestao u kupatilu, Tabita se okrenula ka Rafi. – Ti si budala. Ne znam otkud ti uopšte ideja da sinoć dođeš. I još da ostaviš kapiju otvorenu...

– Stvarno sam mislio da smo je zatvorili.

– *Ja* sam odgovorna za pse dok su ti roditelji odsutni – orio se Tabitin glas. – Ne znam kakav problem imaš s njima i nije me briga da li ti je stalo do njih, ali barem do pasa...

– Hej, Tabita, smiri se...

– Ne, neću da se smirim! Pun si sebe. Pojavio si se ovde usred noći, ponašaš se kao da živiš ovde, uprkos činjenici da sam ja odgovorna za kuću. – Osetivši se malo bolje zbog oslobađanja nagomilanih osećanja, duboko je udahnula. – Proveli smo divan dan zajedno i pala sam na tvoj šarm, ali sad razumem da je sve to bilo samo pretvaranje kako bi mogao da ostaneš...

– To nije tačno!

Tabita je podigla ruku. – Otperjaš kod prijatelja i pomislim kako opet imam mesto za sebe, ali ne, vraćaš se s pićem i slatkišima jer vam je potrebno mesto za provod. Njegova supruga je bar imala pameti da te izbaci, što je upravo ono što je trebalo i ja da uradim. Zabrljao si i moraš da odeš. Trebalo je da te nateram da odeš još one noći kad si došao. Sve vreme mi prodaješ neku priču. Nije ni čudo što roditelji ne žele ništa da imaju s tobom.

– Oh, to je bilo nisko!

– A šta očekuješ da kažem? Oh, sve je u redu? Možda su ti oni roditelji, ali upao si im u kuću bez njihovog znanja i narušio moju privatnost.

– Pa, nije ti smetalo kad sam ti narušio privatnost pre neko veče – rekao je uz nagoveštaj nestašnog osmeha.

– I to je pouka koju si izvukao iz svega ovog! Stvarno si budala. Pokupi svoje stvari i idi. – Odmahnula je glavom i zaputila se popločanim podom ka otvorenim vratima. Stavila je ruke na kukove i udahnula okeanski vazduh. Ostala je tako sve dok se Rafovi koraci nisu potpuno povukli preko dnevne sobe i uz stepenice.

Bio je krelac, ali stvarno zgodan. Ljutila se na sebe što joj srce nadvladava svaku razložnu pomisao. Ne, nije to bilo njeno srce, već deo nje koji je pre neko veče žudeo za njim, koji je odlepio dok su joj prsti pratili tetovažu Štrumpfa po njegovim trbušnim mišićima, koji ga je poljubio i želeo da uradi još mnogo toga.

Njena osećanja prema Rafu bila su joj sad najmanja briga jer je Tabita, strahovito uznemirena, pretražila vilu u potrazi za Fadžom. Proverila je svaku sobu, gledajući u ormane i ispod kreveta u slučaju da je negde uspeo da se zaglavi, ali nije mogla da ga pronađe. Pošto se uspaničila, osećala se još bolesnije nego juče ujutru, što je potvrdilo njen strah da je pobegao kroz kapiju.

Dok joj je srce lupalo, vratila se u dnevnu sobu i uverila se da je Bejli i dalje sklupčan na fotelji, a onda je zatvorila dvokrilna vrata. Onog časa kad je Emilio izašao iz kupatila, a Raf sišao s rancem, Tabita je tutnula ključeve od kuće u džep i zgrabila Fadžov povodac.

– Jako mi je žao, Tabita – rekao je Emilio, ispruživši ruke. – Ines me čeka, ali mogu da ti pomognem da pospremiš? – rekao je i pokazao ka trosedu.

– Ne. Moraš da ideš. Ja moram da pronađem Fadža.

Emilio je klimnuo glavom i stegao Rafovu ruku. Potapšali su se po leđima u muškom zagrljaju.

Stisnuvši vilicu, Tabita je prišla ulaznim vratima i držala ih otvorenim. Na ulici je čekao automobil sa upaljenim motorom. Emilio se namrštio dok je prolazio pored Tabite i krenuo prema kolima.

Raf se okrenuo Tabiti. – Mogu da završim čišćenje.

– Ne – rekla je odlučno. – I ti sad odlaziš.

Raf je zamahnuo rancem na leđima i pošao za njom napolje. Nakon što je zaključala vrata, Tabita je sišla niz prilaz i sačekala da Raf prođe kroz kapiju pre nego što ju je zatvorila. Odjurila je stazom, previše ljuta da bi se čak i pozdravila. Mešavina osećanja koje je izazvao u njoj tokom poslednjih nekoliko dana bila je suluda, od zaprepašćenja do uznemirenosti, sreće i strasti, nazad do uznemirenosti, a sad i besa.

– Hej, Tabita – Raf je morao da potrči kako bi je sustigao. – Dozvoli mi da pođem s tobom. Pomoći ću ti da ga pronađeš.

Odmahnula je glavom i nastavila da hoda. – Nije mi potrebna tvoja pomoć.

– Hajde, molim te. To je najmanje što mogu da uradim. Poznajem ovaj kraj i gde ga vode u šetnju.

Tabita nije imala snage da se svađa. Dovodio ju je do ludila. Opet je hteo da bude po njegovom. Jedini razlog zbog kojeg nije htela izričito da odbije njegovu pomoć bio je taj što je pronaći Fadža bilo važnije od svega. Ako je to značilo da će još malo trpeti Rafa, nek bude tako. Bar se činilo da mu je stalo.

Išla je istim putem kojim je vikendom šetala pse, a užasno bućkanje u stomaku pogoršavalo se što je dalje odmicala, a od psa nije bilo ni traga.

– Ponekad moji roditelji prošetaju pse do Žardim do Mara, barem su to radili – rekao je Raf, održavajući korak s njom. – Verovatno je najbolje da ga tamo potražimo.

– Dobro – rekla je Tabita, dok joj je uznemirenost stezala grlo.

Krenuli su putićem koji je vodio niz stepenice do vidikovca sa stolovima, a šumovita padina spuštala se do okeana. Silazili su strmom stazom s kamenim stepenicama usečenim u padinu prekrivenu travom i žbunjem, oivičenu kaktusima opuncija. Tabita je zamišljala kako vidi blesak boje kože ili beo, ali njenu nadu da će ugledati Fadža prekinulo bi svako skretanje po stazi koja je išla cikcak.

Osim što je svakog minuta dozivala Fadžovo ime, nisu razgovarali. Žurno je nastavila da klizi po labavom kamenju i neravnim stepenicama, ali uvek bi uspela da zadrži uporište. Raf je držao korak s njom, mada ga je više puta čula kako je skliznuo i opsovao sebi u bradu.

Stigli su do oštrog skretanja odakle je pucao pogled na selo s krem i belim zidovima kuća prekrivenih krovovima boje rđe, smeštenih među zelenilom brda i penušavih belih talasa koji su zapljuskivali usku šljunkovitu obalu.

– Tabita – dozvao ju je Raf, sustigao je i dodirnuo joj rame. – Ne bi došao ovako daleko sâm.

Tabita se osvrnula i pogledala ga. Lice joj je porumenelo, a znoj joj se od brzog hoda slivao niz leđa, ali uglavnom se trudila da ne brizne u plač.

– Kako možeš da budeš tako siguran? – zahtevala je da zna.

– Jednostavno jesam. Znaš kakav je, uglavnom se drži Bejlija. Da su zajedno nestali, ko zna koliko bi daleko otišli, ali Fadž... Mislim da bi se vratio.

– Kako ga onda nismo videli? – Dok je izgovarala te reči, ophrvao ju je užasno mučan osećaj koji se silno trudila da potisne. – Šta ako je otišao u drugom pravcu, na glavni put?

– Siguran sam da nije.

– Prestani da govoriš kako si siguran kad ne znaš. – Protrčala je pored njega i krenula uz stazu, uspinjući se još teže uzbrdo. Prvo je trebalo da proveri put. Bukvalno bilo šta je moglo da se desi uz automobile koji jurcaju putem i psom koji nema nikakav osećaj za opasnost. Kordelija ju je upozorila da ne vodi pse ni blizu puta, ali ako je Fadž ostao sâm...

Bilo je to veoma uznemirujuće dvadesetominutno pešačenje uzbrdo i Tabita je osećala srce u grlu kad su stigli do glavnog puta. Jedva se usudila da pogleda.

Raf ju je prestigao, a njegov glas je umirio brigu. – Nije ovde, Tabita.

Pogledala je naviše i naniže duž puta. Proleteo je jedan automobil, a zatim kombi u drugom smeru, ali ni traga od Fadža, samo sivi asfalt oivičen travom. Očajnička briga pretvorila se u suze koje je celo jutro gutala. Fadžov nestanak ju je bukvalno gurnuo preko ivice.

Raf ju je uzeo za lakat i odveo je dalje od puta i nazad na stazu.

– Biće sve u redu.

– Ti to ne znaš – rekla je jecajući.

Raf ju je privukao i čvrsto zagrlio. Nije se odmah povukla. Osećaj da je okružuje bio je umirujući dok su joj se grudi uzdizale i spuštale uz njegove, a suze mu vlažile majicu. Osećala se sigurno i utešeno u njegovom naručju, uprkos tome što je on bio uzrok njene uznemirenosti. Možda je žudela za dodirom, a ne za prisnom vezom s nekim. Ako ništa drugo, uza sve ono što je dovelo do njenog raskida s Luisom, poslednjih nekoliko dana dokazalo joj je kako joj osećanja donose samo glavobolju.

Iako joj je taj zagrljaj bio potreban, znala je kako Raf predstavlja sve ono što treba da izbegava. Događaji u proteklih nekoliko godina pokazali su kako joj je bolje kad je sama. Bilo je lakše i jednostavnije osloniti se samo na sebe. A ako je žudela za društvom, uvek je imala Elspetinu ponudu da neko vreme provede s njima. Društvo sestre i zeta, zajedno s velikim stiskavim zagrljajima njenih sestričina slatkih kao med, doneo bi joj mnogo dobrog – za razliku od pažnje snažnog, istetoviranog, lepuškastog, ali nepredvidivog i tajanstvenog muškarca koji ju je držao u naručju.

Tabita se izmigoljila iz zagrljaja i obrisala suze. Pogledala je u Rafa i pokušala da ostane smirena. – Ne znam šta se desilo između tebe i tvojih roditelja i stvarno me nije briga, jer o čemu god da se radi, to nije moj problem. Ipak, moraću da im kažem istinu. Moraju da znaju kako je Fadž nestao, i kako i zašto se to dogodilo, što znači da ću morati da im kažem za tebe.

Raf uopšte nije delovao srećno, ali se nije usprotivio.

– Dozvoli mi da se barem vratim s tobom i da ih pozovemo zajedno – predložio je.

– Ne, nećeš se vratiti. – Još jedna suza joj je skliznula niz lice. – Dovoljno si uradio. Moram da obavim neverovatno težak razgovor s tvojim roditeljima, a tvoje prisustvo neće pomoći. Ovog puta moraćeš trajno da odeš.

– Iskreno, Tabita, strašno mi je žao. – Raf je pružio ruku i dodirnuo je. – Bio sam pijan i nisam razmišljao...

– Ne, nisi razmišljao. Sve što si radio otkako si upao one noći radio si za sebe. Užasno si sebičan.

Privlačio ju je i prepreke koje je postavila oko srca malo su popustile u njegovom društvu, ali potpuno je izdao njeno poverenje. A sad kad je jadni Fadž nestao, doveo ju je u nemoguć položaj kad je u pitanju čuvanje kuće, da i ne pominje roditelje od kojih se otuđio.

Ne rekavši više ništa, Tabita se udaljila, ostavivši Rafa kraj puta. Nije se osvrtala i opustila je pesnice tek kad je zašla iza ugla i znala da je više ne vidi. Gotovo je – šta god da su nakratko radili – završilo se.

U tom času je ugledala vilu. Deo nje se nadao da će videti Fadža kako sedi ispred kapije i čeka je, ali, naravno, nije. Još jedan jecaj joj je zastao u grlu, dok je osećaj straha da je u najboljem slučaju izgubljen, u najgorem... Nije smela ni da pomisli na to. Grudi su je bolele od pomisli kako će morati da saopšti Kordeliji vest o njenoj *bebi*.

– Tabita! – Glas je bio slab, ali prepoznatljiv.

Okrenula se i vratila do mesta gde se staza koja je vodila do komšijske kuće ukrštala sa onom koja je išla ka Rufusovoj i Kordelijinoj kući. Džuli je trčala stazom, žustro mašući rukama.

14.

– Jel' tražiš Fadža? – upitala je Džuli usporavajući. – Kod mene je! Talas olakšanja preplavio je Tabitu posle Džulinih reči. Srce joj je i dalje lupalo, ali je osećaj užasnutosti zbog gubitka Kordelijinog voljenog psa nestao. Osvrnula se ka mestu gde je ostavila Rafa da mu saopšti dobre vesti, ali on je već bio otišao. Ugrizla se za usnu. Ionako je kriv što je Fadž uopšte pobegao – dobro je što je nestao iz njenog života.

Ne gubeći više vreme na razmišljanje o njemu, Tabita je otrčala niz stazu da se sretne sa Džuli.

– Tako mi je drago što sam te spazila – rekla je Džuli, dolazeći do daha. – Fadž je bio u našem vrtu. Nemam pojma kako je tamo dospeo.

– Jel' dobro?

– Izgleda da je povredio šapu, ali osim toga je dobro, samo izgleda prilično snužden. – Džuli se namrštila dok je hvatala dah i odmerila Tabitu. – Što je još važnije, jesi li ti dobro?

– Sad jesam. – Tabita je mogla da zamisli koliko rastrojeno deluje. Osećaj želje da se smeje i plače u isto vreme preplavio ju je. – Bila sam tako zabrinuta, tražila sam ga svuda.

Džuli joj je položila hladnu šaku na mišicu. – Pa, sad je sve u redu – rekla je umirujuće. – Hajde, biće mu drago da te vidi.

Dok joj je srce još podrhtavalo, Tabita je pratila Džuli niz stazu do njene kuće. Bila je manja od Rufusove i Kordelijine, ali sagrađena od sličnog kamena. Džuli je otvorila ulazna vrata i uvela ju je unutra, sve do skromnog dnevnog boravka otvorenog tipa.

Kad je ugledala Fadža kako leži na drvenom podu i liže šapu, Tabita se spustila na kolena i priljubila uz njegovo toplo, meko krzno.

Poljubila mu je vrh glave i nežno ga zagrlila. – Baš si me prepao. – Lagano se povukla i počešala ga ispod brade. Od načina na koji ju je pogledao srce joj se topilo. Nikad više nije želela da oseti taj užasan osećaj da je skoro bolesna od brige.

– Neprekidno liže prednju desnu šapu i malčice šepa – rekla je Džuli – pa mislim da se povredio. Možda bi vredelo pozvati veterinara da ga pregleda.

– Hoću, naravno. – Tabita je obrisala oči nadlanicom i okrenula se ka Džuli. – Mnogo ti hvala.

– Ja nisam ništa uradila. Samo sam ga čula kako cvili i zatekla ga u žbunju. Mislim da se nekako provukao kroz rupu u živici.

– Mi, mislim ja ga tražim već sat vremena. Mislila sam da se udaljio od kuće i da je otišao u drugom pravcu. Nisam ni pomislila da prvo proverim ovde.

– Izašao je kroz kapiju?

– Hm, da. Ostala je otvorena – uzdahnu Tabita, shvativši da bi, ako kaže punu istinu, morala da prizna kako je Raf bio tamo gde nije smeo da bude. Pošto su pronašli Fadža i nije morala da obavi zastrašujući telefonski poziv, odlučila je da ne kaže ništa više, čak, i ako je zbog toga ona izgledala loše.

– Pristaviću čajnik – reče Džuli. – Mislim da bi ti prijala šolja čaja.

– To bi bilo divno, hvala.

Tabita je bila veoma zahvalna na Džulinom razumevanju i tome što nije ništa rekla u vezi s kapijom. Sigurno je znala Kordelijina pravila o psima, jer je ranije brinula o njima, ali nije htela Tabiti to da natrlja na nos. Činilo se da ima zlatno srce.

Sedele su na Džulinom dvosedu sa šoljicama čaja u rukama, a Fadž je ležao na podu između njih. Tabita je pažljivo posmatrala kako se stalno liže, jer ga je očigledno nešto mučilo. Barem je mogao da hoda, mada je lagano šepao.

– Dobro je što je odlučio da pobegne danas kad ne radim – rekla je Džuli – inače ko zna koliko dugo bi bio zaglavljen u našem vrtu. Premrla bi od brige.

Tabita nije mogla ni da pomisli da se oseća zabrinutije nego što je bila. To što je Džuli kod kuće spaslo ju je toga da pozove Kordeliju i saopšti joj užasne vesti.

– Znaš šta, kad popijemo čaj, odvešću te kod veterinara. Onaj kod kojeg odlaze Kordelija i Rufus nije daleko. Tamo smo i mi vodili psa.

– Imali ste psa?

– Nemačkog kratkodlakog ptičara po imenu Džasper. Izgubili smo ga pre osam meseci. – Džuli se sagnula da pomiluje Fadža. Prestao je da liže šapu kako bi joj liznuo ruku. – To mi je slomilo srce.

– Tako mi je žao! – rekla je Tabita i otpila čaj. – Da li ste razmišljali da uzmete drugog?

– Razgovarali smo o tome, ali nismo spremni. Džasper je bio deo porodice, znaš, rane su nam još sveže. Činilo bi se kao da ga na neki način zamenjujemo. Ali nedostaje mi njegovo društvo, njegovo tiho prisustvo. Još uhvatim sebe kako se okrećem da mu se obratim ili stignem do vrata i posegnem za povocem, a onda se setim da nije na povocu jer ga više nema...

– O, Džuli, to je tako tužno.

Džuli je klimnula glavom i izgladila nabore svojih tri-četvrt pantalona krem boje. – Tešim se saznanjem kako je imao dobar život i da je obogatio naš. Tugujemo zato što smo ga voleli, što je bolno koliko i jednostavno.

Nakon što su proverile da je Bejli dobro u vili, Džuli je odvezla Tabitu i Fadža kod veterinara. Postavljena je dijagnoza povređene šape, ali nije bilo preloma. Dao im je tablete protiv bolova za Fadža, a Tabita je sva srećna platila račun. Znala je da mora da kaže Kordeliji šta se dogodilo, ali odlučila je da izostavi deo o Rafu.

Pošto ju je Džuli pozvala da dođe u subotu na kafu i kolače, što je Tabita rado prihvatila nakon tolike ljubaznosti, odnela je Fadža iz automobila u vilu. Bejli ih je dočekao mašući repom, vrteći se ukrug kad je ušla u dnevnu sobu.

Pošto je izgubila veliki deo dana, nakon što je očistila nered najbolje što je mogla i uklonila mrlje s tepiha i troseda, Tabita je ostatak popodneva provela radeći, pokušavajući da nadoknadi sve što je trebalo da obavi tokom poslednjih nekoliko dana dok joj je Raf odvraćao pažnju. U sedam je nahranila pse i Misti, ali nije želela da provodi vreme u kuvanju. Potražila je sveže povrće u frižideru, napravila salatu i omlet sa sirom.

Kad su se Fadž, Bejli i Misti sklupčali na uobičajenim mestima, Tabita je sastavila poruku Kordeliji i Rufusu u njihovoj *Votsap* grupi.

Sve je u redu, ali Fadž je nekako uspeo da povredi šapu. Malo je šepao, pa sam ga iz predostrožnosti odvela kod veterinara. Oseća se dobro i nema potrebe za brigom. Dobio je tablete za ublažavanje bolova i veterinar je rekao da će biti zdrav kao dren za nekoliko dana.

Priložila je fotografiju kako leži sklupčan na trosedu i, uz brigu koja joj je ponovo uznemirila stomak, poslala poruku. Osećala se loše zbog izvrtanja istine i ponovo je bila ljuta na Rafa zbog svega što se dogodilo. Ipak, sat vremena kasnije, kad joj je poslao poruku, a nakon telefonskog poziva zabrinute Kordelije, tokom kojeg je Tabita uspela da je umiri i uveri da je Fadž zaista dobro, osećala je da bi bilo zlobno zanemariti ga.

Šta se dešava s Fadžom? Jesi li ga pronašla?

Da, dobro je. Sve vreme je bio u Džulinom vrtu. Misli da se provukao kroz živicu. Tvoji roditelji znaju da je sad bezbedan.

Ipak, ostala je na tome, ne raspitujući se kako je ni da li je pronašao smeštaj. Bio je odrastao čovek i savršeno sposoban da se brine o sebi. Nije nameravala da dalje troši vreme razmišljajući o njemu.

Nakon krajnje iscrpljujućeg dana, Tabita je rano otišla na spavanje s podjednako iscrpljenim Bejlijem i Fadžom, svojim jedinim društvom, kao što je i trebalo da bude od početka.

* * *

Prošlo je nedelju dana otkako je Tabita stigla na Madeiru i prilično je kasnila s poslom nakon toliko ometanja. Čistačica Dolores je trebalo da dođe tog jutra na dva sata, pa se Tabita smestila na senovito mesto na terasi i započela dan razgovorom preko *Zuma* s producentom u diskografskoj kući. Potvrdili su da će u novembru tri nedelje u Nešvilu da piše s novom pevačicom kantri muzike u usponu, čije su pesme podsećale na pop. Psi su joj pravili društvo – Fadž je posebno bio pripijen uz nju, i mada je i dalje šepao, delovao je bolje, i pratio ju je svuda.

Veče je provela tragajući za sledećim mestom gde bi mogla da čuva ljubimce i kujući planove za ostatak godine. Elspet je predložila da ih poseti, i nije bilo razloga da to ne učini. Mogla bi neko vreme da radi odatle i ima smeštaj dok provodi vreme sa svima njima. Odavno nije zagrlila sestru. Uprkos tome što je bila neverovatno ljuta na Rafa, njegov zagrljaj kad se Fadž izgubio izuzetno joj je prijao. Misli joj je obuzelo maglovito sećanje na Rafov poljubac u hodniku – vruć i strastven, dok su je njegovi dodiri peckali po koži. I tu se sećanje završavalo, bilo je zbrkano i složeno. Zagrljaj sa sestričinama i starijom sestrom bio joj je preko potreban.

Posle sve gužve s Rafom i Emiliom, a zatim Fadžom, Tabita barem nije imala vremena da se brine zbog toga što će ponovo videti Olija, ali kad joj je na telefon stigla poruka s vremenom i mestom sastanka u Funšalu sledeće večeri, misli o njemu su se ponovo vratile.

Elspetin poziv nakon što je uspavala decu bio bi odlično skretanje pažnje, ali ona je jedino htela da priča o Oliju.

– Šta ćeš da mu kažeš?

– Ne znam – reče Tabita i uzdahnu. – Verovatno mnogo toga. Svašta se izdešavalo za sve ove godine.

– A uprkos tome što ga nisi videla, znaš skoro sve o njemu. Život mu je svuda po internetu. – Načas su obe ućutale. – Misliš li da ćeš upoznati njegovu devojku?

– Nadam se da ne – reče Tabita i nabora nos na pomisao da će im se pridružiti njegova devojka manekenka. – Nadam se da ćemo biti samo on i ja, ali pretpostavljam da bi mogao pozvati još nekog da bi nam bilo manje neugodno. Mada, u porukama zvuči veselo zbog susreta.

– Pa, to je dobro – rekla je Elspet i opet zastala. Tabita je znala kako se sestra sprema da kaže nešto što je mislila da možda ne bi trebalo. – Hoćeš li mu ispričati sve što ti se dogodilo u proteklih godinu ili dve? Znaš, u vezi s Luisom, za bebu...

Tabita je stegla vilice dok se borila sa osećanjima. Nije želela da razmišlja o tome da je izgubila bebu. Bio je to rani pobačaj, nešto što se događa mnogim ženama, a Elspetino pominjanje toga sad ju je jako pogodilo. Obuzela ju je uznemirenost koja ju je pratila poslednjih dvanaest meseci. – Zašto bih mu rekla bilo šta o tome? – Čula je sopstveni glas, napet i na ivici suza.

– Izvini, Tabs. Baš nemam takta. Znam da ste jedno drugom sve pričali...

– Dok sam mu verovala, jesam. Nisam pričala ni sa kim o tome šta se desilo osim s tobom, mamom i tatom. – Tabita je podvukla noge i kroz otvorena vrata pogledala u pomračeno nebo. I njena braća i druga sestra su znali šta se dogodilo, ali nije o tome razgovarala s njima. Ne, umesto toga je pobegla. Razgovor sa Olijem o svađi bio bi ogroman korak, a ići dalje od toga u događaje koji su se otad desili činilo joj se previše lično i bolno. Kao što je Džuli rekla, kad ljudi tuguju, znači da su upoznali ljubav. Snaga njenih osećanja prema nečemu što je jedva mogla da shvati zapanjila ju je do srži. Kako je mogla da voli nešto što nije ni izgledalo stvarno?

– Ućutala si se, Tabs.

– Da, izvini, previše razmišljam o tome šta će biti sutra. Jedino treba da se sretnem s njim i vidim kako se osećam kad ponovo provedem neko vreme uz njega. Videću kako će to izgledati, pa onda odlučiti.

– To zvuči prilično mudro. I znaš gde sam ako želiš da razgovaraš. U bilo koje doba, Tabs. Samo pozovi.

15.

Tabiti nije smetalo da putuje sama. Mogla je da se nosi sa odo-
cnelim letovima i paničnom žurbom da uhvati poslednji voz, da se
snalazi u kretanju po nepoznatom gradu ili ćaska s neznancima, ali
od pomisli da će posle svih ovih godina videti Olija dlanovi su joj
se znojili, a u stomaku joj je treperilo. Poslednji put je bila ovako
nervozna pre nego što je rekla Luisu za pobačaj – posle trudnoće za
koju nije ni znao. Čak i od sećanja na pokušaj da rečima opiše ose-
ćanja i tok misli zbog toga što mu nije rekla oblio ju je hladan znoj.
Ako je bila u stanju sve to da uradi, svakako da može i da popije
piće sa Olijem.

Uprkos tome što je prethodne večeri rekla Elspet kako ne želi
previše da razmišlja o tome šta će biti, imala je potrebu da veče-
ras sve ispadne kako treba, od onoga što je nosila do toga kako da
pristupi razgovoru sa Olijem. Dozvoliti da se njihovo prijateljstvo
raspadne bio joj je najlakši način da prevaziđe činjenicu da ju je
povredio, ali problem je bio u tome što se nikad nije suočila s tim
osećanjima. Izbegavala ga je i ignorisala njegove poruke i pozive do
te mere da je on, ponet sopstvenim uspehom, odustao od pokušaja
da stupi u vezu s njom.

U redu je što sam nervozna, razmišljala je Tabita dok je zurila u
sebe u ogledalu spavaće sobe, premišljajući se da li je crna šorts-ha-
ljina bez rukava uparena s bronzanim sandalama i krupnim naru-
kvicama pogodak za pravi izlazak no koji treba da bude ležeran.
Pružila mu je ruku pomirenja, i to je bilo dobro. Nije mogla i dalje
da beži od neprilika, niti da duboko potiskuje osećanja ostavljajući
ih za kasnije. Ponekad je najbolje vreme upravo sad. Ova kuća na
Madeiri bila je savršena prilika da se suoči s prošlim razočaranjem

i pronađe način da krene napred, možda čak i povrati nešto nalik prijateljstvu sa Olijem.

Nakon nesigurnog početka tokom kojeg se skrivala od svih, njeno načelo u proteklih šest meseci bilo je da bar prihvati nove prilike i vidi kuda će je odvesti, sve dok ne shvati gde želi da bude. To je bilo ključno: gde. Znala je šta želi da radi – barem narednih četiri ili pet godina – da izgradi karijeru autora pesama za koju je naporno radila, možda čak i da se vrati na turneju i svira. Teže pitanje bilo je kako da shvati gde pripada kad se osećala kao da nigde ne pripada. Možda je večeras bio prvi korak na tom putu.

Odvesti se taksijem do Funšala činilo se kao nepotreban trošak, ali Tabiti je bila potrebna dodatna hrabrost i nije mogla da se suoči sa Olijem prvi put posle mnogo godina a da ne popije čašu ili dve vina. Osim ako se nije dramatično promenio, što je sudeći po društvenim mrežama bilo malo verovatno, izlazak s njim podrazumevao bi mnogo pića i ne bi prihvatio *ne* kao odgovor. Razočaralo ju je kad je shvatila kako je Raf pomalo podseća na Olija. Imali su slično samopouzdanje, bili opušteni i sami i u društvu, umeli su da ćaskaju i znali da su zgodni. Čak i pre nego što je postao slavan, Oli je bio takav – neodoljivo drzak, s jamicama u obrazima kad se smeši i tim dečačkim dobrim izgledom zbog kojeg su ljudi pretpostavili da je nekom bendu čak i pre nego što je postao pop zvezda.

Taksista ju je ostavio ispred otmenog hotela na ivici starog grada Funšala i popela se do kružnog bara na krovu. Poranila je, ali pošto ju je od nervoze mučio stomak, radije bi bila prva i popila nešto da se smiri.

Oli je rezervisao sto. Primetila je kako je konobar ocenjuje kad je rekla ime Oli Pereira. Bio je poznat širom sveta, ali na Madeiri su ga smatrali dečkom iz komšiluka koji je stekao slavu, iako je odrastao u Britaniji. Konobar ju je odveo pored bara i iza dugog zakrivljenog bazena uz ivicu krova do stola u uglu s pogledom na grad. Vratio se sa čašom ponče, domaćeg napitka od ruma napravljenog od šećerne trske, meda, šećera i limunovog soka, zajedno s ćasama semenki vučike i očišćenog kikirikija.

Dok je pijuckala izuzetno osvežavajuće piće i u tami zurila u zlatno svetlucanje Funšala, Tabitu je popustila napetost. Može ona to. Radilo se o prilici da popravi bar jedan deo života, što je zapravo bilo prosto kao pasulj u poređenju s prolaskom kroz zbunjujuća i zbrkana osećanja koja su ostala od raskida s Luisom.

Nije morala dugo da čcka i priseća se prošlosti. Najpre ju je pogodila Olijeva prisnost. Uz porodicu, a posebno Elspet, Oli joj je bio najbliži. Između osamnaeste i dvadeset pete godine bili su najbolji drugovi, nikad ne dozvoljavajući momcima i devojkama da stanu na put njihovom prijateljstvu, čak ni kad su neki od njih dovodili u pitanje taj odnos. Dok je koračao barom na krovu prema njoj, shvatila je da se Oli malo promenio – delovao je ozbiljnije i s više samopouzdanja, koje je možda bilo posledica slave na koju se privikao. Primetila je poglede u njegovom pravcu dok je obilazio bazen obasjan zelenim i ljubičastim svetlima, i očigledno nije ni pokušavao da sakrije ko je.

Oli joj se približio, a Tabita je ustala. Kad je prišao da je zagrli, nije se opirala. I to je bio pravi medveđi zagrljaj, ruke su mu bile čvrsto obmotane oko nje kao da nadoknađuje propuštene godine.

Pustio ju je i dobro osmotrio. – Za ime sveta, izgledaš neverovatno, Tabita!

– I ti isto. – Mešavina osećanja izbila je na površinu i više nije znala šta oseća: sreću, ljutnju, olakšanje, zbunjenost, ili od svega pomalo.

Oli je sve vreme pričao kad su seli. Bio je glasan i teatralan, zbog čega je Tabita shvatila koliko je smekšala tokom poslednjih nekoliko godina, polako zamenivši svetske turneje i neprekidno kasno noćno opijanje mirnijim životom. Bio je raspoložen, i očigledno mu je bilo drago što je vidi, i dok su polako razmenjivali učtivosti o tome kako su Olijevi roditelji i Tabitina porodica, činilo se kao da nije prošlo toliko vremena i da su skliznuli nazad u ono ugodno prijateljstvo koje ih je nekad vezivalo. Ipak, bilo je mnogo toga što je trebalo reći.

Oli je naručio bocu belog vina, i kad ju je konobar otvorio i sipao im po čašu, Tabita je znala da je vreme da se razgovor pretvori u pravi razlog njihovog susreta.

Oli je prineo čašu i kucnuli su se. – Živeli, Tabita – otpio je gutljaj i odmahnuo glavom. – Stvarno mi je drago što te vidim.

Tabita je duboko udahnula. – Jasno ti je zašto se nismo tako dugo videli, zar ne?

Oli se zavalio i skrenuo pogled.

Evo ga, pomisli Tabita, primetivši kako je prekrstio ruke, kao da se štiti. Pretpostavila je da su ljudi oko njega tu kad god ih pozove, hvale ga, ulizuju mu se, uživaju u njegovoj slavi i svemu što ona donosi. Tabitu nije bilo briga koliko je slavan jer ga ni posle toliko vremena nije videla na taj način.

– Govoriš o pesmi, zar ne? – rekao je na kraju.

– Naravno da govorim o pesmi! – Nije nameravala da podigne glas, a Oli ju je zabrinuo pogledom. Snizila je ton. – Imaš li predstavu koliko si me povredio?

– Nisi htela da razgovaraš sa mnom, Tabita – nagnuo se napred i spustio čašu na sto. – Nakon finala pokušao sam da te pozovem, da ti pošaljem poruku – ako se sećaš čak sam se pojavio kod tebe kasnije te nedelje, ali odbila si da me vidiš.

– Zato što sam bila toliko ljuta na tebe, eto zašto. *Ti* nisi razgovarao sa mnom. Držao si me u neznanju o tome šta ćeš uraditi, naveo me da poverujem kako ćeš otpevati našu pesmu, da će moje ime biti pomenuto uživo na televiziji kao ime koautorke. Sigurno se sećaš da nisi razgovarao sa mnom, niti mi odgovarao na poruke dva dana uoči finala. Pripisala sam to činjenici da si veoma zauzet svime što se dešava. Ali to uopšte nije bio slučaj, zar ne? Zapravo si me izbegavao. Ispalo je prilično dobro za tebe što sam bila previše nervozna da uživo u studiju prisustvujem finalu, pa sam ga umesto toga gledala kod roditelja. Cela porodica je bila tamo, i prijatelji, svi zbijeni u dnevnoj sobi, i šta se onda desilo, Oli?

Stegao je vilicu i izbegavao njen pogled. – Otpevao sam našu pesmu – promrmljao je.

– I?

– I rekao da sam je ja napisao.

Gnev je prostrujao njom. – Upravo tako. *Tvrdio si* da si je ti napisao. Mene nisi ni pomenuo.

Čekala je da nešto kaže, ali je on umesto toga otpio dug gutljaj vina.

Uzdahnula je. – Zašto nisi razgovarao sa mnom? Zašto mi nisi rekao šta nameravaš da uradiš?

– I šta, tebi bi to bilo u redu? – govorio je tiho, ali očigledno napetim glasom.

– Verovatno ne, ali nisi mi ni pružio priliku. Ispao si kukavica, krio si šta ćeš da uradiš, pustio me da poverujem kako ćeš reći svetu za pesmu koju sam *ja* napisala, a umesto toga si pred svima napravio budalu od mene. To je bilo neoprostivo.

– Imao sam svoje razloge.

– Sigurna sam da jesi, samo sam želela da ih podeliš sa mnom, kao što bi to uradio prijatelj – uzela je čašu i popila gutljaj, a pitko suvo vino imalo je gorak ukus. Ushićeno čavrljanje sa okolnih stolova pored bazena pomešano s privlačnim ritmom Dua Lipine „Levitation" na trenutak ju je omelo. Namrštila se i okrenula ka Oliju.

– I koji su to bili razlozi?

Oliju se raširiše nozdrve – Loša procena i pogrešna odluka.

– Bila je tvoja odluka da prijaviš pesmu kao svoju, zar ne? Ili si to uradio pod nečijim uticajem?

– Naravno da sam bio pod uticajem – rekao je Oli oštro. Osvrnuo se i spustio glas. – Imaš li ikakvu predstavu pod kakvim sam pritiskom bio? Onog trenutka kad sam se probio u emisiji, to se pretvorilo u pravu vrtešku, vukli su me na sve strane, i što sam dalje išao, pritisak je bio veći. Radilo se jednostavno o zarađivanju novca, i smatrali su me nekim ko bi mogao da zaradi mnogo za diskografsku kuću.

– Čak i pre nego što si pobedio? – rekla je u neverici.

– Da, tokom celog takmičenja sve je vodilo mojoj pobedi.

– Hoćeš da kažeš da je bilo nameštено?

– Naravno da nije. Ali producenti, i uopšte svi u emisiji, uključujući sudije – naglasio je – smatrali su da bi finale bilo još upečatljivije i da bi zvučalo još bolje ako bi se objavilo da sam ja napisao pesmu.

– Pa, dobio si pažnju koju si želeo i potpuno si se usredsredio na sebe, zar ne? – Toliko se trudila da obuzda uzburkani bes da su je ruke bolele od stezanja rukohvata na stolici. – Izostavivši moje ime iz cele priče, nisi morao da deliš sjaj reflektora. Razumeš šta bi meni takav uspeh značio za karijeru – u najmanju ruku bi me primetili ljudi koji su zaista bitni u ovom poslu.

– Pa ipak si stigla tamo, vidi kako ti dobro ide – primaknuo se, gurnuvši rame uz njeno kao da pokušava da smiri strasti.

– Nemaš pojma – odmahnula je Tabita glavom. – Mesecima nisam pisala, tvoja izdaja mi je uništila samopouzdanje. Osećala sam se kao da sam propustila najveću priliku u životu, istovremeno gledajući kako tvoja karijera dostiže zvezdane visine. Da ne pominjem kako si me prevario za tantijeme. Ali sam se pridigla, počela ponovo da odlazim na svirke, sviram gitaru, upoznajem prave ljude i na kraju dobijam sve veće i veće svirke sve dok nisam otišla na turneju s *Jednom ljubavlju.*

– Tako si stigla do toga? Zato što si prestala da pišeš?

– Slomio si mi srce te noći i *verovala sam* da si namerno uništio naše prijateljstvo. Zašto bi inače uradio tako nešto meni iza leđa? Činjenica da nisi razumeo koliko si me povredio strašno me je rastužila. Ali znaš šta, bez obzira na sve to, u pravu si. Trebalo je da razgovaram s tobom i kažem ti koliko sam bila uznemirena, jer time što nisam bila otvorena i iskrena kad su moja sopstvena osećanja u pitanju zapravo sam se ponela isto kao ti. Godinama me je to izjedalo. – Odvojila je prste od naslona i zavalila se u stolicu. – To je bio naš san, Oli. Tim iz snova, sećaš se? Ti bi pevao, a ja bih pisala pesme.

– Znam, bili smo sjajan tim... I znam da je to bila tvoja pesma. Davao sam ti ideje, ali ti si je napisala. – U glasu mu se čuo tračak nostalgije dok je pogledom prelazio njenim licem.

– Znaš šta me je najviše rastužilo? Ne to što je trebalo da imam udeo u tantijemama, ili što je moje ime trebalo da bude pomenuto u jednoj od najvećih televizijskih emisija na svetu, već što sam izgubila tvoje prijateljstvo.

– Nikad ga nisi izgubila. Uvek ću ti biti prijatelj – posegnuo je za njenom rukom i uzeo je u svoje glatke i tople šake. – Žao mi je što nisam prvo razgovarao s tobom i što sam popustio pod pritiskom.

Izvini zbog onoga što sam uradio. Znam da sam pogrešio. Ne mogu dovoljno da ti se izvinim ili odužim.

– Da, možeš. Možeš da ispraviš stvari. – Nije nameravala da mu crta kako to da uradi i svakako nije htela ništa da mu traži. Morao je to da shvati sâm, da joj dokaže koliko je zaista dobar prijatelj. Sve što je radila tokom poslednjih sedam godina bilo je u pokušaju da nastavi dalje. Nije htela da se osvrće sa žaljenjem niti da gubi vreme na ogorčenost.

Dok su pili piće i ćaskali, kao da je poslednjih nekoliko godina izbrisano i vratili su se u jednostavnija vremena kad su delili slične nade i snove o budućnosti i velikom proboju u muzičku industriju: Oli peva, a Tabita piše. Međutim, nisu mogli da povrate izgubljeno vreme. Njihovi životi su se razišli, i ona je bila drugačija osoba od one koja ga je one noći bodrila iz roditeljske dnevne sobe. Bila je sigurna da je i on drugačiji – slava, novac, iskustva koja je stekao, nova prijateljstva, veze i život koje je vodio nesumnjivo bi svakog promenili.

– Ovo bi mogao da bude novi početak za nas, zar ne? – rekao je Oli, stisnuo joj je ruku i nagnuo se bliže, pokušavajući da joj uhvati pogled ispod kovrdža.

Tabita je shvatila da se bila potpuno izgubila u mislima, zureći u njegove prste upletene u njene. Tetovaža zmaja sa ivicama ispod kaiša za sat. Jednu nije prepoznala. Svi crteži koji su mu ukrašavali ruku bili su novi. Podigla je pogled, susrela njegove prodorne plave oči i odjednom se osetila krajnje nesigurno što sedi i razgovara tako prisno s njim, ne više s najboljim prijateljem kojeg je onako dobro poznavala, već s relativnim strancem, pritom tako slavnim.

Izvukla je ruku iz njegove i otpila gutljaj vina, dok joj je žagor sa okolnih stolova zaglušivao uši.

– Da li je tvojoj devojci smetalo što smo se našli? – upitala je, svesna koliko je krcat bar na krovu.

Oli je ponovo utonuo u stolicu. – Više nismo zajedno.

Tabita podiže obrvu. – Oh?

– Prilično je složeno. – Oli je skrenuo pogled, jer mu je očigled-no bilo neugodno da govori o tome. – I to još nije javni podatak, pa bih voleo da tako i ostane. Moramo da sačekamo pravi trenutak, znaš već, da to, ovaj, iznesemo u javnost.

Tabita nije znala jer nije živela život pred očima javnosti kao on. Sama je birala šta će staviti na *Instagram* ili *TikTok* što bi drugima dalo uvid u njen lični život. A njen lični život bio je upravo to. Društvene mreže bile su usredsređene na njeno pisanje pesama, saradnju s drugim muzičarima i, u skorije vreme, na putovanja.

Pažnju su im privukli lupkanje potpetica i ushićeno brbljanje. Tri devojke, ruku podruku, zaputile su se pravo ka njima. Ne, ne ka njima, pomislila je Tabita, prema *Oliju*. Oči su im bile uprte u njega, sve su imale sjajne osmehe od uha do uha, šljokičaste majice i kratke suknje.

– O bože! Ti si Oli Pereira! – rekla je devojka u sredini sa severnjačkim akcentom kad su stigle do njihovog do malopre tihog ugla bara.

Oli im je uputio osmeh s jamicama. – Glavom i bradom.

Tabita se zavalila na stolici dok su se tri devojke tiskale oko njega. Nije mu zavidela na pažnji, ali je pomislila kako je delić njegovog svetskog uspeha trebalo da bude njen. Mogao je da bude njen. Znala je da slava i bogatstvo ili Olijev svetski uspeh nikad nisu zajamčeni, ali on je suštinski ukrao njenu pesmu i uzeo joj pravu priliku za slavu, bez imalo hrabrosti da se suoči s njom i bude iskren. To joj je smetalo. To mu je i rekla, ali nije bila sigurna da je zaista razumeo. A kako bi i mogao? Nije imao vremena za to, pometen sjajnim novim životom ispunjenim novim ljudima. Bivše devojke su mu uglavnom bile studentkinje ili konobarice, radile su u prodavnici odeće *River ajlend* ili u kadrovskoj službi, a sad su bile manekenke ili glumice, izložene očima javnosti koliko i on.

Devojke su okružile njihov sto, nijedna nije mnogo odmakla od tinejdžerskih godina, a pažnja im je bila čvrsto usmerena na Olija. Ustao je i zagrlio svaku od njih. Uzbuđeno cičanje ispunilo je vazduh dok su mu objašnjavale koliko ga vole, pitale ga kad će ponovo ići na turneju po Velikoj Britaniji i govorile kako bi bilo kul da se svi zajedno fotografišu.

– Hej, ovo je moja prijateljica Tabita – rekao je Oli. Pokazao je prema njoj, terajući devojke da se dovoljno razmaknu kako bi je uključile. – Piše sjajne tekstove za muzičare kao što su *Jedna ljubav* i *Didi*.

– O bože! Obožavam *Didi*! – uzviknula je devojka koja je stajala s rukom oko Olijevog struka. – Mada, ni približno koliko tebe.

– Nadam se da je tako – nasmejao se Oli. – Tabita, da li bi nas fotografisala?

To nije bilo pitanje i nije trebalo da joj zasmeta, ali jeste. Bilo je nešto u načinu na koji je Oli to rekao i očekivanju da to uradi što joj je išlo na živce.

Jedna od devojaka je predala Tabiti svoj telefon i ona je zakoračila iza stolice da ih sve uhvati. Popunili su okvir – Oli je blistao u sredini, preplanule kože, s jamicama i razbarušenom kosom, uz tri podjednako preplanule mlade žene napućenih usana, s talasastim kosama i dubokim dekolteima.

– Izvini zbog ovoga – rekao je Oli kad su devojke naposletku otišle, stežući telefone, bez sumnje spremne da fotografiju što pre postave na *Instagram*.

– Pretpostavljam da si navikao na to, na svu tu pažnju. – U njenim rečima nije bilo gorčine, uopšte mu nije zavidela. Jedino ju je rastužilo to koliko je drugačije delovao. Uprkos bliskosti, uspomenama koje su delili i koliko su lako ćaskali, između njih je postojao jaz za koji nije bila sigurna da će ga ikad premostiti.

Tabita je pila vino i slušala Olija kako priča o ludačkom tempu života muzičke zvezde i kako su on i njegova odnedavno bivša devojka pokušavali da izglade svoj odnos, ali želeli su da problemi u njihovoj vezi ostanu lična stvar. Tabita nije bila sigurna koliko je pametno što se našao s njom na javnom mestu da popiju piće. Njoj nije smetalo, ali pitala se kako će to izgledati drugim ljudima. Upitao ju je da li se viđa s nekim i iskreno mu je odgovorila *ne*, ali odlučila je da ne spominje Luisa, uprkos tome što je mnogo puta tokom njihovog raskida pomislila koliko bi joj prijalo kad bi mogla da se izjada Oliju.

Neobično joj je laknulo kad se susret prirodno završio. Oli je imao rani telefonski poziv u jutarnjoj emisiji *Radija 1*, a Tabita vožnju od dobrih četrdeset pet minuta nazad do vile.

– Hej, sledeće srede pravim žurku za rođendan – rekao je Oli dok su izlazili iz bara. – Voleo bih da dođeš ako ćeš i dalje biti na Madeiri.

– Biću.

– Odlično – rekao je, poljubivši je u obraze. – Javi mi adresu gde si odsela i poslaću ti poziv. I nije mi potreban poklon, zaista to mislim, Tabs. Samo tvoje društvo.

Ha, bez poklona? Zvučalo je sasvim u redu. Na kraju krajeva, zar mu nije već dala najbolji od svih poklona?

Bilo je kasno kad se Tabita vratila u vilu. Bejli i Fadž su je dočekali mašući repovima i čim je zaključala vilu, nestrpljivo su je ispratili do spavaće sobe.

Umor ju je preplavio dok je prala zube, presvlačila se za spavanje i zavlačila se u postelju. Bila je iscrpljena od osećanja koja je preživela te večeri. Razgovarali su i oboje se izvinili. Ponovo su se povezali i pozvao ju je na žurku, što je rado prihvatila. Deo nje je iskreno želeo da ponovo bude prisutan u njenom životu. Ipak, dok je ležala u krevetu, nekako se osetila odvojeno od njega više nego ikad ranije. Oboje su nastavili sa svojim životom – godinama su bili nezavisni jedno od drugog. Toliko toga se desilo, ne samo njoj. Nikad nije ni upoznao Luisa. Tu vezu bi podelila sa Olijem. Pitala se da li bi se on dopao Oliju. Uvek je imao nešto da kaže o njenim momcima, i nije im uvek nešto zamerao. Možda je bila glupa što je očekivala da će se nekim čudom osećati drugačije i srećnije sada kad su se videli. Bilo bi naivno misliti da se narušeno prijateljstvo može tako lako popraviti.

Zevnula je i okrenula se, nehotice pomerivši Fadža. Druga strana postelje bila je prazna, a Fadž se ipak ušuškavao što bliže njoj. Sve dok nije bila okrenuta prema kliznim vratima, zavese su je držale podalje od mračne noći. U stanju pospanosti, u mislima joj je iskrsao Rafov lik. Dok je tonula u san, Tabita se zapitala gde je i šta li radi.

16.

Tabitinu noć ispunili su snovi, treperave slike koje su izbledele trenutak nakon buđenja. Zaspala je misleći na Rafa, ali probudila se misleći na Olija. Laknulo joj je što će tog popodneva moći da popije kafu s Džuli, dok će jutro zaokupljati nadoknađivanje zaostatka u poslu. Tako je i bilo. Usmerila je svu pažnju na novu pesmu, pa je jedva imala vremena da očetka pse i pusti ih u vrt – Fadž je manje šepao, ali nije želela da preteruje i izvodi ga u šetnju – pre nego što je pojela sendvič umesto ručka i zaputila se stazom do komšinice.

Džuli ju je zagrlila. Tabita se osećala kao da se bukvalno nadvila nad njom, smela i blistava s razbarušenom kovrdžavom kosom, crvenim karminom i tregericama boje šafrana naspram Džulinih tamnoplavih lokni, blede kože i jednostavnih farmerki i majice zagasitih boja.

– Anton je u šetnji s prijateljem – rekla je Džuli dok ju je vodila u otvoreni dnevni boravak u srcu kuće, s vratima ka tremu koja su se otvarala u vrt. – I on često nije ovde tokom nedelje, jer radi u Funšalu. Ja radim dva dana nedeljno u Međunarodnoj školi, koju volim, ali prija mi što tokom sedmice imam dane za sebe kad mogu da se bavim vrtom ili ponekad popijem kafu s prijateljicama – osmehnula se sramežljivo Tabiti, zbog čega se zapitala koliko često Džuli zapravo ima prilike da ugosti prijateljice.

Tabita je provirila kroz otvorena vrata u prostranstvo vrta, uredne i lepo negovane trave, ispresecane zakrivljenim graničnicima prepunim boja i pernatih perjanica pampas trave.

Tabita se okrenula ka Džuli. – Nemate bazen?

– Razmišljali smo o tome, ali nikako da ga napravimo – slegnula je ramenima Džuli. – Vrt mi oduzima najviše vremena, to je moja strast. Šteta što nisi došla ranije, tokom leta, kad je cvetalo cveće *ponos Madeire*, ili u proleće kad je drveće džakarande bilo prekriveno ljubičastim cvetovima i prosto zadivljujuće. Pre nekoliko godina uložili smo novac u džakuzi koji obožavamo – osmehnula se Tabiti. – Želiš li čaj ili kafu? Ili da ti ponudim malo madere?

– Najradije bih popila kafu, hvala. – Uz silnu količinu alkohola koju je popila tokom poslednjih nekoliko dana, od pomisli na vino okrenuo joj je želudac.

Dok je Džuli kuvala kafu, Tabita se smestila na terasu, uživajući u prostranom vrtu koji je u potpunosti iskoristio pogled na okean. Pri samom dnu je opazila rupu u žbunju kroz koju se nazirao Rufusov i Kordelijin vrt, iako je njihova vila bila potpuno sakrivena drvećem.

Džuli joj se pridružila i spustila poslužavnik sa šoljicom kafe i tanjirom keksa na sto. Sipala je kafu, dodala mleko i pružila joj šolju.

Tabita se naslonila na stolicu i uživala u toploti. Terasa je bila dušu dala za sunčanje, i uprkos oblacima koji su se u daljini skupljali iznad okeana, nebo iznad njih bilo je vedro. Povremeni ptičji zov mešao bi se sa šuštanjem lišća, koje se lako moglo pomešati sa udaljenim udaranjem talasa o stene.

Misti je šetala vrtom prema njima, zaobilazeći leje s cvećem, ispunjene bojama poznog leta.

Tabita je rukama obuhvatila šolju kafe i okrenula se Džuli. – Misti provodi dosta vremena ovde?

– Podosta. Trudim se da je ne ohrabrujem previše i nikad je ne hranim – rekla je Džuli ozbiljno, namrštivši se. Tabita je mogla da zamisli Kordeliju kako negoduje kad Misti nestane put Džulinog poseda. – Ipak, sviđa mi se kad je tu.

Mačka je stigla do terase, umiljavala se oko Tabitinih nogu, a zatim sela kraj Džuline stolice.

– Prija vam njeno društvo, zar ne? Otkako ste izgubili psa?

– Da, Misti je bila pravi blagoslov.

– I ona očigledno uživa da bude ovde.

Džulin osmeh dok je milovala Misti sve je rekao, a mačka je zadovoljno prela.

– Žao mi je što ovog puta ne čuvam životinje, ali drago mi je što si došla. Bejliju i Fadžu je naročito potrebno društvo. Kordelija i Rufus su doneli pravu odluku da nađu nekog da ih čuva. Svakako je to mnogo bolje za pse. – Uprkos onome što se desilo Fadžu, njene reči su delovale iskreno.

Razgovarale su još malo o Džulinom poslu nastavnice i praktičnim aspektima Tabitinog rada na daljinu, dok su uživale u suncu i kafi. Uprkos Džulinoj bojažljivosti – barem je tako delovala – s njom je bilo lako razgovarati i bila je željna da sluša.

Tabita je ispila kafu i vratila šolju na sto.

– Jel' se to Raf nekim slučajem vratio? – Džulin nežni glas presekao je tišinu.

Tabita ju je oštro pogledala i namrštila se, zatečena iznenadnim pitanjem koje ju je dočekalo nespremnu.

– Ko? – Glumila je nevinost, iako nije bila sigurna zašto je osećala potrebu da ga brani nakon što ju je toliko uznemirio.

Džuli ju je na trenutak proučavala. – Rufusov i Kordelijin sin, Raf. Učinilo mi se da sam ga videla u vrtu – zavrtela je glavom. – Izvini, zaboravljam da ga verovatno nisu ni spomenuli. Verovala ili ne, imaju sina. – Njen inače sladak glas zazvučao je oporo. – Ali ne pričaju o njemu i poslednjih godina ga drže na odstojanju.

– Zašto? Šta se dogodilo? – Tabita se osećala nelagodno što skriva istinu, ali veoma ju je zanimalo da čuje Džulinu stranu priče.

Džuli uzdahnu. – Ne znam celu priču, ali koliko sam uspela da shvatim, optužili su ga za krađu. Između njih je već bilo mnogo napetosti, zbog čega je došlo do pucanja. Nismo baš bliski s Rufusom i Kordelijom, uprkos tome što smo se potrudili. Vole da se drže po strani. Druže se isključivo sa svojim prijateljima.

Džuli je izgovorila *prijateljima* tako da je Tabita shvatila kako ona i Anton nisu deo tog kruga. Nije bilo teško poverovati da Kordelija nema prijatelje poput Džuli, očigledno su bile veoma različite, ali Tabita se zapitala postoji li ozbiljniji razlog za jaz među njima. Kordelija je imala problematičnog sina kojeg je izbrisala iz života – pa okolnosti možda nisu tako savršene kao što su izgledale na površini.

Džuli je popila gutljaj kafe i bacila pogled na Tabitu. – Kupili smo ovu kuću nekoliko meseci nakon što su se Rufus i Kordelija doselili na Madeiru. Mislili smo da su par bez dece i nije nam ni palo na pamet da imaju sina dok nije došao kući za božićne praznike.

– Došao kući? – Tabita se namrštila, i dalje glumeći nevinašce.

– Iz internata. – Džuli je odmahnula glavom. – Raf je imao deset godina i ispisali su ga iz poslednjeg razreda osnovne škole u Sariju da se presele ovamo, pre nego što su ga gotovo odmah poslali nazad u Englesku nekoliko meseci kasnije da započne srednje obrazovanje. Većinu vremena ovde bili su samo Rufus i Kordelija, radili i družili se, a jedinu neprijatnost predstavljao je Raf kad bi došao kući za praznike.

– To mora da mu je jako teško palo – rekla je Tabita, prihvatajući prekor u Džulinim rečima, iako ih je izrekla neutralnim tonom. Prisetila se uznemirenosti koju je Raf pokušavao da obuzda kad god bi pričao o roditeljima.

– Jeste. Uglavnom je dolazio kući za praznike, ali ponekad bi ostajao u Engleskoj s babom i dedom, posebno ako je bio Božić ili raspust. Ponekad bi njegovi roditelji otputovali tamo i pridružili im se. – Džuli je sklopila ruke. – Bio je namučeno dete. Nije to bilo fer prema njemu; nije imao izbora nego da napusti svoj život u Engleskoj, a onda je otrgnut od porodice. To mu je najteže palo.

– Otkud znate sve to? – Tabita je bila zainteresovana da sazna više o Rafovoj prošlosti i kamenom izrazu Džulinog lica. Nije delovala kao žena koja bi se nepotrebno uzbuđivala oko bilo čega.

– Često sam se starala o Rafu kad su mu roditelji bili odsutni ili na putu. U njegovim ranim godinama barem. – Džuli uzdahnu. – Bio je izgubljena duša.

Tabita se namršti. – Znači, roditelji su ga ostavljali uprkos tome što je bio kod kuće tako kratko vreme?

– Pa, imali su pravo na svoj društveni život i da ne dopuste da im se na putu ispreči neugodnost što imaju sina, zar ne? – Džulin zajedljiv ton odgovarao je izrazu lica. Ponovo je uzdahnula. – Kad je poodrastao, odlazili bi poslom – ili ponekad na odmor – a ako ne bi želeo da ide s njima, što je obično bio slučaj, ostavili bi ga ovde samog. Imao je dovoljno godina i pameti, ali bilo mi ga je jako žao. Pozvala bih ga na večeru i najveći deo vremena jeo je s nama. Mislim da mu je bilo drago zbog društva i sigurnosti što ima nekoga uza se kad mu roditelji nisu tu.

Bilo je teško zanemariti gorčinu u njenom glasu.

– Znači, dobro ga poznajete? – reče Tabita tiho.

– Dobro sam ga *poznavala*. – Džuli je zagladila nevidljiv nabor na farmerkama. – Često je pričao sa mnom, sve dok nije ušao u tinejdžerske godine i zatvorio se kao i njegovi vršnjaci. I kako je odrastao, sve ređe se vraćao. Nakon što su platili internat, roditelji su ga izdržavali za vreme fakulteta, ali tad mu već nisu bili potrebni, osim zbog novca. Čvrsto verujem da je do tog trenutka njihovom odnosu već bila naneta dovoljna šteta.

Tabita je razmotrila koliko je Rafovo vaspitanje bilo različito od njenog. Iako nikad nigde nije imala osećaj pripadnosti, uvek je bila okružena ljubavlju roditelja, braće i sestara. Dom je bio tamo gde i porodica. Raf je ostao potpuno bez toga.

– Iskreno mislim da su njegovi roditelji verovali da će mu, uz najbolje obrazovanje koje novac može da kupi, obezbediti dobar život – nastavila je Džuli – i da će im na tome biti zahvalan, ali uopšte nisu saslušali njegove molbe. – Pritisnula je rukom grudi. – Ja sam samo videla čoveka kojeg su roditelji veoma izneverili. Iščupali su ga iz njegovog života, škole i od drugara u periodu koji je za decu inače težak, tom nezgodnom prelazu iz osnovne u srednju školu. Umesto da krene dalje sa svojim drugovima u lokalnu srednju školu, ili čak krene iz početka u obližnjoj privatnoj školi, oni su ga preselili u drugu zemlju, odvojili ga od voljenog psa – o tome bolje da ne počinjem – i poslali ga nazad u Englesku u internat dok su ovde za sebe stvorili novi život. – Stisnula je ruke oko šolje s kafom i nemo pogledala Tabitu. – Naravno, to je samo moj stav kao nekog sa strane.

Tabita se ugrizla za usnu. S obzirom na to da je bila odgovorna za kuću i životinje dok su Rufus i Kordelija bili odsutni, Rafovo ponašanje, koje je sve to dovelo u opasnost, bilo je neoprostivo, ali ipak je počela da shvata odakle potiče, i zbog čega je osećao, tako malo poštovanja prema roditeljima ili njihovoj kući. Umesto toga se posvetio psima i mački, to joj je bilo jasno, i delovao je istinski uznemireno kad je Fadž nestao.

Tabitin pogled spustio se niz travnjak do rupe u žbunju pored Rufusovog i Kordelijinog vrta. Prisetila se ranijeg dela razgovora kad je Džuli pomenula kako je videla Rafa koji je otišao pre tri dana.

Namrštila se i okrenula ka njoj. – Rekli ste kako vam se učinilo da ste videli Rafa? Kad je to bilo?

Izgovorila je njegovo ime kao da ga poznaje i zapitala se da li će tako zvučati i Džuli. Nije imala predstavu zašto je osetila potrebu da čuva njegovu tajnu, ali još nije bila sasvim spremna da se poveri Džuli.

– Juče – rekla je Džuli, ponovo tihim glasom.

Tabita je klimnula glavom, kako se nadala, krajnje neobavezno, uprkos tome što joj je srce lupalo. Kad je skrenula razgovor na Misti i pse, ponadala se da Džuli nije primetila njeno iznenađenje i zbunjenost.

Popričale su još malo. Vrt i mirisni vazduh delovali su umirujuće, sunce je odavalo predivnu toplotu, a daleki okean je svetlucao i beskrajno plavetnilo je ponukalo Tabitu da zamišlja kako plovi na daleka mesta. Nakon nekoliko prijatnih i poučnih sati, i posle poziva da neki dan dođe na večeru, Tabita se oprostila od Džuli i krenula nazad u Rufusovu i Kordelijinu vilu. Šetnja nazad joj je dala vremena da razmisli o tome kako se Džuli učinilo da je videla Rafa samo dan ranije, a on je zapravo otišao početkom nedelje.

Kuća je bila tiha, a Bejli i Fadž su čvrsto spavali na ćilimu. Kad su po njenom povratku jedva podigli glave, odmah je odbacila pomisao na to da bi psi znali da je Raf i dalje tu. Ali kako bi mogao da bude?

Razbudili su se kad je Tabita prišla i otvorila dvokrilna vrata ka terasi koja gleda na bazen. Vrt je bio prostran, s brojnim skrivenim mestima, uredna trava mestimično požutela posle letnjih vrućina, prošarana zelenim žbunjem i grupicama belih cvetova u obliku trubice, kao i onih krupnih plavih koji su se njihali na visokim stabljikama.

Pogled joj je odlutao ka kancelarija u donjem desnom uglu vrta. Jedva vidljiva iz kuće, s prigušenim srebrnosivim drvenim zidovima okruženim tropskim drvećem, nije zapadala za oko. Bio je to Rufusov i Kordelijin prostor za rad i nije imala razloga da ide tamo, zbog čega bi, kad je porazmislila o tome, bio savršeno mesto da se Raf sakrije.

Tabita je koračala stazom, a psi su se sad potpuno razbudili i kaskali za njom. Zastala je tek kada je stigla na drveni trem ispred kućice. Ceptela je od besa zbog Rafove drskosti – *ako* je Džuli bila u pravu. Možda su joj se dani pomešali i možda je zapravo videla Rafa dok je bio ovde. Tabita se nadala da je Džuli pogrešila jer nije uživala u pomisli na još jedan sukob.

Vrata su bila zaključana. Prodrmala je uzrujano kvaku, pre nego što je prinela ruke staklu, zaklonivši sunčevu svetlost kako bi provirila unutra. Ugledala je dva stola postavljena u obliku slova *L*, kao i dvosed koji je stajao uz zadnji zid. Rafov ranac je bio naslonjen na njega.

Tabita se namrštila i udaljila od prozora. Dakle, Džuli je bila u pravu. Ipak, nakon svega što joj je ispričala o Rafu i njegovom odnosu s roditeljima u njoj su se sukobljavala osećanja – s jedne strane je htela da bude ljuta na njega, ali istovremeno je duboko saosećala s njim. Mora da je imao ključeve od kućice i šunjao se unaokolo a da ona toga nije ni bila svesna.

I ne samo to, Bejli i Fadž su zaista bili loši psi čuvari, a Raf je to znao.

17.

Tabita je sedela na terasi s gitarom i otvorenom aplikacijom za snimanje zvučnih zapisa na ajfonu i svirala akorde, dok joj se u glavi oblikovao početak pesme. Reči su se rasule po stranici beležnice, trenutno neusaglašene, samo tračak zamisli. Bilo je to idilično mesto, ušuškano na samom kraju vrta i skriveno senovitim palmama i stablima banane sa ogromnim lišćem nalik palačinkama. Živa ograda je bila niska, što joj je pružalo nesmetan pogled na okean koji je svetlucao na bledoj svetlosti sumraka. Mimo toga što je veče bilo vedro i savršeno za posmatranje zalaska sunca, ona je imala toliko suprotstavljenih osećanja u vezi s Rafom da je odlučila da ostane na tremu i uhvati ga kad se vrati. Ranac mu je bio unutra tako da je u nekom trenutku morao da dođe, a ona je bila rešena da razgovara s njim.

Sunce je klizilo prema obzorju, zasipajući bisernosivi okean treperavozlatnom svetlošću. Da se nije toliko iznervirala i da joj se, posle skoro tri sata čekanja, nije toliko piškilo, bilo bi to čarobno iskustvo. Ipak, reči su potekle, a melodija je počela da dobija oblik, vedra, s tračkom sete, baš kao i najveći deo muzike koju je napisala tokom protekle godine.

Kako je temperatura polako opadala, Tabita je zadrhtala. Psi su se vrteli po tremu, nestrpljivi da dobiju večernje sledovanje, a ona ih je nahranila poslasticama koje je našla u džepovima. Mesečina se spuštala na okean, valovito srebrnobelo svetlo po talasima. Čarolija zalaska sunca ubrzo je izbledela, a Tabiti je postalo neudobno, bila je gladna i žedna i jako uzrujana.

Pala je u iskušenje da odustane i vrati se u vilu kad se senovita prilika pojavila s bočne strane vile.

Prilika je posrnula, ali pre nego što je stigao da se odmakne, Tabita je ustala iz stolice i zgrabila ga za mišićavu ruku.

Raf razrogači oči. Njegov zapanjeni pogled učinio je zasedu vrednom truda.

– Dođavola, Tabita! Šta radiš to, pobogu?

Pojačala je stisak. – Šta ja radim? – ciknula je piskavim glasom, dok joj je srce lupalo.

Raf ju je pogledao, a zapanjenost na njegovom licu pretvorila se u nežnost. Pustila ga je i on je podigao ruke kao da se predaje. – Otkrila si me.

– Tebi je ovo smešno, a? – zavrtela je glavom. – Šta to, dovraga, radiš?

– Ništa. – Posegnuo je kao da želi da joj dodirne rame, ali se predomislio. – Nisam hteo da te uznemirim, mislio sam da nećeš ni primetiti. – Glas mu je bio čvrst i postojan dok ju je molećivo gledao.

Tabita je sklopila ruke. – Sve vreme si bio ovde dole?

– Da, izvini – slegnuo je ramenima. – Kako si saznala?

– Džuli je rekla da joj se učinilo kako te je juče videla.

Pogledao je u pravcu Džulinog vrta u mraku. – Aha, tako dakle.

– Zamolila sam te da odeš! – Da li zbog besa koji ju je obuzeo ili zbog Rafovog prisustva, obrazi su joj plamteli. – Ne bi trebalo da budeš ovde, nemaš pravo na to, ne nakon načina na koji si se poneo.

Prišao joj je bliže, zapahnuo ju je miris citrusne kolonjske vode, a pod upornošću njegovog pogleda nakratko je oborila oči. – Biću iskren s tobom.

– Krajnje je vreme da to budeš.

Jednako ju je iznervirao i zainteresovao, a ona je znala da taj preplavljujući osećaj proizlazi iz svojevoljnih misli koje su se zadržale dugo nakon što je njega izbacila.

Raf ju je gledao pravo u oči. Mesečina je dosezala samo do ivice trema, zbog čega mu je lice bilo u polumraku. – Nemam kuda da odem, zato sam i ostao.

– Nemaš drugih prijatelja kod kojih bi mogao da prespavaš?

Raf je naborao nos. – Ne baš.

– Svima si im razbesneo žene?

– Tako nekako.

– Zato što si loše društvo.

Podigao je dva prsta kao da puca pištoljem. – Pogodak u centar.

Tabita je odmahnula glavom, ali je bar bio iskren. – Šta fali hotelu?

– Nestašica novca – promrmljao je i vilica mu se stegla. – Potpuni rusvaj dok sam između traženja posla i prodaje kuće s bivšom. Ne mogu da ga priuštim.

Shvatila je kolika muka ga je nagnala da to prizna. – Kako si uopšte ušao ovamo?

Raf je izvukao komplet ključeva iz džepa farmerki. – Napravio sam ključeve kad sam poslednji put bio ovde.

– Za šta tvoji roditelji verovatno ne znaju?

– Ne, ne znaju. I želim da tako i ostane. Molim te.

Još jednom je od nje tražio ogromnu uslugu.

Tabita je sklopila ruke. – Shvataš da bi trebalo da ih izvestim o novonastaloj situaciji. Očekuješ da opet lažem?

Raf je ispružio ruku, blago joj dodirnuvši rame, i bila je srećna što između njene kože i njegovih prstiju stoji tkanina majice.

– Ne tražim od tebe da lažeš, samo da me ne pominješ. Osim ako već nisi? – Prsti su mu se spustili nešto niže, povezujući se na časak s njenom kožom.

Gledala ga je u oči i odmahnula glavom. – Nisam im rekla ništa osim da je Fadž povredio šapu i da mu je bio potreban analgetik.

Raf je polako klimnuo glavom. – A psi su dobro, zar ne? I Misti? Nema potrebe da bilo šta kažeš, osim istine da su njihovi voljeni kućni ljubimci i kuća u redu.

– Sad jesu – reče Tabita.

Raf je gurnuo ruke ispod pazuha. – Trenutno preživljavam iz nedelje u nedelju – osmehnuo joj se zaverenički. – Pretpostavljam da bih i ja mogao da čuvam kućne ljubimce i putujem svetom kao ti.

– Bio bi jako loš u tome. – Tabita je dala sve od sebe da zanemari smekšalo srce i to što je počela da ga sažaljeva jer nema kuda da ode. To nije bio njen problem, čak ni ako joj ga je on neprekidno nametao.

Nije bila sigurna šta da uradi, što je Rafu pružilo priliku da otključa vrata kancelarije u vrtu. – Uđi, večeras je prohladno.

Žestok bes zbog suočavanja s njim polako je jenjavao, i shvatila je da se naježila. Umorila se i smrzla sedeći napolju. Bilo joj je jasno kako moraju nekako da reše situaciju u kojoj su se našli. Šta je, pobogu, trebalo da uradi?

Tabita je ušla unutra prošavši pored njega. Bila je potpuno svesna njegovog prisustva. Ispunjavao je prostor na izuzetno upadljiv način. Zračio je privlačnošću i znala je da je toga svestan. Pitala se da li je osetio njen unutrašnji sukob u želji da ga mrzi, a ne... Šta? Da joj se dopadne?

Bio je u formi i zgodan i te kako, ali njegovo ponašanje je bilo veoma neprivlačno. Na to bi trebalo da se usredsredi, a ne na to kako se sva rastopi kad ugleda njegove zategnute i preplanule mišiće.

– Je li to kupatilo? – pokazala je na vrata prostorije ne mnogo veće od ormara u pokušaju da skrene misli s polunagog Rafa.

– Ima umivaonik i klozetsku šolju.

– Nema tuša?

– Nema. Razmišljao sam da se ušunjam u kuću i istuširam se dok si bila napolju, ali sam pomislio kako bih time možda prekardašio.

– Misliš?

– Zato i nisam – brzo je dodao.

Tabita je uzdahnula. – Ako ti je novac problem, kako si platio let?

Raf obori pogled. – Našao sam jeftin let. Nije da nemam novca, samo živim od meseca do meseca i nemam dovoljno da iznajmljujem smeštaj na Madeiri, barem ne dok se prodaja kuće ne završi. – Podigao je pogled ka njoj. Primetila mu je tugu u očima. – Upao sam u finansijske nedaće iz kojih ću se izvući, samo će mi trebati vremena. Uglavnom sam boravio kod prijatelja u Londonu. – Pažljivo ju je posmatrao, stisnutih punih usana, dok su mu oči lutale njenim licem u iščekivanju odgovora.

Tabita je smatrala kako ima prava da ga dalje ispituje, i učiniće to, ali ne sad. Osim što je počeo da joj se otvara, verovatno samo zato što ga je uhvatila, nije bilo teško primetiti ranjivost u načinu na koji se mrštio i zabrinutost u očima. I dalje joj se očajnički piškilo, a htela je i da ima vremena da porazmisli dalje od njega i njegovog prisustva koje ju je ometalo.

Napravila je nekoliko koraka do vrata. – Moram da nahranim pse.

– Šta želiš da uradim? – doviknuo je za njom.

Tabita se okrenula i prikovala ga pogledom za koji se nadala da deluje hladno. – Još ne znam, ali nisi mi baš ostavio mnogo izbora, zar ne?

– Izvini.

Njegov raniji kez je nestao i prvi put je izgledao zaista ozbiljno. Nije imala srca da ga izbaci, ne sad kad je saznala da ima novčanih poteškoća, ako je rekao istinu. Želela je da mu veruje da je sve tako kako joj je govorio, ali već je jednom iskoristio njenu velikodušnost i nije želela da izigrava budalu.

18.

Napunjenih stomaka, Bejli i Fadž su se smestili na tepih ispred staklenih vrata. Napolju, samo nebo istačkano zvezdama, srebrno-bela mesečina i slab odsjaj iz kancelarije u vrtu koji razbijaju tminu noći. Pošto je sad znala da Raf boravi tamo, nije bilo svrhe da se krije, pa je upalio svetla napolju. Koliko je očajan morao biti da bi boravio negde bez tuša ili bilo kakvih mogućnosti za kuvanje? Ipak, i dalje se pitala da li se zaista bori, ili se jednostavno poigrava nje-nom dobrodušnošću. Imala je problema da odredi šta je istina.

Tabita je jedva čekala da pozove Elspet otkako se vratila od Džuli, ali znala je da ona neće imati vremena za razgovor dok ne stavi decu na spavanje. Bilo je skoro devet – dan joj se izvukao dok je čekala da se Raf pojavi. Nakon što je poslala poruku Kordeliji s novostima o psima i Misti – i izostavila bilo kakvo pominjanje Rafa – Tabita se smestila na trosed i pozvala sestru. Fadž, željan krila u kojem će spavati, skočio je pored nje i udobno se smestio, naslonivši joj glavu na butinu.

Telefon je zvonio i zvonio, i Tabita je taman htela da odustane kad je Elspet odgovorila umornim, ali veselim glasom: – Zdravo, Tabs.

– Zdravo, lepo ti je čuti glas. Jesu li devojčice u krevetu?

– Delimično. Nensi je dosadna kao znaš-već-šta. Getin može da se pozabavi njom.

– Ako ti je lakše, mogu da te pozovem kasnije.

– Ne, potreban mi je predah, tako da ne ideš nikud. – Elspet je uzdahnula, a Tabita ju je zamišljala kako tone u dubine troseda što dalje od vriske mlađe ćerke koja je bila bučna čak i sa ove strane linije. – Pričaj mi sve po redu o večeri sa Olijem.

Tabita je uzdahnula, iako nije nameravala.

– Bilo je toliko loše?

– Ne, bilo je fino – rekla je Tabita i skinula pseću dlaku s tregerica. – Bilo mi je čudno što ga ponovo vidim. Na neki način, činilo mi se kao da vreme uopšte nije prošlo i bilo je trenutaka kad bismo jednostavno utonuli u ono što smo nekad bili, ali s druge strane, ogroman jaz zjapi između nas. Mnogo toga se desilo. On se promenio, a i *ja* sam se svakako promenila. Izgubili smo sedam godina prijateljstva koje nikad nećemo moći da vratimo – bar ne onako kako je nekad bilo.

– Zvučiš zbunjeno – reče Elspet nežno. – Mada, nije ni čudo. Povredio te je i strahovito okrnjio tvoje prijateljstvo i poverenje u njega.

Uza sve što se danas dešavalo, Tabita nije imala mnogo vremena da razmišlja o tome, ali znala je kako nije sasvim sigurna. – Da li sam možda preterala?

– Ne, naravno da nisi. Ukrao ti je pesmu, Tabs. Svi smo te ohrabrivali da ga tužiš, sećaš se. Uzdigla si se iznad toga i sklonila se da bi sačuvala razum. Nisi želela ni dramu, ni stres. Stavila si duševno zdravlje na prvo mesto i ponela se kao bolja osoba od njega.

– Ali pokušao je da dođe do mene, rekao je kako je hteo da se izvini i iskupi. Ja sam ga isključila i suštinski pogoršala stvari.

– Mislim da je potpuno razumljivo to što nisi želela da ga vidiš niti da razgovaraš s njim. Znam koliko si bila ljuta i razočarana.

– To što nije bio otvoren prema meni najviše me je uznemirilo, više nego to što je tvrdio da je pesma njegova. Umesto da bude iskren, poneo se kao kukavica, i prosto mi nije rekao. I zavlačio me je, puštajući me da verujem kako će to biti i moja velika prilika. Ne znam. – Milovala je Fadžove meke uši i pokušavala da uguši nagomilana osećanja koja su pretila da se preliju. – U ovom trenutku mi sve izgleda pomalo zbrkano. Oli nije jedino oko čega sam zbunjena.

– Oh – otelo se Elspet.

– Trenutno sam u nezgodnom položaju.

– Stvarno? – Elspet je zvučala zabrinuto. – Šta se desilo?

Tabita je razmišljala o proteoloj nedelji, ukaljanoj neočekivanim Rafovim dolaskom i naknadnom pometnjom i osujećenošću koje je izazvao. Duboko je udahnula i uronila pravo u događaje pošto se pojavio te noći, preskočivši deo o tome kako su se ljubili i prespavali noć u istom krevetu. Elspet je pažljivo slušala, povremeno govoreći *aha* i *stvarno?*, dok je Nensi sve jače cičala u pozadini. I tako je Tabita ukratko ispričala sestri sve do događaja te večeri.

– A on je tvojih godina, zar ne? – upitala je Elspet kad je završila priču.

– Da, ima trideset jednu godinu.

– Zgodan?

– Od svega što sam ti upravo ispričala to si zapamtila?

– Ne, to nije *sve* što sam zapamtila – odvrati Elspet smireno – ali jeste ono što mi je pobudilo pažnju. Dakle, da li je zgodan?

– Nije loš – rekla je Tabita, odlučivši da potceni njegovu privlačnost.

– Sviđa ti se! – ciknula je Elspet.

Tabita je po Elspetinom glasu shvatila da se široko osmehuje.

– Ne. Nije to u pitanju. – Ugrizla se za usnu i pogledala niz mračni vrt do slabašno osvetljene kancelarije. Sećanje na njihov pijani poljubac još je bilo sveže uprkos maglovitosti onoga što se ipak nije dogodilo nakon toga. Sećanje na buđenje s jezivom glavoboljom dok Raf leži pored nje samo u farmerkama, razotkrivenih mišićavih grudi, prilično joj se dobro urezalo u glavi. Usmerila je pažnju na Elspet. Nensino plakanje pretvorilo se u pravi izliv besa do te mere da je zvučalo kao nešto iz filma strave i užasa. – Zar ne bi trebalo da odeš i središ Nensi?

– Ne, ne – reče Elspet brzo. – Getin se odlično snalazi. Kad upadne u ovakvo stanje, niko ništa ne može da učini dok sama sebi ne dozvoli da se smiri. Ponekad je samo treba pustiti da taj tantrum prođe svojim tokom. Sem toga, želim da čujem još o tom momku.

– Nemoguća si. Želim tvoj savet u vezi s neobičnim okolnostima u kojima sam se obrela, a ne hrabrenje da se bavim nekim koga jedva poznajem – uzdahnu Tabita.

– Izvini, Tabs. Samo te zafrkavam.

– Sve je to tako čudno i neprofesionalno.

– Ček, ček. Kad kažeš da je neprofesionalno, jel' to zato što si uradila nešto s njim zbog čega se tako osećaš?

131

Tabita je tačno znala na šta Elspet cilja. Sestra je oduvek umela da je pročita, čak i preko telefona kad je udaljena stotinama kilometara. – Ne baš... ali na neki način da.

– Oho! Spavala si s njim, zar ne?

– Ne, ne baš tako.

– Zato što bi to bilo prilično nezgodno.

– Više sam nego svesna toga. Doduše, malo smo se napili i završili u krevetu, ali navodno se ništa nije dogodilo.

– Navodno? – Elspetin glas je poskočio za oktavu.

– Po njegovim rečima, nismo imali seks. Ja se ne sećam bogzna čega.

– O bože! I nakon tog pijanog košmara si ga izbacila, a on je ostao da boravi u vrtu, šunjajući se unaokolo bez tvog znanja.

– Tako nekako.

– Au!

– Kako se ovakve stvari uvek meni dešavaju?

– Misliš, kako si imala toliko sreće da ti zgodan momak naruši idilično čuvanje kuće na Madeiri?

Tabita je ozlojeđeno progunđala. Elspet je imala dobre namere, znala je to, i očajnički je želela da je ponovo vidi srećnu i zaljubljenu, ali Tabita to nije tražila. – Ali ne želim nikog u životu. Ne želim vezu, a znaš zašto je tako? Jer iako sam ja bila ta koja je raskinula, volela sam Luisa.

– Znam da jesi, Tabs – rekla je Elspet nežno.

– Volela sam ga, a on je pokušao da me pretvori u nešto što nisam.

– Potpuno te razumem. Znam da nisi bila srećna s njim iako si bila zaljubljena. Ponekad to nije dovoljno. On je jednostavno bio pogrešan muškarac za tebe.

– Stalno mislim kako mi je možda bolje da budem sama. Biće potrebno čudo da pronađem nekog ko će me razumeti i prihvatiti da živim onako kako želim. I pre nego što to izgovoriš, shvatam da je u vezi neophodno praviti ustupke, ali ne u toj meri da neko pokušava potpuno da promeni to ko si i šta si iako od početka zna čime se baviš. – Tabita je odahnula sa olakšanjem što je to konačno izgovorila. – Pretpostavljam da hoću da kažem kako tebi Rafovo prisustvo možda zvuči kao nešto dobro, ali veruj mi, to je poslednje što želim za sebe. *On* je poslednje što želim. – Ugrizla se za usnu i zagledala se u treperava svetla. – Rufus i Kordelija su mi poverili svoj dom i kućne ljubimce, a onda je on ušetao i ponašao se kao... kao da je on vlasnik svega.

– Ali on je njihov sin, zar ne? – ubacila se Elspet. – To sigurno ne bi trebalo da bude veliki problem.

– Rekao bi čovek da je tako. No, u lošim su odnosima. Nije mi baš najjasnije o čemu se radi.

– Zar ne misliš da je vreme da ga priupitaš? – Elspet je bila glas razuma koji joj je bio potreban. – Imaš puno pravo na to. Ti treba da budeš tu. Kao što si i sama rekla, došla si u profesionalnom svojstvu, brineš o kući i životinjama, a – da dodam i to –treba i da radiš. Nisi baš neka vrdalama koja putuje po svetu i uživa, iako podozrevam da najveći deo vremena upravo to i radiš – nasmejala se Elspet. – Ako je tamo kad ne bi trebalo da bude, a ti mu dozvoljavaš da ostane, makar i u kancelariji u vrtu...

– Nisam još rekla da može da ostane.

– U redu, *ako* mu dozvoliš da ostane zbog dobrote svog srca, onda bez sumnje zaslužuješ odgovore. I sviđalo se to tebi ili ne, već ste se spetljali – opijanje i ljubljenje s njim verovatno nije bilo najpametniji potez ako si želela da nestane iz tvog života.

– Uhhh – uzviknula je Tabita. Fadžova glava je skliznula na trosed. Pomilovala ga je i prošaptala: – Izvini, drugar.

Elspet se zakikota. – Samo iznosim istinu, Tabs.

– Znam da je tako. Zato sam i ljuta na sebe.

– Bar ti odvraća pažnju od Olija. Zašto mu ne bi ponudila maslinovu grančicu – skuvaj mu nešto da pojede i porazgovarajte uz večeru. Možda će ti se tako otvoriti.

Ne znajući mnogo o njemu, osim da je sličnih godina kao Tabita i pretpostavljajući da je zgodan, Elspet ju je ohrabrivala da ga bolje upozna. Međutim, uprkos tome što je mali deo nje želeo da ga izbaci napolje, oduzme mu ključeve i po drugi put zatraži da se zauvek izgubi, veći deo nje privlačilo je ono što je skrivao, što joj je Džuli rekla o njemu, njegovi dovitljivost i samopouzdanje, a pogotovo osećaj koji je izazvao u njoj. U izvesnom smislu, Elspet je imala dobru ideju, da zauzme neutralan stav i sazna više pre nego što brzopleto donese odluku. Iako je njena sestra očajnički želela da se Tabita smuva s nekim koga i ni poznaje. Elspet je samo htela da je ponovo vidi srećnu i spokojnu, radije nego kao sestru nomada, jedinog člana porodice koji ne može da se skrasi i nema mesto koje može da nazove domom.

19.

Kada je Nensina dernjava dostigla punu jačinu, Tabita i Elspet su se oprostile, a Elspet je naterala Tabitu da joj obeća da će je obaveštavati o razvoju situacije s Rafom i Olijem.

Tabita je poslušala sestrin savet i skuvala jednostavnu večeru. Dovoljnu za dvoje. Bilo je to jednostavno jelo, špagete sa sušenim paradajzom, ali i neka vrsta mirovne ponude. Sipala je testeninu u dve činije, narendala malo *sao horhe* sira i, sa po činijom u svakoj ruci, krenula niz vrt s Bejlijem i Fadžom.

– Kuc-kuc – rekla je ispred zatvorenih vrata.

Vrata su se otvorila i Raf je iznenađeno pogledao u činije, a zatim u nju.

– Mislila sam da si možda gladan.

– Jesam, hvala ti, ali nisi morala to da radiš.

– Znam.

Sedeli su napolju na tremu, Tabita u stolici prekrštenih nogu, s činijom u krilu. Raf je upalio ukrasna svetla koja su visila ivicom krova. Obasjavala su ih toplom svetlošću, proterujući tamu u sivkaste senke okolnih palmi i banana. Bilo je to idilično mesto, s pogledom na okean i beskrajno crnilo koje bi se srebrnasto presijavalo kad mesečina obasja nadolazeće talase.

Tabita podiže viljušku sa uvijenim špagetama. – Ovo je bila ideja moje sestre Elspet.

– Odličan predlog i veoma sam zahvalan. – Završio je sa žvakanjem punih usta. – Jesi li bliska sa sestrom?

– Da, to mi je starija sestra, ali ona meni najbliža po godinama, iako je četiri godine starija.

– Ti si najmlađa u porodici?

– Aha. – Tabita je klimnula glavom dok je jela špagete. – Elspet je udata i ima dvoje dece. Moje sestričine su preslatke, ali umeju da budu veoma naporne. Volim ih do besvesti! Ranije su živeli u Kambervelu, tako da nisu bili daleko od mene u Vimbldonu, ali su se početkom prošle godine preselili u Vels i započeli *Vajldflaur hajdavej*, neverovatno mesto za glampovanje u *Brekon bikonsu*, tako da ih nisam često viđala.

– Mora da ti jako nedostaju kad toliko putuješ?

Iznenadna knedla u grlu ju je zatekla. – Da, ali želja da pobegnem od svega i svih bila je jača od želje da ostanem s njima neko vreme – iako su mi to ponudili.

– Morala si da pobegneš?

Tabita klimnu glavom. – Skroz. Čak i od ljudi koji me vole. Uglavnom od njih. Bilo mi je suviše teško da budem u njihovom društvu. – I sad joj je bilo teško da priča o tome. Elspet je urgirala za mirovnu ponudu u vidu večere za Rafa, a ne da mu ona otvori srce, osim ako se on prvo ne otvori njoj. Bar je toliko zaslužila nakon svega što se izdešavalo u poslednjih nekoliko dana. – Džuli mi je pričala o tebi kad sam bila kod nje danas po podne.

– Oh? – Raf je prestao da žvaće i zabrinuto pogledao ka njoj.

– Ne brini, nisam joj rekla da si bio ovde, iako mi se čini da je trebalo jer je tako divna. Stvarno joj je stalo do tebe – rekla je Tabita i usredsredila se na namotavanje špageta na viljušku, svesna da priča o osećanjima. – Rekla mi je da ti je bilo teško kad si se preselio ovamo, samo da bi te onda poslali u internat i odvojili od psa...

– U brate.... – Raf je spustio skoro praznu činiju na trem. – O tim stvarima dugo nisam pričao ni sa kim. Nekako se trudim da ne razmišljam o tome.

– Zato što te previše uznemirava?

– Zato što i dalje boli kao đavo – rekao je, a glas ga je izdao.

– Oh, Rafe, žao mi je što sam to pomenula. – Pružila je ruku i nakratko mu dotakla koleno, osećajući potrebu da ga uteši.

– Nema veze. Ne dolazim često ovamo, i obično dođem iz nužde, a ne iz želje, ali možda je dobro suočiti se s prošlošću. Konkretno Džuli mi je bila jedini oslonac u tinejdžerskim godinama. Ovde sam provodio jedino praznike, i što sam bio stariji, sve sam se manje vraćao. Iskreno, proveo sam više vremena sa Džuli i Antonom nego s roditeljima. Oni su dobri ljudi, a znam kako moji roditelji govore o njima. – Vilica mu se stegla, a lice smrklo. – Veoma su različite ličnosti, što sve objašnjava.

– Umesto što si se šunjao ovuda, zašto jednostavno nisi otišao kod Džuli? Prilično sam sigurna da bi te dočekala raširenih ruku.

– Oh, znam da bi, samo ne želim da je ikada stavim u nezgodan položaj s mojim roditeljima, a uz to, oni su učinili dovoljno pokušavajući da mi pomognu da *popravim* svoj život u prošlosti. Ne želim da im budem na teretu.

– Sigurna sam da ne bi tako razmišljali o tome.

– Toliko ih dobro poznaješ, zar ne? – rekao je oštro.

Tabita je bila zatečena.

– Izvini. – Raf je rukom prošao kroz kosu. – Bilo je to krajnje nepotrebno. Znam da samo pokušavaš da pomogneš. Ovde je sve tako zamršeno, a ni u Londonu nije ništa bolje. Možda bi zaista trebalo da pobegnem negde, da idem s jednog mesta na drugo gde me niko ne poznaje. Ti upravo to radiš, bežiš, zar ne?

Tabita je klimnula glavom, prihvatajući da je jedino pošteno da mu se otvori, pošto je i on to počeo da radi s njom. – Ukratko, zaljubila sam se, ali nismo bili jedno za drugo. Oboje smo ušli u vezu znajući da smo veoma različiti, osim što je on, umesto da prihvati naše razlike, polako počeo da kruni ono što me je činilo... pa, onakvom kakva sam.

– Na primer?

– Moj posao, recimo. Bavila sam se muzikom koliko i pisanjem tekstova. Nikad nisam žudela da budem u središtu pažnje, ali to uzbuđenje nastupanja, to je potpuno druga ravan. Turneje s bendovima, sviranje gitare, pevanje pratećih vokala, učešće na velikim koncertima, bilo da se radi o stadionu ili areni... – Tabita je mogla da zamisli to; umesto okeana obasjanog mesečinom, videla je more lica, obožavatelja koji vrište i mašu rukama u vazduhu, pevajući pesmu koju je napisala zajedno s nekim. Nedostajalo joj je uzbuđenje živog nastupa, ali slušanje pesme koju je napisala na radiju ili gledanje izvođenja na televiziji je bilo podjednako uzbudljivo, samo na drugačiji način.

– On te je sprečavao u tome? – upitao je Raf.

– Nije me stavio pred svršen čin, ali me je beskrajno iscrpljivao, znaš već kako to grozno može biti. Brojni razgovori vrteli su se oko toga koliko je teško za naš odnos što često odlazim daleko na duže. – Tabita je čula gorčinu u sopstvenom glasu. – Živela sam u centru Londona, ali preselila sam se kod njega u Vimbldon jer je imao lepši stan, a kad je veza postala ozbiljnija, a on počeo da govori o tome kako bismo mogli zajedno da kupimo nešto, predložio mi je da prekinem s turnejama – nije želeo da se toliko obavezujemo osim ako ću više biti kod kuće.

– Meni to zvuči kao svršen čin...

– Trebalo je da prepoznam znake još tada, ali šta sam znala, bila sam zaljubljena – ili sam barem verovala da jesam – i prvi put sam se osećala kao da sam u pravoj vezi. – Tabita je slegla ramenima kao da hoće da kaže kako ljubav nadjača sve, jer je tada tako i mislila. – To *jeste* bila prava veza, a ne usputna, ne kao da sam se na turneji smuvala iza bine s nekim iz benda.

– Radila si takve stvari? – upitao je podignutih obrva.

– Nemoj tako da me gledaš. Takav je bio moj život. Osuđuj me jer sam se zabavljala.

– Ne, shvatam. Zvuči prilično zabavno.

– Bilo je, ali nisam želela da tako nastavim doveka. Samo sam htela da o svemu odlučim kad za to dođe vreme. I cela ta priča o tome kako treba da se skrasim. Uh! – Pretvarala se kao da se stresla.

– Voliš da budeš slobodna, i to skroz kapiram. – Naslonio se na stolicu i delovao zamišljeno, stisnuvši usne kao da razmišlja treba li još nešto da kaže. – Jedna stvar koju sam stekao u internatu bilo je samopouzdanje – bio sam daleko od kuće, upoznavao nove ljude, sklapao brojna prijateljstva, putovao tokom školskih raspusta da vidim porodicu u Velikoj Britaniji ili da se vratim ovamo. Dotad sam vodio prilično zaštićen život. Isto je bilo i za vreme studija, i vratio sam se ovamo samo zato što nisam imao novca da se brinem o sebi, ali čim sam završio fakultet i počeo da zarađujem, otišao sam.

Uradio sam štošta i bio uspešan na svoj način, ali ništa od toga nije moje roditelje učinilo ponosnim.

Raf je zapravo ponovio ono što je Džuli ranije rekla o Kordeliji i Rufusu i njihovom mišljenju o sopstvenom sinu. Bilo je to srceparajuće priznanje, posebno za nju, koja je dolazila iz velike porodice s roditeljima koji su, bez obzira na sve, podržavali nju, njenu braću i sestre. Htela je da kaže kako je sigurna da su njegovi roditelji ponosni na njega, ali bile bi to prazne reči. Ona to nije znala. I mora da je postojao razlog zašto Kordelija i Rufus, kad su je primili u svoj dom da brine o njihovim voljenim psima i mački, nisu pomenuli da imaju sina. Džuli je spomenula nešto o Rafovoj krađi... Nije želela to da poteže. Činjenica da nije bilo porodičnih fotografija govorila je dovoljno. Bilo bi bezdušno truditi se da se Raf oseti bolje kad nije u potpunosti ni razumela zbog čega se raspao njegov odnos s roditeljima.

U dnu vrta vladali su mrak i tišina. Ukrasne svetiljke bacale su malo svetla, a senovite palme odavale su utisak da se tama približava. Nekoliko leptirica je lepršalo oko njih, ali osim toga i povremenog hrkanja jednog od pasa, noć je bila mirna, a zvuk okeana udaljen.

– Kad smo već iskreni jedno prema drugom – rekao je Raf odjednom, prekinuvši tišinu – postoji još jedan razlog zašto sam ovde. Ne radi se samo o novcu, ili njegovom nedostatku. – Zamislio se, zagledan u noć. – Prijateljica mi se udaje, a nisam hteo da odbijem pozivnicu. Delovalo je savršeno, jer se poklapalo s praznom kućom. Bar sam tako mislio. – Nežno ju je bocnuo prstom u rame.

– Pokvarila sam ti namere.

– Daleko od toga – rekao je, pogledavši je. – Uživao sam u tvom neočekivanom društvu, iako nisam siguran da bi i ti isto rekla za mene...

Tabita nije bila sigurna kako da odgovori na to, pa nije rekla ništa. Mada, kad bi zaista razmislila o tome, bilo je trenutaka u proteklih nekoliko dana kad je i ona uživala u njegovom društvu. Nije bila spremna na to da će on iskoristiti priliku i zloupotrebiti njeno poverenje.

A tu je bila i Elspet, koja ju je ohrabrivala da bolje upozna Rafa, umesto da je grdi što je dozvolila nepoznatom momku da prespava u vili. Međutim, da li je usamljenost bila dovoljan razlog da zaboravi na oprez i pusti nekoga u svoje srce? Jer bojala se da upravo to počinjalo da se događa s Rafom. I dalje su bili upućeni jedno na drugo – uglavnom zbog njegovih nedaća – ali postojala je neporeciva povezanost. Da li im je bilo suđeno da budu išta više od prolaznog poznanstva, možda prijatelji ili nešto još bliskije? U svakom slučaju, sviđala joj se njegova pažljivija, mirnija strana. Njegov izgled ju je u početku privlačio, dok su je njegova opuštena priroda i očijukanje osvojili. Međutim, sad je izgledalo kao da ga konačno upoznaje.

Razmišljala je šta da uradi. Glava joj je govorila da ode i ne dozvoli mu da se laktovima probija u njen život po treći put, ali srce joj je jače vikalo da mu pruži još jednu priliku, da ima više vremena da ga upozna i razume, da oljušti spoljne slojeve. Ni njen život nije bio jednostavan, osećanja su joj bila u opštem rusvaju, pa zašto bi s njim bilo drugačije? I zar nisu oboje radili isto, bežali od svega dok su pokušavali da shvate u kom pravcu treba da idu njihovi životi? Naravno, nije trebalo da raširi ruke i bezuslovno ga pozove u kuću za koju je bila odgovorna; morala je prvo da bude u stanju da mu veruje.

Telefon joj je zvrcnuo, odvlačeći joj pažnju od odluke. Kliknula je na poruku od Olija.

Ne znam odakle da počnem kako bih ti rekao koliko mi je drago što sam te ponovo video. Ozbiljno, veoma si mi nedostajala. Znam da sam napravio ogromne greške i nadam se da ću moći da se iskupim. Jedva čekam da te ponovo vidim sledeće nedelje. Cmok

Prepoznavši lepršanje u grudima koje su izazvale njegove reči, Tabita je zaključala telefon i pogledala preko trema osvetljenog ukrasnom rasvetom u Rafa. – Znaš šta, ako ti ne smeta da spavaš ovde, možeš da ostaneš.

– Tabita, ne znam šta da kažem – široko se osmehnuo. – Hvala ti.

– Shvataš li da ti već radiš ono za šta ja sad kažem da možeš da radiš? – nasmejala se, osećajući kako je obuzima lakoća pošto je donela odluku. – Uđi i istuširaj se kad god poželiš.

Pokupila je prazne činije i ustala.

– Zaista sam ti zahvalan – rekao je Raf, takođe ustavši.

Tabita samo što nije pošla kad joj je na pamet pala Olijeva zabava. Zamišljala je kako odlazi sama tamo, gde ne poznaje nikoga osim Olija, što joj ranije ne bi predstavljalo poteškoću, ali situacija se otad promenila. – I, ovaj, idem na zabavu u sredu uveče; pozvao me je stari prijatelj. On je delom razlog što sam želela da dođem na Madeiru, da pokušam da spasem naše prijateljstvo. Ako si raspoložen da pođeš sa mnom, dobro bi mi došlo društvo, ali nemoj da se osećaš obaveznim.

– Bilo bi to sjajno. – Raf ju je uhvatio za slobodnu ruku, nagnuo se i poljubio je u obraz. – Hvala ti na svemu.

– Laku noć, Rafe.

20.

Elspet je sledećeg jutra prvo telefonirala sestri. Tabita je uzdahnula kad je dograbila mobilni. Već je bila ustala da nahrani pse i pusti ih napolje, ali odmah se vratila u postelju. Pogledala je u sat: 9.04. Za nju je to bilo rano buđenje u nedelju ujutru, ali ne i za sestru s trogodišnjakinjom i četvorogodišnjakinjom.

– Zdravo, El.

– Izvini, nisam htela da te probudim.

– Nisi.

– Lažljivice – nasmejala se Elspet, dok se u pozadini čuo kikot Olivije i Nensi.

Tabita je progutala zevanje. – Zvuče srećno.

– To je zato što dovršavaju palačinke s borovnicama i prelivom od javorovog sirupa, iako ga ima više po njima nego na doručku. Jednostavno nisam više mogla da čekam da bih saznala kako si prošla s Rafom. Očekivala sam poruku od tebe, ali onda sam shvatila da si možda bila malo zauzeta sinoć... – Reči su joj bile ispunjene skrivenim značenjem.

– Žao mi je što ću te razočarati, ali ne, nisam bila *zauzeta* tako kako misliš. Samo je na kraju bilo prekasno za slanje poruka, to je sve.

– Da li si poslušala moj savet?

– Jesam.

– I?

– Bila si u pravu, otvorio se. – Tabita se pridigla u sedeći položaj. Sunčeva svetlost je dopirala kroz procep među zavesama, bacajući uzan tračak tople svetlosti preko drvenog poda. – Jedini problem je u tome što mi je, kako sam više toga saznavala o njemu, teže bilo da ga zamolim da ode.

– Da li si to zapravo želela da uradiš?

– Pa ne! – Tabita je protrljala čelo. – Ne znam. U svakom slučaju, rekla sam mu kako može da ostane u kancelariji u vrtu. Činilo mi se to kao najbolje rešenje. Volim da razgovaram s njim. Na izvestan način me privlači, iako znam da je verovatno loša zamisao da se sad vežem za njega kao *prijatelja*, jer, pre nego što išta kažeš, to je sve što on jeste.

– Nisam htela ništa da kažem... – Glas joj se polako izgubio dok se Olivija ubacivala.

– Mama, mama, mama.

Tabita je zamislila Oliviju kako prstima ulepljenim javorovim sirupom vuče Elspet.

– Razgovaram s tetkom Tabitom.

Čula se buka i tup udarac kao da joj je telefon ispao, a zatim pometnja.

– Sačekaj – reče Elspet. – Olivija želi da te pozdravi. – Čulo se još komešanja dok telefon nije završio u devojčicinim rukama.

– Zdravo, tetka Tabita.

Ogromna ljubav preplavila je Tabitino srce kad je čula anđeoski glas svoje sestričine.

– Zdravo, Olivija. Čujem da doručkuješ palačinke. Blago tebi!

– Volim palačinke s borovnicama. Tata ih je napravio.

– Dobro će ti doći pred naporan dan igranja.

– Mama je rekla da ćemo nabaviti psa.

– Nisam to rekla, Olivija – umešao se brzo Elspetin glas. – Rekla sam da tetka Tabita opet čuva dva psa i da ćemo *možda* jednog dana i mi uzeti psa.

– Volim pse.

– Znam da ih voliš – rekla je Tabita, zamišljajući Olivijine obraščiće i verovatno krajnje ozbiljan izraz lica.

– Zbrisala je – reče Elspet. – Ima raspon pažnje kao komarac.

– Muka živa!

– Da. A opet su neodoljive.

– Kako se snalaziš s pripremom za venčanje?

– Mama i tata stižu sutra da se nekoliko dana pobrinu za devojčice dok ne završimo ambar za subotu, što je olakšanje. Olivija je i dalje u školi samo ujutru do one tamo nedelje, tako da je prilično naporno.

– Volela bih da sam tu da ti pomognem.

– Ne, ne bi, Tabs – rekla je Elspet nežno. – Mada ćeš pre ili kasnije morati da dođeš kući.

– Stvarno? Zar mama i tata nisu radili upravo ovo? Proveli su život putujući unaokolo.

– Da, ali...

– Znam šta ćeš reći, imali su jedno drugo.

– Pa da, jesu. I gomilu nas. Nikad nisu bili sami.

– Možda volim da budem sama.

– Stvarno?

– Prijatno mi je da sama putujem.

– I zato si poslala Rafa da se spakuje i ode dalje, a? – reče Elspet zajedljivo.

– Prepoznajem deo sebe u njemu – nalazi se na prekretnici u životu, sav je u previranju, iz drugačijih razloga, ali to nam je zajedničko.

– Znala sam da ti se sviđa. – Elspet je zazvučala samozadovoljno.

– Sviđa mi se – rekla je Tabita oštrije nego što je mislila. – Što ne znači da ćemo biti išta više od prijatelja, pa nemoj ni da pomišljaš na to.

– Kad smo već kod Rafa, juče mi je skrenuo pažnju s priče o Oliju. Jesi li se čula s njim otkako ste izašli?

Tabita je uzdahnula, i dalje nesigurna kako se oseća u vezi s ponovnim rasplamsavanjem prijateljstva, iako joj se činilo kako tinja poput žeravice, a ne da gori.

– Sinoć mi je poslao poruku i pozvao me na rođendansku žurku u sredu.

– Oooh, to obećava – zastala je Elspet. – Trebalo bi da pozoveš Rafa da ide s tobom.

– Već jesam.

Elspet je frknula. – Znači, samo ste prijatelji? Aha.

Pošto je Elspet naterala Tabitu da obeća kako će joj slati redovne izveštaje ne bi li joj skrenula misli sa sređivanja ambara za predstojeće venčanje sa osamdeset gostiju, oprostile su se.

Elspet je mnogo nedostajala Tabiti. Nedostajala joj je cela porodica, ali Elspet, mama i tata su joj posebno otežavali odsustvo. I sestričine. Tabita je obožavala da bude tetka, ne samo Oliviji i Nensi već i drugim nećacima i nećakama. Nema ničeg boljeg nego biti zabavna tetka, ali iznenadila su je majčinska osećanja koja su joj se prikrala tokom poslednjih nekoliko godina. U početku je to svodila na obožavanje uloge tetke, ali nakon što se prestravila kad je otkrila da je trudna, rani pobačaj, za koji je pretpostavila da će joj doneti olakšanje, u stvarnosti ju je slomio.

Jecaj joj je zastao u grlu. Zgrabila je jastuk i zagrlila ga, a talas tuge ju je udario tako neočekivano da je jedino mogla da se isplače u njega nekoliko minuta, dopuštajući uznemirenosti da odjekuje njom. Fadž se uspinjao po krevetu sve dok mu šape nisu bile na njenim nogama, nakrivio je glavu i posmatrao je svojim krupnim očima. Suze su joj se slivale niz obraze kad se zarozala od plakanja. Najmanje od svega je želela da zatrudni, ali u trenutku kad joj je to oduzeto, shvatila je koliko joj je značilo.

Tabita je zgrabila papirnatu maramicu i ljutito se potapkala po licu. Pobegla je kako bi pokušala da izbegne da se ovako oseća. Nije razumela kako da se nosi s gubitkom nečega za šta nije ni znala da ga uopšte želi.

Fadž ju je i dalje pažljivo posmatrao, pa je morala da mu se osmehne. Bilo joj je drago zbog tog stalnog društva pasa punih ljubavi. U tom času je shvatila koliko joj je drago što je i Raf tu, iako tamo u dnu vrta.

Ponovno povezivanje sa starim prijateljem i puštanje novog u život činilo joj se kao korak napred. Nakon Madeire, možda bi i mogla da se zaputi u Vels i prihvati Elspetinu ponudu da ostane nekoliko nedelja. Predugo ih nije videla, a dom ju je vukao... Ne, ne dom, jer nije bila sigurna gde se nalazi. Porodica ju je snažno vukla nazad.

Tabita se prisilila da ustane iz kreveta i raterala je misli plivanjem u bazenu. *Ima li boljeg načina da se započne nedelja*, pomislila je kad je otplivala nekoliko dužina. Sa suncem koje joj je grejalo ramena, voda je bila savršene temperature. Naslonila je ruke na rub bazena i zagledala se u vrt, blagi nagib koji je omogućavao da se posmatra duboko plavetnilo okeana između palmi i tropskog žbunja. Osim strelicija i viseće ležaljke među palmama, sve ostalo je bilo sveže zelenilo i umirujuće plavetnilo.

Kancelarija u vrtu bila je dobro zaklonjena drvećem, zbog čega je Rafu lako pošlo za rukom da ostane sakriven. Pitala se šta je radio poslednjih nekoliko dana.

Tabita se odgurnula od ivice i zaplivala leđnim stilom, dok su joj mlaka voda i sunce milovali kožu.

Uznemirio ju je tresak vrata u dnu vrta, pa se okrenula na stomak i otplivala nazad do ivice bazena. Fadž je, ležeći na terasi, podigao glavu dok je Raf polako koračao prema vili.

– Dobro jutro – rekao je Raf, uputivši joj osmeh pre nego što se spustio na kolena da pomiluje Fadža po ušima.

Fadž je prišao što je mogao bliže Rafu, popeo mu se uz noge i gurnuo mu njušku u lice. Raf je bio tako baš s psima i činilo se da ga obožavaju. Glavom joj prođe kako je je nemalo ljubomorna na Fadžovu blizinu Rafu. Osetila je olakšanje što je navalu vreline koja se podizala iz dubine izvora užitka ublažila hladna voda.

Dobro je što Elspet ne može da vidi ovaj prizor: Tabita u bazenu u bikiniju; Raf polunag, a isklesana prsa mu blistaju na suncu.

– Jesi li dobro spavao? – usmerila je Tabita misli na učtiv razgovor.

– Da, nije bilo loše – skrenuo je pažnju s Fadža na nju. – Zaista cenim što ti ne smeta moj boravak.

– Kako si se snašao za hranu?

– Kupio sam nešto na seoskoj pijaci.

– A šta radiš tokom dana dole u kancelariji?

– Radim – slegnuo je ramenima. – Svojevremeno sam radio kao dizajner video-igara, tako da sam prihvatio nekoliko honorarnih poslova da zaradim koju paru.

– Kako ja ne znam za to? – naslonila je ruke na popločanu terasu. – Iz nekog razloga nisam mislila da radiš.

– To je samo privremeno. Najveći deo života sam proveo skačući s jednog zanimanja na drugo. Prilično sam dobar u raznim poslovima. Tako mi je i život zanimljiviji. Osim što čekam da se završi prodaja kuće, čekam i prvu isplatu tantijema.

– Za šta?

– Debitantski roman. – Delovao je krotko, a glas mu je bio obazriv kao da to nije nešto što obično otkriva. – Prvi od tri trilera napisana pod pseudonimom.

– Znači i ti si pisac – osmehnula se Tabita jer su imali još nešto zajedničko.

Raf je pogladio Fadža, a zatim ustao. – Hteo sam da se istuširam, ako je to u redu?

– Naravno da jeste.

– Mada, uskakanje u bazen pre toga deluje prilično privlačno.

Način na koji ju je pogledao naterao ju je da se zapita da li je govorio o bazenu ili o njoj u njemu.

– Onda dođi i pridruži mi se. – Nameravala je da zvuči prijateljski, ali bila je svesna kako je zbog silnog uzbuđenja to zazvučalo kao da ga zavodi.

Raf je izuo patike i zaronio, uzburkavši površinu vode i šaljući talase prema njoj. Otplivao je do sredine bazena pre nego što je izronio nedaleko od nje.

– Razumem zašto su se moji roditelji preselili iz Sarija ovamo. Ovde se sjajno živi. – Provukao je ruku kroz mokru kosu pre nego što je ponovo otplivao do drugog kraja bazena i nazad.

Tabita se naslonila na stranu, oslonivši se laktovima na tople pločice, uživajući u osećaju bestežinskog stanja i suncu na vlažnim ramenima dok je posmatrala kako se mišići Rafovih ruku napinju sa svakim zamahom.

Pošto je preplivao bazen deset puta, pridružio joj se. – Ti ne plivaš?

– Ne, samo uživam u pogledu – rekla je, lukavo se smešeći.

Raf se široko osmehnuo. – Kapiraš da je pogled iza tebe?

– Znam – rekla je trudeći se da zvuči nevino. Nije želela da i dalje bude mrzovoljna u njegovom društvu, ne kad bi mogli da budu prijatelji i kad bi mogla da uživa u vremenu provedenom s njim. Ta pomisao joj se prilično dopala... Posegnula je za telefonom koji je ležao pored peškira i mahnula Rafu da joj se pridruži. Zagrlio ju je oko struka, prsti su joj golicali kožu pod vodom, a ona ga je zagrlila oko širokih ramena. – Kaži ptičica.

Napravila je selfi, njih dvoje sa širokim osmesima, s kapljicama vode na preplanuloj koži, spram zamućenog zelenila vrta. Oslobodila je ruku i vratila telefon na sigurno na terasu, a Raf je otplivao leđno, sa suncem koje mu je svetlucalo na grudima.

Tabita je otplivala pored njega. – Vreme je da se radi.

– U nedelju?

– Moram nekako da nadoknadim propušteno vreme – rekla je, popela se uz stepenice i izašla iz bazena, osećajući Rafov pogled na sebi dok je s nje kapala voda po pločicama.

Ostatak dana proveli su zaokupljeni svojim poslovima – Tabita je radila u dnevnoj sobi sa širom otvorenim vratima dok su joj psi ležali kraj nogu, a Raf je uglavnom sedeo u kancelariji u vrtu. Uveče su podelili još jedan obrok, koji je ovog puta on pripremio. Napravio je salatu od morskih plodova, koja je bila mnogo ukusnija od testenine koju je ona sinoć skuvala, i ćaskali su o Rafovom dizajniranju video-igara i pisanju serije trilera.

Sledećih nekoliko dana proteklo je jednolično i skladno, što joj je donelo popriličo olakšanje. Imala je vremena i prostora za rad, čak i s Rafom u dnu vrta. I on je radio i držao se po strani tokom dana, nestajući u ponedeljak uveče na nekoliko sati, zbog čega se zapitala da li se možda trudi da joj se skloni s puta. Problem je bio u tome što bi joj srce svaki put nadglasalo um kad je on bio u blizini, a kad nije, bila je svesna koliko joj nedostaje. Glupa zatreskanost, povezivanje s nekim nakon vapijuće potrebe da bude sama sa sobom.

U utorak ujutru, boca vina madere stigla je od Olija, zajedno s pozivnicom za zabavu u klubu u Funšalu, što ju je još jednom ponukalo da se zapita kako se zapravo oseća. Te večeri je pozvala mamu i propisno se ispričala s njom pre nego što je mama prosledila telefon tati, a zatim i Elspet. Ako joj je sestra i bila nezadovoljna time što Tabita nema sočnih vesti, nije to ničim pokazala. Poslala joj je fotografije sebe i Getina u majicama umrljanim bojom kako stoje pored sveže ofarbanog sunčanožutog zida na kraju prostranog ambara. Izgledalo je kao da će zaista moći tamo da održe venčanje za vikend. Tabita je razmišljala da joj pošalje onaj selfi sa bazena, ali se predomislila – zadirkivanju ne bi bilo kraja ako bi Elspet videla kako Raf izgleda.

Sreda uveče, noć Olijeve žurke, brzo je stigla. Tabita je zakazala taksi za devet sati, tako da do deset stignu u klub. Dan je bio ispunjen sastancima na daljinu i imala je malo vremena da se usredsredi na pisanje, a u glavi joj se vrzmalo milion stvari, a posebno pomisao na to da će ponovo videti Olija. Povukla se u sobu da se presvuče i isprobala je tri-četiri kombinacije pre nego što je konačno bila zadovoljna.

Tabita sebe nikad nije smatrala nervoznom osobom. Lako je upoznavala nove ljude i imala je samopouzdanja da zakorači u sobu punu neznanaca. Međutim, sa Olijem je bilo drugačije. Njihovo pokvareno prijateljstvo izazivalo je u njoj nesigurnost u vezi s tim na čemu je. Možda će na žurki biti ljudi koje odavno poznaje, mada je to bilo malo verovatno jer su bili na Madeiri, a ne u Londonu. Dok se spremala, shvatila je koliko je zahvalna što Raf ide s njom.

Osećala se smireno i samouvereno u uskim crnim kožnim pantalonama, bluzi sa V-izrezom, zlatnim sandalama s visokim potpeticama i glomaznim narukvicama. Bila je spremna za žurku i shvatila je da joj to nedostaje, sređivanje i izlazak, za šta je retko imala prilike u proteklih godinu dana. Bilo je ponuda tokom mesec dana koje je provela u Los Anđelesu, ali klonila se druženja, i usredsredila se isključivo na posao. Poslednji put kad je zaista izašla bila je novogodišnja noć u Devonu, išla je sa svoje dve sestre i dva zeta u obližnju pivnicu. Ovo je bilo potpuno drugačije. Ovo je bio izlazak povodom rođendana prijatelja, plus je išla zajedno s novim prijateljem. Samo napred.

21.

Već je pao mrak kad je taksi stigao. Nahranila je pse i mačku, koji će se snaći nekoliko sati. Tabita je zaključala vilu i srela Rafa na prilazu. Izgledao je dobro čak i u farmerkama i majici, ali u sivim pantalonama i crnoj lanenoj košulji kratkih rukava, bio je još zgodniji nego inače. Odmerila ga je pre nego što je shvatila da i on radi to isto. Kad su mu se oči na kraju srele s njenim, uputio joj je znalački osmeh.

Taksista je jurio, uletao i izletao iz tunela duž primorskog puta, a prizori grada bi se povremeno ukazali u daljini. Funšal je svetlucao u noći, svetla su se rasipala po padini sve do okeana. Od mrklog mraka koji je okruživao vilu, Funšal je plamteo obećanjem noćnog života i plesa dokasno, izazivajući u Tabiti trnce od uzbuđenja.

Uglavnom su bili tihi tokom vožnje, Raf je bio na telefonu, a Tabita odgovarala na poruke i ažurirala društvene mreže, dok je lokalna radio-stanica puštala pop muziku u pozadini. Kad su se uvezli dublje u grad, Raf je razgovarao s vozačem na portugalskom, navodeći ga da ih ostavi malo ranije kako bi kratko prošetali do kluba.

Ma koliko žudela za mirom i vremenom za sebe, čim je ušla na vrata kluba, Tabita nije mogla da suspregne žudnju koju je osetila za tim vremenom u životu kad su odlasci u klub ili svirke bili uobičajeni. Bas je pulsirao, pojačavajući se kako su prelazili bezbednosne provere do srca kluba. Tabita je na trenutak zastala, obavijena vrelinom i sveopštom tutnjavom, i posmatrala gomilu ljudi na plesnom podijumu, tu masu preplanulih uvijajućih udova. Disko kugle su bleštale, dok je stroboskopsko osvetljenje presecalo plesni podijum, obasjavajući nasmejana lica, rumene obraze, ruke u vazduhu, mnoštvo neznanaca kao u usporenom snimku, svi kao jedan, izgubljeni u trenutku.

Ako zatvori oči, Tabita je znala da bi je to vratilo na binu i da bi čula urlik pomahnitale gomile. Scenski nastupi su stvarali zavisnost, a sad su joj čula bila preplavljena toplotom, bukom, ritmom i mirisima: vrelom kožom, znojem, prolivenim pićima, izmešanim parfemima i losionima posle brijanja. Mislila je da ništa od toga više ne želi, ali trenutno joj se činilo da nema ničeg boljeg.

Tabita je uzela Rafa za ruku i povela ga kroz klub, zaobilazeći gužvu na plesnom podijumu, prema VIP prostoru. Oli ih je primetio i mahnuo im kroz obezbeđenje.

– Oli Pereira je tvoj prijatelj? – povikao joj je Raf na uvo.

– Mislila sam da te ne zanima pop?

– Ne zanima me, ali znam ko je on.

Olijeva slava ju je pomalo zapanjila, pomisao da joj je prijatelj toliko velika zvezda da mu je potrebno obezbeđenje i ta količina pažnje, iako je navikla da bude u blizini rok zvezda. Međutim, bilo je drugačije videti promenu kod nekoga koga je poznavala još otkad su bili studenti bez prebijene pare.

– Hej, Tabita! – Oli ju je dočekao raširenih ruku i privukao je u poznat zagrljaj koji joj je mnogo nedostajao. – Još jednom, izgledaš neverovatno.

– Hvala ti. – Obrazi su joj se zarumeneli, kad je shvatila koliko ih ljudi posmatra. – Nadam se da ti ne smeta... povela sam i prijatelja. Oli, ovo je Raf. Raf, Oli.

– Drago mi je – rekao je Oli i stegao Rafovu šaku pre nego što se blago namrštio. – Odakle se vas dvoje znate?

– Duga priča – nasmejala se Tabita.

– Dobro je da imamo celu noć. – Obuhvatio ju je oko ramena i, mahnuvši Rafu da ih sledi, odveo ih dalje u plišani i blistavi prostor za VIP goste.

Oli je seo, pljesnuvši po kožnom sedištu pored sebe tako da je Tabita sedela s njim na jednoj strani, a Raf na drugoj. Pridružilo im se još ljudi i dobili su čaše ponče.

– Dakle – rekao je Oli – ispričaj mi dugu priču.

– Ispričaću ti u najkraćim crtama – rekla je Tabita i otpila piće. – Sreli smo se potpuno slučajno. Kuća u kojoj boravim pripada

Rafovim roditeljima, ali Raf je nameravao da ostane tamo dok su oni odsutni...

– U moju odbranu – ubacio se Raf – nisam znao da će Tabita biti tamo.

– Kad se neočekivano pojavio usred noći – nastavila je Tabita.

– I ti si mu dozvolila da ostane? – Olijev pogled bio je ispunjen nevericom, pomešanom s nagoveštajem nestašluka.

Tabita je shvatila da je bilo zaista ludo što je potpunom neznancu ne samo dozvolila da ostane u kući nego ga je i pozvala u noćni izlazak.

Žena koja je sedela s druge strane Rafa zapodenula je razgovor s njim, dok je Tabita nastavila priču o tome kako su ona i Raf završili zajedno na zabavi. Što je ona više objašnjavala, Olijev izraz lica i opaske su se sve više menjali od zbunjenosti do zabavljenosti, uprkos tome što je izostavila pijani poljubac i to da su završili zajedno u krevetu.

Tabita je pokušala da se usredsredi na Olija, ali žena koja je utonula u razgovor s Rafom bila je veoma zgodna, duge plave kose i vitkih preplanulih nogu koje su provirivale iz crne haljinice. Svaki čas je dodirivala Rafovu ruku.

– Sviđa ti se, a?

Tabita je bacila pogled na Olija, koji se široko osmehnuo.

– Pa...

– Nemoj da se stidiš preda mnom. Poznajem te, sećaš se?

– Sviđa mi se, kao prijatelj.

– Aha, sigurno – šeretski se nasmešio Oli.

Tabita je uživala u poznatim jamicama Olijevih obraza, bebi-plavim očima i kosi boje peska, s još istom frizurom, iako s možda malim zaliscima. Bore oko očiju dok se smešio jesu se produbile, ali i dalje je bio zgodan kao i pre. Nema sumnje da se i ona promenila, ali i dalje su iznutra bili oni stari, čak i pošto ih je život odveo na različita putovanja. Nije htela da se ljuti na njega, ali on nije imao predstavu o njoj, njenom životu, osećanjima, niti kroza šta je prošla, nije znao ništa od toga.

– Nisam sigurna da si u položaju da iznosiš bilo kakve pretpostavke o meni i Rafu. – Reči su joj bile oštrije nego što je nameravala.

– Nisam još spremna da se upuštam u bilo šta nakon poslednje veze, o kojoj ništa ne znaš.

– Ne ljuti se, Tabs. Zafrkavam te, kao i obično.

Tabita je duboko udahnula, uzela ga za ruku i držala je u krilu.

– Znam da je tako – rekla je, ovog puta nežno. – Nedostajalo mi je to. Istina je da si mi, uprkos svemu, nedostajao.

– I ti si meni nedostajala. – Njegovo nasmejano lice poprimilo je izgled istinske zabrinutosti. – Jesi li dobro?

– Da, polako ali sigurno ću biti. Mnogo toga se dogodilo u poslednjih nekoliko godina – mnogo toga o čemu sam želela da razgovaram s tobom, kao što bih to radila ranije, pre nego, ma znaš...

– Možeš da razgovaraš sa mnom i sad. – Čvrsto joj je stisnuo ruku.

Tabita je odmahnula glavom. – Sad nije ni vreme ni mesto za to. – Kako bi uopšte počela da razotkriva događaje i osećanja koji su je ophrvali u poslednjih nekoliko meseci? Dok je njihovo prijateljstvo bilo postojano kao stena, sve bi mu rekla i učinila za njega. Njeno očekivanje da bi on učinio isto za nju pokazalo se kao pogrešna procena. Pokušavala je da se izbori s tim i s raspadom njihovog prijateljstva, i iako je ovo bio početak popravljanja svega toga, nije bila spremna da mu se potpuno otvori. Izvukla je ruku iz njegove i podigla čašu s pončom. – Hajde da se umesto toga usredsredimo na tebe, ipak ti je rođendan.

Kucnuo je čašu piva o njenu. – Nazdravlje, Tabita. Stvarno mi je drago što si ovde.

– I meni. – Uživala je u osvežavajućem ukusu limuna kad je otpila gutljaj. Iako možda nije bilo vreme da zadire duboko u sopstvenu tugu, bila je ovo savršena prilika da se stavi tačka na nelagodu koja im je poremetila prijateljstvo. – Stvarno mi je žao što se nisam javila ranije, ali mislim da mi je trebalo ovoliko vremena da bih postigla u karijeri ono što sam želela i shvatila kako želim da se osećam u pogledu... pa, svega.

Plavuša je vodila Rafa ka baru. Tabita se naterala da odvrati pažnju od njih i vrati se Oliju.

– To je davna prošlost – rekao je. – Ja moram mnogo toga da nadoknadim. Nemaš za šta da se izvinjavaš.

Tabita je klimnula glavom, znajući da je tako. – Pokušavam da idem napred i da ne gledam na prošlost s kajanjem. Ne želim da ne razgovaramo ili se ne viđamo.

Iako je Oli izneverio njeno poverenje i razočarao je, bes zbog toga što ju je izigrao pred porodicom i na prevaru joj oteo trenutak koji je mogao da joj promeni život smanjio se tokom godina. Iako nije ona morala da se izvinjava, kao da joj je spao teret s pleća kada je rekla da joj je žao, isto koliko joj je i značilo što to isto čuje od njega.

22.

Stigao je producent radio-stanice, neko koga Tabita nije poznavala i ko je odvukao Olijevu pažnju. Naravno, bila je u pravu kad je pomislila kako neće provesti celu zabavu s njom, čak i da je došla sama. Davno su prošli dani kad su bili prikovani jedno za drugo, kada se on brinuo o njoj. Bilo je očekivano i neizbežno, ali srce ju je zabolelo zbog izgubljenog prijateljstva i zbog toga što više neće deliti bliskost koju su nekad imali. Ponovno povezivanje s njim uvek će biti nabijeno osećanjima.

Skrenula je pogled od Olija, koji je živahno razgovarao s radijskim producentom, i pretraživala po moru lica. Većinom su to bili neznanci, prepoznala je nekolicinu, poput Olijeve vedre i sposobne pomoćnice, ali uglavnom zato što ih je videla na Olijevim društvenim mrežama, a ne u stvarnom životu. Osoba koja je bila upadljivo odsutna bila je Olijeva devojka manekenka, što je Tabiti dalo povoda da se zapita o njihovoj nameri da održe privid kako su i dalje zajedno. Više nije znala sve pojedinosti iz njegovog života. Večerašnja žurka bila je očigledno podsećanje na to koliko su im se životi razdvojili.

Tabita je potražila Rafa i konačno ga je pronašla pored šanka, gde je i dalje razgovarao s prelepom plavušom. Obuzela ju je zavist i morala je da se podseti kako oni, iako su došli zajedno, nisu ljubavni par, baš kako je objasnila Oliju.

Uzimajući piće, odlučila je da bude hrabra i promuva se kroz gomilu. Mogla je da se izbori za sebe u prostoriji punoj Olijevih prijatelja. Pošto se predstavila kao autor pesama i videla reakcije ljudi na svoje autorske zasluge, tek sad joj je sinulo koliko je daleko odmakla od one strašne noći kad ju je Oli odbacio zarad svoje blistave karijere.

I Oli je išao unaokolo kao dobar domaćin i razgovarao sa svima, upijajući pažnju kao što je uvek činio. Bio je rođeni zabavljač, dok je Tabita uvek bila sasvim zadovoljna time da ostane u pozadini. Pogledom je budno pratila Rafa, koji je takođe izgledao da mu je savršeno ugodno da se muva okolo, koji više nije razgovarao s plavušom, zbog čega je Tabita i nevoljno osetila olakšanje, već je špartao među grupicama i razgovarao između ostalih i sa Olijem.

Tri čaše ponče kasnije, Tabita je otišla do bara i naručila džin-tonik. Bila je prijatno pripita, a ono ushićenje što je izašla u klub još je bilo tu. Barmen joj je doneo piće. Naslonila se na šank, posmatrajući iz VIP zone pulsirajuću masu na plesnom podijumu, poželevši da je tamo dole.

Raf joj je stavio ruku oko struka, prenuvši je iz maštarija, a njegov dah joj zagolicao obraz. – Otkako sam došao ovamo, ponudili su mi kokain i ponudila mi se dvadesettrogodišnja manekenka plavuša. Kako tebi ide?

Tabita se nasmejala i pogledala s plesnog podijuma u Rafove razigrane oči. – Kako to zvuči, ne baš toliko uzbudljivo kao tebi.

– Ah, još ima vremena.

– Za šta? Da se šmrče kokain i završi s manekenkom?

Slegnuo je ramenima. – Ako si u tom fazonu.

– A ti?

– Bio sam. Bar što se tiče droge. U to vreme bih morao imati strahovito mnogo sreće kako bih smuvao manekenku. Bio sam u potpunom rasulu.

– Znači, to što si ovde nije ti preveliko iskušenje? – upitala je Tabita oprezno, nadajući se da se neće uvrediti.

Odmahnuo je glavom. – Ma ne. Iako ni pod kojim uslovima ne tvrdim da u potpunosti vladam sopstvenim životom koliko bi trebalo, takva vrsta iskušenja ne dolazi u obzir. Nikad se neću vratiti tim danima. – Pogledao je Tabitu značajno i protresao čašu. – S pićem mogu da se nosim, veruj ili ne, znam kad da stanem. S drogom, to je bila potpuno druga priča.

– A manekenka? Nije ti se dopala? – Tabita se osmehnula, nadajući se kako ne deluje kao da nešto nagoveštava, iako su njegov pogled i neposredna blizina ponovo učinili da joj sve iznutra iznova zaleprša.

Raf se široko osmehnuo i još više se primakao. – Iskreno, mnogo su mi draže riđokose... – Pustio je da reči lebde u vazduhu i odmahnuo pivom. – Jesi li se lepo išćaskala sa Olijem?

Došao je red na Tabitu da slegne ramenima.

– Tako nekako, a?

– Nisam baš sigurna kako se zaista osećam. Jednog trenutka čini mi se kao da se vreme vratilo unazad i sve je kao pre, a već sledećeg mi se čini kao da razgovaram sa strancem. Pretpostavljam da je još rano i okružen je novim prijateljima. Moram da se krećem napred, a ne da se vraćam u prošlost. To je bila svrha cele prošle godine.

– Zvuči kao dobar savet – i za mene takođe. – Rafova ruka skliznula je s njenog struka. Pokazao je na drugu stranu kluba. – Tamo ima spoljni bar ako želiš da izađemo na vazduh?

Tabita je klimnula glavom i pobegli su s pićima na terasu, gde muzika nije bila baš tako glasna, a zid bara bio je prekriven zelenim grančicama smeštenim između polica punih boca alkoholnih pića. Nakon vreline i svetala koja bleskaju unutra, napolju je bilo osvežavajuće, vazduh topao ali slatkast, a noć ispresecana svetlima grada daleko na planinskom terenu sve do mesta gde je Atlantski okean udarao o zaliv.

– Stvarno, šta se dešava s tobom i Olijem? – upitao je Raf dok su se stiskali na kraju dvoseda s jastucima, a butine im se dodirivale.

– Kako to misliš?

Munuo ju je laktom. – Znaš na šta mislim. Razgovarao sam s njim i čini mi se da ga poprilično zanima naš odnos.

– Stvarno?

– Da, pokušavao je izokola da sazna da li smo možda zajedno.

– Šta si mu rekao?

– Rekao sam mu da smo samo prijatelji. – Pažljivo ju je posmatrao dok je pijuckao piće. – Jer to smo, zar ne? Prijatelji?

– Da, apsolutno. – Sinulo joj je kako joj se baš dopada ta zamisao, i da je upravo o tome razmišljala dok se spremala da izađe. Doduše, ne bi isključila mogućnost da se dogodi i nešto više...

– Ali način na koji je govorio o tebi i raspitivao se za nas dvoje naveo me je da se zapitam šta ste vas dvoje jedno drugome.

– Prijatelji. – Tabita je odmahivala ramenima i mahala rukom. – Nekad smo bili najbolji prijatelji, a onda je sve otišlo niz vodu.

Raf ispusti *hm-hm* zvuk nagoveštavajući da joj ne veruje ni reč.

– Znam na šta ciljaš, ali samo smo prijatelji, to je sve.

– Hoćeš da kažeš kako nikad niste proveli pijanu noć i spavali zajedno? – Rafov glas bio je ispunjen nevericom.

– Baš tako.

– A on nije gej?

Tabita je frknula i odmahnula glavom.

– Aha... – Raf ju je i dalje posmatrao sa očiglednim nevericom. – Šta god da se dogodilo između vas, vidim koliko dobro delujete zajedno, a i način na koji te posmatra...

– Ne posmatra me ni na koji način. Vidiš nešto čega nema.

– Pa, pusti mene da o tome prosudim. – Otpio je gutljaj piva. – Samo razmišljam o prošloj noći, tebi i meni. Sve to očijukanje i opijanje, što bi, hm, dovelo do mnogo više od poljupca da si bila pri sebi, ako me razumeš.

– Razumem, ali nemam običaj da uskačem u krevet s muškarcima koje sam tek upoznala.

– Ja sam bio izuzetak, zar ne?

Tabita je stisla usne. – Bila sam pijana.

– Dakle, hoćeš da kažeš kako ste ti i Oli bili pijani mnogo puta, ali se nikad niste obreli u krevetu?

– To je bilo drugačije.

– Kako?

– Pa, upoznali smo se kad smo bili brucoši, živeli smo u istim studentskim domovima, imali isti krug prijatelja i stvarno smo se upoznali i postali najbolji prijatelji. Moraš da imaš najboljeg prijatelja – to ti je jasno, zar ne?

Raf se nakašljao. – Da, shvatam jer mi je najbolji prijatelj muškarac, pa se opijanje i spavanje zajedno nikad neće dogoditi.

– Ali razumeš prijateljstvo i da to ne želiš da pokvariš?

– A ako biste spavali, to bi se desilo?

– Bez sumnje.

– Ali kako znaš da to ne bi bilo najbolje? Najbolji ste prijatelji, ili ste barem bili, možda ste srodne duše i propuštaš priliku za vezu s njim jer se bojiš da pokušaš?

– Zašto me guraš u tom pravcu?

On je slegnuo ramenima.

– Ah, ne znam. Bolje je pokušati i ne uspeti nego ne biti dovoljno hrabar i nikada ne saznati...

Tabita se zavalila na dvosedu, sa džin-tonikom u ruci, i posmatrala ga. – Zvuči kao da govoriš iz iskustva.

– To je zato što jeste tako. – Popio je ostatak piva i na trenutak je Tabita očekivala da će prekinuti razgovor i naći izgovor da ode po još pića, ali nije. – Sećaš li se da sam ti rekao da sam se vratio na Madeiru jer sam, pored toga što mi je bilo potrebno da negde budem, dobio pozivnicu za venčanje?

– Da – rekla je Tabita polako, pitajući se kuda ovo vodi.

– E pa, ta prijateljica, Maj, jeste žena za koju sam verovao da mi je srodna duša. – Podigao je obrvu i izgledalo je kao da će ustati.

– Stani – uhvatila ga je Tabita za ruku. – Ne možeš tu da staneš. Moraš da mi ispričaš.

Raf je uzdahnuo. – Pet godina je starija od mene i upoznao sam je u restoranu u kojem sam radio tokom praznika kad sam bio ovde. Starosna razlika ne bi trebalo da predstavlja problem, ali imao sam šesnaest godina kad smo se prvi put sreli, što je u tom dobu ogromna razlika, jer je ona imala dvadeset dve. Do besvesti sam žudeo za njom, ali imali smo i mnogo toga zajedničkog, i bio sam zreliji za svoj uzrast – pogledao ju je značajno – znaš, budući da sam bio jedinac i boravio u internatu, plus sam izgledao starije.

– Kad si pokušao nešto da preduzmeš? – upitala je Tabita. – Kao tinejdžer?

– Ne, imao sam dvadeset godina. Vratio sam se s fakulteta na letnji raspust. Četiri godine smo bili prijatelji i upoznavali se. Bilo je devojaka dok sam studirao u Londonu, ali ni prema jednoj nisam osećao ono što je Maj budila u meni.

– Šta se dogodilo? Nisi valjda pokušao nešto na poslu?

– Ma ne, nisam bio baš tolika zacopana budala. Izašli smo jedne večeri. Sad shvatam da je ona mislila kako smo samo prijatelji koji su izašli na piće, ali ja sam to doživeo kao sastanak. Ispratio sam je kući posle toga, nameravajući da je poljubim i zamišljajući kako će mi pasti u naručje i pozvati me unutra na kafu što bi dovelo do... pa, možeš da zamisliš čemu se dvadesetogodišnji ja nadao.

– Da, shvatam. Pa, šta se dogodilo?

– Oh, pa, poljubio sam je. Mislim da je odgovorila nešto poput: *Pobogu, šta to radiš?* Baš ono što svaki momak želi da čuje – rekao je ironično. – Za mene, taj je poljubac strujni udar; za nju je očigledno bio nešto najodbojnije na svetu. Ali ono što želim da kažem jeste da ne znaš dok ne pokušaš. Nikad nisam zažalio jer i dalje mislim kako bi se, da je postojala mogućnost da je i ona osećala nešto prema meni, sve odigralo drugačije. Stvar bi bile mnogo drugačije. – Obrve su mu se stisnule i zazvučao je setno.

– Uveravam te da sa mnom i Olijem nije taj slučaj.

Raf je zavrteo glavom. – Zapravo, ne znaš pravu istinu ako ste uvek bili samo prijatelji.

Tabita je iskapila džin-tonik i približila se Rafu, snižavajući glas, iako je bilo nemoguće da iko čuje njihov razgovor pored zaglušujuće muzike. – Jednom smo se ljubili, na kućnoj zabavi tokom treće godine faksa. Naravno, bila je to pijana ludost na kraju sjajnog izlaska. Jedan od Olijevih prijatelja se smuvao s nekom devojkom i završili su u njegovom krevetu, pa je Oli završio u mom.

– I...? – upitao je Raf, podigavši obrvu.

– Ljubili smo se.

– I...? – ponovio je. – Prokletstvo, Tabita, kao da ti kleštima vadim reči.

– Bilo je čudno.

Raf se nasmejao. – Čudno?

– Da, na zaista odbojan način. Iskreno, činilo mi se kao da ljubim brata. – Namrštila se na tu uspomenu s gađenjem na licu.

– I on je osetio isto?

– Da.

– Jesi li sigurna?

Tabita je skupila obrve. – Naravno.

– Ali ti si prekinula poljubac, zar ne? I rekla da ti je čudno, ne on?

Obrve su joj se još više skupile. – Pa da, ali i on je to potvrdio.

– Ili je bar tako rekao.

– Prestani – viknula je Tabita i pljesnula ga po ruci. – Bila sam tamo, znam šta se dogodilo i kako sam se osećala. Nije bilo iskre. Iskreno, nisam imala nikakvu želju za bilo čim više od tog jednog poljupca. Zagrlili smo se i otišli da spavamo, i to je bilo to.

Raf ju je i dalje gledao s nevericom. Njena ruka je i dalje počivala na njegovoj. Oli joj nikad nije izazvao ništa slično onome što je osećala u Rafovom društvu. Spustila je ruku na dvosed između njih.

– Veruj mi – rekao je Raf sa sjajem u očima. – On je muškarac, hteo je više.

– To ne možeš da znaš.

– Oh, znam. Tabita, ne zavaravaj se.

– Nisam bila zaljubljena u njega na način na koji si bio zaljubljen u Maj, a uostalom, on mi je slomio srce gore nego da smo bili u vezi. Pogazio je obećanje, i bio srećan što se njegova karijera vinula u zvezde, dok je moja tapkala u mestu. Bile su mi potrebne godine da prebolim tugu i bol i da uopšte poželim ponovo da budem u njegovoj blizini.

23.

Nakon što su još neko vreme razgovarali, Tabita i Raf su zamenili svež noćni vazduh, svetlucavo zvezdano nebo i zlatna svetla Funšala za pulsirajući ritam, toplinu i sjajna srebrna svetla kluba. Prošlo je mnogo vremena otkako je Tabita ostala na žurki do ranih jutarnjih sati, i osećala se tako živom.

Oli je i dalje bio u središtu pažnje, potpuno okružen posetiocima kluba svaki put kad napusti privatni VIP deo. Tabita se zapitala da li se uputio u glavni deo kluba jer je žudeo za pažnjom. Bio je poznat širom sveta, ali i na Madeiri, zajedno s Kristijanom Ronaldom, i iako nije stalno živeo na ostrvu, očigledno su ga voleli.

Tabita nije očekivala da će provesti mnogo vremena na zabavi sa Olijem, i osim njihovog početnog razgovora, uhvatili su samo još pokoji zajednički trenutak. Više vremena je provela s Rafom. Bio je dovoljno siguran u sebe da je ne prati unaokolo cele noći, što im je oboma omogućilo da se promuvaju i razgovaraju s drugim ljudima pre nego što bi se opet našli.

Poslednjih nekoliko godina osećala se rastrzano u vezi sa onim što želi od života i očekivanja ljudi oko sebe, posebno Luisa. Posmatranje starije braće i sestara kako nalaze partnere i dobijaju decu na neki način je vršilo pritisak na nju da učini isto, čak iako nijedan član njene uže porodice ništa slično nije rekao. Ali sloboda koju je sad imala...

Tabita je izgubila pojam o vremenu, ali bilo je kasno ili rano, zavisno od toga kako se gleda. Raf i ona su bili na glavnom plesnom podijumu. Oli je bio negde drugde u gužvi s prijateljima, obožavateljima i gostima kluba. Ritam je pulsirao kroz Tabitu. Ruke su joj bile u vazduhu, toplina drugih plesača ju je okruživala, a Raf je bio ispred nje. Pokreti drugih ljudi su ih približavali, a kratki susreti vrele, lepljive kože pogađali su je poput munje. Muzika je odjekivala, tela su se trljala, a pulsirajući ritam je dobovao u njoj. Svetla su bleskala plavozeleno, ledenobelo, usporavajući pokrete plesača u svim pravcima. Sloboda, sloboda, sloboda, odzvanjala je u njenoj glavi u ritmu koji je tukao.

Tabita je zabacila glavu i pružila ruke prema disko kugli. Raf se smejao, Raf je plesao, Raf na nekoliko centimetara od nje.

Raf, Raf, Raf...

Tempo se promenio i muzika je poprimila drugačiji ritam. Tabita je uzela Rafa za ruku i povela ga kroz gužvu plesača. Želela je da završi noć na vrhuncu, da napusti zabavu pre gorkog kraja, pobegne pre nego što muzika utihne, svetla se upale i čarolija nestane. Usporila je korak pre nego što su stigli do VIP odeljka i naslonila se na Rafa. – Mislim da je vreme da završimo veče.

– Da, skroz se slažem.

Bila je priljubljena uz njega. Slobodna ruka mu je počivala na njenom boku, a druga je još bila isprepletena s njenom. Ostali su tako još trenutak ili dva, između plesnog podijuma i Olijeve zabave. Tabita je razmišljala o tome da pruži ruku ka njegovoj neobrijanoj bradi, zamišljala kako mu se ruke penju uz njeno telo, okrećući je dok se gledaju licem u lice, napetih pogleda, usana primamljivo blizu...

– Tabita!

Oli ih je primetio i zanos je prekinut.

Tabita se pomerila, povećavajući udaljenost između sebe i Rafa dok se nisu ponovo smestili u VIP ložu. Oli je, držeći bocu vina, plesao prema njima.

– Idemo polako – rekla je Tabita kad je Oli stigao do njih, shvativši kako upotreba *mi* zvuči kao da su ona i Raf par, a ne samo prijatelji.

– Već odlazite? – Oli ih je obgrlio oko ramena i pokušao da ih povuče prema šanku.

– Prošlo je tri, Oli.

– Kad nas je to zaustavilo, Tabs?

– To je bilo davno.

Od poznih tinejdžerskih do srednjih dvadesetih godina život joj je bio ispunjen alkoholom i ludim noćima, zatim fakultetom i dalje turnejama s bendovima. Na svakih nekoliko dana rasprodat stadionski koncert u drugom gradu Velike Britanije, a zatim nekoliko meseci provedenih u skakanju s jednog na drugi nastup širom Evrope, dok nije odustala od tog načina života kako bi se skrasila. To je bio pravi razlog. Da, zaljubila se, ali kako se približavala tridesetim, očekivanja prijatelja i porodice su takođe odigrala ulogu. Bilo je teško ne obraćati pažnju na prijatelje koji imaju običan posao, koji su se skrasili s partnerima, kupovali kuće, gradili budućnost. Deo nje je žudeo za nekom stabilnošću, da sazna kako izgleda neko vreme živeti na jednom mestu, imati dom i mesto kojem pripada, ali istina je bila da ju je ta *normalnost*, u nedostatku bolje reči, veoma plašila.

Oli je prislonio poljubac na Tabitin obraz i pustio je. – Ovog puta ostajemo u kontaktu, važi? – Telo mu se lagano njihalo, a ruka mu je još bila prebačena preko Rafovog ramena, tako da nije bila sigurna da li je Raf taj koj ga održava u stojećem položaju ili ne. Oli je prstom bocnuo Rafa u bok i obuhvatio ga oko vrata nalik igračima ragbija. – Pripazi na nju, druže. – Podižući bocu vina, pustio je Rafa i krenuo unazad, usredsredivši pijani pogled na Tabitu. – Hajde da pronađemo vreme da pišemo zajedno. – Otpio je gutljaj iz boce. – Ali ne večeras!

– Srećan rođendan, Oli – mahnula mu je Tabita i odšetala, a Raf za njom, ostavljajući iza sebe ritam koji je odjekivao u osvit zore. Sjurili su se niz stepenice i izašli na prilično mirnu ulicu.

Glasovi su dopirali sa otvorene krovne terase kluba. Neki pas je zalajao, podstakavši drugog. Pijani uzvici dopirali su od slavljenika ulicu ili dve dalje. Provodili su se celu noć, a novi dan samo što nije počeo. Tabita je sumnjala da bi ostala napolju ovako kasno da nije bila s Rafom. Oli je našao vremena za nju, za oboje, ali uvek je bio okružen drugim ljudima, pratnjom i novim prijateljima.

Zevnula je, a Raf se nasmejao. – Hajde da nađemo taksi. – Uhvatio ju je podruku i poveo ulicom, dalje od muzike koja je treštala, Olija i njene prošlosti.

* * *

Oboje su ćutali, uronjeni u misli, dok je taksi vozio bleštavim ulicama Funšala prema periferiji i obližnjim mestašcima koja su se grčevito držala oboda ostrva poput prilepaka uz stene. Pošto je adrenalin splasnuo, Tabita je kroz izmaglicu umora pokušala da razazna šta oseća prema Oliju i Rafu. Prijatelji, dugogodišnji i novi. Jedan ju je izdao, drugi je probudio nešto u njoj. Nakon meseci provedenih u samoći i striktnog držanja po strani, njen boravak na Madeiri bio je znatno drugačiji. Možda je i bilo pametno što se, na Rafov predlog, suočila s prošlošću i uhvatila ukoštac s njom. Oli je bio samo jedna strana medalje – druga je bila kako preboleti Luisa, kako krenuti dalje nakon što se njihova veza raspala. Da li želi da bude sama? Mislila je da želi. Luis ju je gušio – što ju je više pritiskao da se obaveže, to se ona više udaljavala, a ipak, kad je zatrudnela u trenutku kad je to najmanje želela, to joj je otvorilo oči i srce za neki sasvim drugačiji život, kakav nikada nije zamišljala. Nagonski, položila je ruku na stomak.

Raf ju je pogledao. – Jesi li dobro?

– Da – rekla je, terajući setne misli iz glave. – Već dugo nisam bila napolju ovako kasno.

– Više sam uživao večeras nego što sam očekivao.

– Lepo, baš mi je drago. – Pružila je ruku prema njegovoj koja je odmarala na kožnom sedištu između njih. – Hvala ti što si pošao sa mnom. Stvarno mi je pomoglo što si bio tu.

Raf joj je stegao prste. To što je bila opuštenija u društvu nekoga koga je upoznala nedavno u poređenju s prijateljem kojeg je poznavala petnaest godina, čak i ako je poslednjih sedam godina bilo izbrisano, govorilo je više od reči. Međutim, nikad nije držala Olijevu ruku kako sad drži Rafovu – to što su podruku pijani izlazili iz bara u sitne sate bilo je nešto sasvim drugo. Nikad nije razmišljala o Oliju kako razmišlja o Rafu. Ne zbog toga što Oli nije bio zgodan, što potvrđuju hiljade obožavateljki, već je nije uzbuđivao, ne kao Raf...

Taksi se zaustavio ispred zatvorene kapije Rufusove i Kordelijine vile. Tabita je izvukla prste i posegnula za torbicom.

– Ja ću da platim – rekao je Raf dajući vozaču evre, a zatim su brzo izašli iz toplog automobila na prijatno hladan vazduh.

Još je bilo mračno, noć prijatno sveža nakon kluba, a neizbežna zora pred vratima. Pomisao da će za nekoliko sati morati da ustane bila je poslednje o čemu je Tabita želela da razmišlja. Zevnula je, želeći samo da proveri jesu li psi dobro pre nego što se sruši u krevet.

Taksi se odvezao, ostavljajući iza sebe mir uz udaljeni zvuk okeana. U daljini je zalajao pas. Tabita je tiho otvorila prednja vrata pokušavajući da ne probudi Bejlija i Fadža.

– Znaš šta? – okrenula se prema Rafu i naslonila na dovratak. – Glupo je da spavaš u dnu vrta, kad si već spavao u gostinskoj sobi. – Odmaknula se i držala mu vrata otvorena. – Upadaj.

– Jesi li sigurna?

– Sasvim.

Prošao je pored nje, šireći miris piva i snažan citrusni miris, ali njegovo toplo, umirujuće *prisustvo* osećala je više od svega.

Misti je bila na uobičajenom mestu na fotelji, dok su Fadž i Bejli spavali na tepihu u dnevnoj sobi, obojica okrenuti prema vratima kao da budno motre u pravcu u kojem su ljudi otišli. Naćuljili su uši čuvši Tabitine i Rafove korake, i pojurili prema njima, razbijajući napetost koju je Tabita osećala zbog povratka u kuću s Rafom nakon zajedničkog noćnog izlaska.

Čučnula je i pomazila ih po ušima. – Jeste li se zabrinuli kud sam otišla?

– Verovatno misle da je jutro i vreme za hranu – rekao je Raf. – Jel' ti treba pomoć s njima?

– Ne, ne treba, hvala ti. – Ponovo je ustala. – Nahraniću ih sad kad smo već tu, pa idem na spavanje. Jedva držim oči otvorene.

– Da, i ja isto. Ujutro ću uzeti stvari iz kancelarije – namrštio se Raf. – Znaš šta mislim, kad se budem probudio kasnije ovog jutra. Dakle, ako si sigurna... – Približio se i poljubio je u obraz, a čekinjasta brada mu je očešala njenu nežnu kožu.

Tabita je razmatrala da ga privuče i poljubi, ali je oklevala i trenutak je prošao. Dok ga je gledala kako se povlači stepenicama prema gostinskoj sobi, pitala se da li je i on hteo isto, ali je odlučio da ne iskušava sreću...

Tabita je nahranila pse i pustila ih u vrt da se olakšaju, zevajući dok ih je čekala, jer ju je umor preplavio. Kad su se vratili unutra i vrata bila zaključana, Tabita je pošla prema spavaćoj sobi u izmaglici pospanosti, nadajući se da će se Bejli i Fadž ponovo primiriti. Uspela je da opere zube i obuče bebi dol pižamu. Uticaj alkohola odavno je nestao, zahvaljujući svežem vazduhu nakon izlaska iz kluba koji joj je bio kao melem pre duge vožnje taksijem nazad. I sad, dok se podvlačila pod pokrivač, u glavi joj se vrtelo kao da je na ringišpilu dok je razmišljala o noći provedenoj sa Olijem i Rafom. Glava joj je pretežno bila zaokupljena Rafom, zamišljala ga je kako leži u gostinskoj sobi ne miljama daleko od nje...

24.

Tabita je širom otvorila oči, nesigurna šta ju je probudilo. Sunčeva svetlost je prodirala kroz razmak na zavesama. Zastenjala je i protrljala oči, očajnički želeći da se vrati nazad u san.

Neka žena je vrisnula.

Dok joj je srce tuklo kao ludo, Tabita je bacila prekrivač, što je probudilo Fadža. Zavrtelo joj se u glavi kad je iskočila iz kreveta. Bejli je zarežao i nesigurno prišao otvorenim vratima.

Bio je četvrtak ujutru, namrštila se Tabita. Šta je ono beše posebno u vezi s četvrtkom... *Dođavola, čistačica.* Izletela je iz sobe, sa psima za petama.

Držeći krpu, čistačica Dolores je koračala po dnevnoj sobi mrmljajući na portugalskom.

Raf, samo u gaćama, sleteo je niz stepenice. *Dođavola.*

– *Me desculpa mesmo* – molio je.

Tabita nije imala pojma šta to znači, ali u svakom slučaju je zvučalo kao izvinjenje. Pogledala je Rafa pa Dolores. – Šta se dešava?

S Doloresinih usana pokuljala je bujica portugalskih reči ka Rafu. Pocrveneo je i podigao ruke.

Odmahnula je glavom i okrenula se ka Tabiti. – Dođem sledeće nedelje. Više ne danas – rekla je odlučno dok je gurala krpu u torbu i marširala ka ulaznim vratima.

– Dođavola – rekla je Tabita naglas dok ju je sledila.

– Kažem Kordeliji nisam dobro, ne mogu čistim. – S tim rečima zalupila je vrata za sobom.

Tabita se okrenula ka Rafu u dnevnoj sobi. – Potpuno sam zaboravila da dolazi danas.

– Da, malo se zapanjila. Ovaj, bio sam obučen manje nego sad.
– Pokazao je naniže. Tabitine oči su preletale preko prilično uskih bokserica. – Moglo je da bude i gore.

– Šta je gore od toga kada te čistačica tvojih roditelja zatekne golog?

Nasmejao se i pokazao na njih dvoje. – Mogli smo biti zajedno u krevetu, kao onog jutra... – Pustio je da reči vise u vazduhu.

Tabita je odmahnula glavom. – Nemoguć si – doviknula mu je preko ramena dok je odlazila u kuhinju, ne želeći da vidi kakav učinak imaju njegove reči. Istina, moglo je biti gore. Čistačica neće ništa reći Kordeliji, a Rafu očigledno nije smetalo što ga je zatekla tako... Možda je bilo krajnje vreme da prestane toliko da se brine i malo se više opusti. – Hoćeš li kafu?

– Naravno.

Umesto da ode na sprat da se obuče, pošao je za njom u kuhinju i naslonio se na pult kad je uključila aparat za kafu.

– Osim što si se naglo probudio, kako se osećaš jutros? – upitala je da ispuni tišinu.

– Kao da nisam mnogo spavao.

Veoma ju je remetio, ta njegova mišićava ruka i plećka, koje je videla krajičkom oka dok je čekala kafu koja je kapala u bokal.

– Da budem iskren, kad sam čuo kako se vrata otvaraju, pomislio sam da si ti. Svakako bih više voleo da si bila ti.

Tabita nije znala kako da odgovori na to. Obrazi su joj se nekontrolisano zacrveneli na pomisao kako bi njemu bilo sasvim u redu da je bila ona. Da bude potpuno iskrena, jeste joj to prošlo kroz glavu... Ali možda je to što je stajao nag do pojasa, uz takve nagoveštaje, bio samo način da je zadirkuje, da joj stavi do znanja da je svestan te hemije među njima.

Kafa se presporo cedila. Misli su joj išle u pravcu kojim zaista nije želela da idu. Ali išle su. Zašto je tako tvrdoglavo odlučila kako ništa ne sme da se desi između nje i Rafa, kad joj je iznutra vapila da to dozvoli? Poznavala ga je nešto manje od dve nedelje, a za malo više od deset dana napustiće ostrvo. Dakle, možda je bilo u redu da joj misli lutaju do Rafa golog u krevetu i budu otvorene za mogućnost da se desi nešto više. Možda je to bila posledica pijanstva od prethodne noći, ali privlačnost između njih bila je očigledna i bila je tu.

Tabita se usredsredila na kafu, uzimajući mleko iz frižidera i kašiku za šećer, dok joj je novootkrivena briga potpirivala misli. Bilo je lako prepustiti se pre nekoliko dana nakon neočekivanog vrtloga upoznavanja, i ponovo sinoć na zabavi, pošto je bila pripita od nekoliko džin-tonika. Tištalo ju je to što je sve više vremena provodila s njim, pa joj je bilo teže da se upusti u prolaznu zaljubljenost s njim i posle ga zaboravi. Raf se nekako ušunjao u njen boravak na Madeiri i sad joj se polako uvlačio u srce onako kako to niko nikad nije, osim Luisa – a znala je kako se to završilo.

Možda je osetio njenu nelagodu, pa je rekao: – Idem da se presvučem u kupaće gaće i da se bućnem u bazenu. Vidimo se na terasi za doručak?

– Naravno. – Tabita je klimnula glavom, osetivši olakšanje kad je napustio kuhinju. Stvarno ju je ometao, a ipak, uživala je što ima nekog s kim može da podeli sitnice: zajednički doručak, da s nekim popriča i razmenjuje misli. Raf je bio sve što nije mislila da želi, ali duboko u sebi, činilo se da je sve za čime je žudela.

Već je bio u bazenu kad je izašla s poslužavnikom na osunčanu terasu, a psi su je pratili u stopu. Njegove osunčane ruke s lakoćom su presecale vodu. Spustila je poslužavnik s kafom i činijama voća i jogurta na sto i sela. Fadž je legao pored nje, a njegova meka dlaka joj je golicala stopalo. Silno će joj nedostajati kad ode. Dok se Raf okretao na kraju bazena, a njegovo telo se sjajilo u vodi, shvatila je da psi nisu jedino što će joj nedostajati.

Delići teksta su se oblikovali tokom poslednjih nekoliko dana – neusklađene zamisli, ali koje su se polako oblikovale u nešto celovito. Morala je da ih usavrši i vidi ima li nečeg vrednog na čemu bi nastavila da radi. Raf ju je nadahnjivao. Bio je zagonetka i golicao joj je radoznalost od samog početka – subjekt koji zavređuje da napiše pesmu o njemu.

Poruka od Kordelije u grupi na *Votsapu* vratila je Tabitu nazad u stvarnost.

Dobro jutro, Tabita. Nisi nam se javila juče, pa smo hteli
da proverimo je li sve u redu.

Uz silno nestrpljenje zbog zabave prethodnog dana, potpuno je
zaboravila da se javi Kordeliji i Rufusu. Nisu morali da znaju da
će izaći – rekli su joj da je skroz u redu da povremeno izađe, ali uz
Rafu i nakon incidenta sa čistačicom...
Progutala je knedlu i otkucala odgovor.

Izvinjavam se što nisam pisala – imala sam naporan dan
i potpuno sam to smetnula s uma. Sve je u redu. Bejli i Fadž
sede sa mnom na terasi. Misti se sunča u vrtu. Nadam se da i
dalje uživate u Tanzaniji i da sad možete da se opustite.

Uslikala je pse kako sede pored njenih stopala i priložila sličicu
uz poruku. Iako to nije umanjilo osećaj krivice dok je posmatrala
njihovog otuđenog sina kako izlazi iz bazena, a kapi vode mu se
slivaju niz telo i kaplju po pločicama.
Raf je uzeo peškir s ležaljke i protrljao kosu. Tabitin telefon je
opet zvrcnuo kad je seo nasuprot njoj.

Hvala, Tabita, umirila si me. I ovde je sunčano i nebo
vedro, upravo ću da se bacim u bazen. Blaženstvo. Uživaj u
ostatku dana.

Tabita je poslala odgovor s palcem nagore.
– Jesu li to moji roditelji? – upitao je Raf, provlačeći ruku kroz
mokru kosu.
– Da. Zaboravila sam juče da im pošaljem poruku. Tvoja mama
je napravila raspored kad treba da im se javim. – Tabita je podigla
šolju s kafom i dunula u nju.
– Hm, očekivano. Uvek je bila opsednuta kontrolom, sve mora
da se vrti oko nje.
– Stvarno mi ne smeta. Nije prva vlasnica koja traži da se redov-
no javljam.

171

– Čistačica im nije ništa rekla?

– Dolores je kazala da će reći tvojoj mami kako je bolesna i da nije došla. – Tabita je pogledala preko stola ka Rafu, trudeći se da se više usredsredi na njegovo lice nego na njegov mokar, kapljicama prekriven trup. – Biće teško ne reći im istinu kad se vrate – znaš, o tebi, o tome šta se zaista dogodilo s Fadžom. Ne sviđa mi se pomisao da ih lažem.

– Suštinski posmatrano, nećeš ih lagati, samo ćeš izostaviti nekoliko pojedinosti. – Nije u potpunosti mogla da protumači njegov pogled; da li je bio vragolast ili tugaljiv? – Ja ću već otići pre nego što se oni vrate, iza mene neće ostati tragova.

Tabita je pretpostavila kako pokušava da je umiri, ali njegove reči su ostavile pustoš u njoj. Za malo više od nedelju dana, i njen boravak na Madeiri će se završiti, a Raf će iz njenog života izaći podjednako brzo kao što je i ušao. Trebalo je da pročešlja sopstvene emocije i shvati kako se zaista oseća u vezi sa, pa, svim tim. Predugo je odugovlačila, provela poslednjih dvanaest meseci u poricanju, potiskujući osećanja i lutajući s mesta na mesto, nikad se ne zadržavši dovoljno dugo da se veže za nekog, osim za svoje četvoronožne prijatelje. Ovde je njen doživljaj bio potpuno drugačiji. Biće teško ostaviti Rafa, ali shvatila je da će zapravo on napustiti nju. Pa, zapravo, neće napustiti nju, već će napustiti Madeiru da nastavi svoj život, isto onako kako je i ona morala da nastavi svoj.

Otpila je gutljaj vruće kafe. – Nisam bila potpuno iskrena kad sam ti sinoć rekla da mi nikad nije palo na pamet kako bismo Oli i ja mogli da budemo više od prijatelja.

– Otkud sad to? – nasmejao se Raf.

Slegla je ramenima. – Ne znam. Razmišljala sam o mnogo čemu. Volela sam ga do besvesti, mislim, kao prijatelja, ali priznajem da je bilo trenutaka kad sam primećivala da je bio đavolski privlačan.

– Bio?

– Pa, i dalje je, ali mi se ne sviđa. Ne više. A nije mi se zapravo sviđao ni onda. Dopadalo mi se kako izgleda, ali je njegovo prijateljstvo bilo ono za mene dragoceno. Bilo je trenutaka kad sam se pitala da li bi naš odnos mogao da se promeni iz prijateljskog u ljubavni a da ga to ne pokvari. Ipak, bila sam iskrena kad sam ti rekla da me je taj jedini poljubac s njim potpuno odbio.

– Tebe jeste – rekao je Rafa sa osmehom. – Još jednom ću naglasiti da se on svakako nije osećao isto.

– Možda i nije, ali sigurna sam da je to sad prošlost. Zapravo, uverena sam da nikad nećemo moći da vratimo naše prijateljstvo na nivo gde je nekada bilo. – Blag povetarac je njihao listove drveta banane iza Rafa. Sve u vezi s vrtom bilo je umirujuće, natopljeno suncem i tropsko, savršeni spoj različitih zelenih preliva s mestimičnim iskricama boje. Tabita je spustila šolju s kafom. – A ti i Maj? Kako ćeš se osećati gledajući je kako se udaje?

– Zapravo sam veoma srećan zbog nje.

– Zaista?

– Bili smo prijatelji, i samo me je moje pogrešno uverenje kako bismo mogli da budemo nešto više navelo da bilo šta pokušam. Iskreno, olakšanje je znati da je s nekim i da je srećna. Nikada nismo bili najbolji prijatelji kao ti i Oli, ali smo tokom godina uspeli da ostanemo u kontaktu. To što je dovoljno opuštena da me pozove na venčanje bilo mi je sasvim dovoljno.

Tabiti je odjednom postalo jasno da oboje prolaze kroz slično iskustvo, suočavajući se s ljudima iz prošlosti i pronalazeći način da idu dalje bez zavisti. – Znači li to da si se pomirio s tim kako ste samo prijatelji i da će tako i ostati?

– Da, stopostotno. Preboleo sam odbijanje pre mnogo godina, ali njen brak je konačna odluka. Moj život uglavnom deluje zamršeno, mahom zbog nejasnih odnosa, pa je to što zasigurno znam na čemu smo nešto dobro i meni preko potrebno.

– Da li misliš na ljubavne odnose ili na onaj s roditeljima? – upitala je blago.

– Na oba. Moj odnos s roditeljima bio je napet otkako smo se preselili ovamo. Ljubavne veze su mi takođe u rasulu. Moja bivša devojka i ja želeli smo potpuno različit život i, da budem iskren, bilo je slično sa svakom devojkom, što me tera na pomisao da sam možda ja problem, ili privlačim pogrešnu vrstu devojaka. – Pogledao je sramežljivo ka njoj. – Trebalo bi da živim kao pustinjak, sâm usred nedođije s psom ili dva da mi prave društvo. – Pružio je ruku i počešao Bejlija iza ušiju.

– Često sam pomišljala da bi to možda bilo najbolje i za mene... – Tabita je pogledala preko vrta ka plavetnilu okeana koje se stapalo sa svetlijim nebom. – Ali nisam sigurna da li bih mogla da presečem i živim tako daleko od svega. Sviđaju mi se odvažnost i puls gradskog života, ali postala sam razmažena tokom godine boraveći u centru Pariza i Barselone.

– To je isto kao i s bilo čim drugim: kad živiš na selu, žudiš za onim što ti nedostaje iz gradske sredine i obrnuto. Pitam se da li postoji savršeno mesto?

– Moji roditelji su ga izgleda pronašli.

– Jesu?

– Obnovljena seoska kuća u Devonu s parčetom zemlje gde gaje povrće i imaju kokoške, istovremeno je blizu i plaži i gradu, gde se dešava mnogo toga. – Tabita je slegnula ramenima. – Najbolje od svega. Mada, da budemo pošteni, zbog tatinog posla su se četiri decenije seljakali iz zemlje u zemlju, tako da su živeli na dovoljno mesta da shvate šta žele. Mislim da ja to još nisam postigla.

– Nisi dovoljno putovala?

– Nisam sigurna da ću ikad prestati da želim da putujem.

– I ja se osećam isto, ali takođe želim da pustim korenje, znaš? Da pronađem mesto gde se osećam kao kod kuće.

– To nije ovde na Madeiri?

– Ma, taman posla. – Raf je odmahnuo glavom i iskapio ostatak kafe. – I definitivno nije ni u Londonu, iako ću morati da se vratim tamo pre nego što se roditelji vrate. Ah – odmahnuo je rukom – jednog dana ću to shvatiti.

Tabita je srela njegov pogled. – Sigurna sam da ću i ja.

– Hej, nešto sam razmišljao – rekao je, zadržavajući njen pogled. – Pošto sam ti bio pratnja, da tako kažem, na Olijevoj zabavi, kako ti zvuči ideja da ti budeš moja na Majinom venčanju u subotu?

– Stvarno?

– Da. Ostavila mi je otvorenu pozivnicu da povedem nekoga, što nisam nameravao, ali znam da će joj biti olakšanje ako ne dođem sâm i, uh, baš bih voleo da pođeš sa mnom. – Delovao je stidljivo, a njegovog uobičajenog samopouzdanja je nestalo. Osunčani obrazi su mu možda čak malo i porumeneli.

Tabiti je bilo izuzetno drago što ju je pitao. – Da, volela bih da pođem, hvala ti.

– Odlično, to je celodnevno dešavanje sa svečanim doručkom u nedelju, takođe, tako da ćeš možda morati da pitaš može li Džuli da se pobrine za pse dok smo odsutni. – Odgurnuo je stolicu, ustao i bacio peškir preko ramena. – Idem da se istuširam i odem do kancelarije da malo radim. Siguran sam da i ti imaš obaveze. Vidimo se kasnije.

Ostaće preko noći. Jedino je na to mogla da se usredsredi dok se Raf udaljavao. Da li se postideo? Ili je brzo pitao i pobegao za slučaj da promeni mišljenje? Bilo je očigledno kako oboje žele da provedu više vremena zajedno, a odlazak na venčanje i ostanak preko noći sigurno bi im to omogućio. Talas uzbuđenja koji ju je obuzeo nagoveštavao je tačno ono kako se osećala. Razmatrala je da napravi sledeći korak u njihovom odnosu; možda bi kratko predavanje strastima učinilo da ga izbaci iz misli.

25.

Dan je prosto proleteo dok je Raf bio zaključan u kancelariji u dnu vrta, a Tabita se premeštala, radeći malo za trpezarijskim stolom malo na terasi. Nadograđivala je ideje koje su joj se vrtele po glavi poslednjih dana. Stihovi su se preplitali, a melodije se kovitlale. Obrisi stihova oblikovali su se na papiru i u akordima gitare. Stihovi o izgubljenoj ljubavi, o slobodi da se bude veran sebi, o opreznom koraku prema mogućnosti nove ljubavi, nove budućnosti. Tabita nije želela da piše o Rafu, ali nekako su njegovo prisustvo i uticaj prodrli do nje, i sad se oblikovali u pesmu. On joj je otvorio mogućnost da krene dalje, da se oslobodi brige kako će ponoviti iste greške koje je napravila s Luisom.

Elspet joj je poslala poruku za vreme ručka.

Kako je prošla zabava? Nadam se da si se lepo provela. MORAM da čujem sve o tome, ali pretrpani smo pripremama za ambar/venčanje. Nemam sad vremena da te pozovem, ali zvaću te sutra uveče pa ćemo se ispričati. Ako dotad ne završimo, propali smo, tako da drži palčeve. Ljubi te El!

Tabita je brzo odgovorila s mnogo poljubaca i poželela joj sreću.

Rano uveče, nakon što je završila s radom, prošetala je nekoliko minuta duž ulice do Džuline i Antonove kuće. Magla umora spuštala se na nju kako je dan odmicao. Četiri sata sna uz mamurluk možda su bili savladivi s dvadeset dve godine, ali deset godina kasnije bez sumnje se teško nosila s tim. Ispala je iz kolotečine noćnih izlazaka – poželela je da okrivi Luisa za to, ali sama mu je dopustila da je oblikuje u partnerku kakvu je *on* želeo. Iako je smatrala kako joj je bolje samoj, shvatila je da nije to ono što želi. Htela je da bude s nekim ko bi rado bio deo života kakav je želela da živi, s nekim ko neće pokušavati da je ograniči, ko će joj pomoći da ostvari snove umesto da ih uništi. Možda je tražila previše.

Tabita je stigla do kuće i pozvonila. Automobil je stajao parkiran u dvorištu, pa je pretpostavila da je neko tu, ali pošto nije bilo odgovora, pomislila je da je Džuli u dvorištu. Prošla je kroz bočnu kapiju i ušla u vrt. Primetila je pokret i ugledala Džuli sa šeširom za sunce kako orezuje ruže penjačice.

– Džuli! – uzviknu Tabita. Džuli joj je mahnula i krenula niz vrt.

– Kakvo lepo iznenađenje – rekla je Džuli ozarena osmehom dobrodošlice.

– Došla sam da vas nešto zamolim, ali pomislila sam da biste i želeli da znate da je Fadž bolje.

– To je bilo moje prvo pitanje. Pitala sam se kako ste oboje.

– Mnogo je bolje. Čak može i da skoči s kreveta.

– Odlično, baš mi je drago. – Džuli je zaklonila oči. – Imaš li možda vremena za piće?

– Da, baš bih volela, hvala. – To je bilo najmanje može da učini budući da je nameravala da zatraži uslugu. Osim toga, dopadalo joj se Džulino nenametljivo i postojano društvo. Delovala je umirujuće na nju, i činilo se da u njenom životu nema nikakve drame. Bilo je iznenađujuće lako razgovarati s njom, zbog čega se osećala još više krivom što joj nije rekla ništa o Rafu.

Džuli je skinula rukavice za vrt i ostavila ih zajedno s makazama na travi. Tabita je krenula s njom uz travnjak.

– Anton još nije došao kući – rekla je Džuli i povela je u otvorenu kuhinju i dnevnu sobu. – Želiš li čaj, kafu ili vino? – Pogledala je na sat i nasmejala se. – Ipak je vreme za vino. Ako želiš, sipaću i tebi čašu?

– Zašto da ne – rekla je Tabita. – Klin se klinom izbija, kako kažu. Juče sam bila na zabavi u Funšalu, i ceo dan se borim s mamurlukom, tako da će čaša vina možda pomoći.

– Zvuči kao da si se dobro zabavila. Išla si sama? – Džuli je posegnula u orman za dve vinske čaše i izvadila bocu belog vina iz frižidera.

Tabita je osetila kako joj obraze obliva vrelina. – Stari prijatelj me je pozvao. Oli Pereira, možda ste čuli za njega? Pop zvezda, bivši pobednik *Stara*. On je polu-Portugalac i ima vilu u Funšalu, gde boravi kad nije u Londonu.

– Poznaješ ga? – Džuli je razrogačila oči. – Ne znam mnogo o pop kulturi, ali znam ko je Oli Pereira. Mnogi moji učenici biće neizmerno ljubomorni što sam prijateljica s njegovom prijateljicom!

– Da, odavno, iz vremena pre nego što je postao poznat, ali smo se udaljili. Ipak, bilo je lepo videti ga ponovo. Barem kao početak popravljanja našeg prijateljstva.

– Zvuči kao da je to bilo katartično iskustvo, a i zabavna noć. – Džuli joj pruži čašu vina i izvede je na terasu. Sele su okrenute ka vrtu. Sa čašom vina u ruci, Džuli pogleda Tabitu. – Dakle, šta si želela da me zamoliš?

– Oh da, skoro sam zaboravila. – Tabita se nervozno nasmejala. Bila je spremna da opet izmeni istinu pred Džuli. – Trebalo bi da, hm, budem odsutna u subotu i da ostanem preko noći – vratila bih se u nedelju po podne, pa sam se pitala da li biste mogli da svratiti i nahranite Misti i pse?

– Naravno, vrlo rado. Mogu i da izvedem Bejlija i Fadža u šetnju ako želiš?

– Samo ako vam to nije problem.

– Taman posla, čuvati njih je pravo zadovoljstvo – odmahnula je Džuli, ispijajući vino. – Ideš na neko lepo mesto?

– Pa, ovaj, samo do Funšala... – Mrzela je što laže Džuli, ali nije imalo smisla sad početi odmotavati klupko istine. – Mada me pomalo brine što ostavljam pse. Kordelija je rekla da vas zamolim da ih čuvate ako nisam kod kuće, ali nisam nameravala da budem odsutna tokom noći.

– Biće sve u redu – rekla je Džuli odlučno. – Rado ću ih čuvati, tako da slobodno idi i lepo se provedi. Niko ne mora da zna. – Zastala je. – A šta kažeš na to da, kad se vratiš u nedelju, dođeš ovde na večeru, samo ako budeš raspoložena i ne budeš preumorna? Anton i ja bismo bili oduševljeni da te ugostimo. Voleo bi da te upozna. On je divan kuvar – baš sam imala sreće što sam se udala za njega.

– To je stvarno ljubazno od vas; volela bih to, hvala.

– Možeš da povedeš i Rafa – rekla je Džuli.

Tabita ju je zbunjeno pogledala. – Rafa? Ovaj... – promucala je.

– Znam da se vratio. – Džulin nežni glas zvučao je vragolasto. Položila je hladnu šaku na Tabitinu nadlanicu. – Rekla sam ti kako mi se učinilo da sam ga videla u vrtu i čula nešto što je zvučalo kao zabava prošle nedelje, pa sam pretpostavila da nisi bila sama, a onda sam ga videla opet ove nedelje. Jel' sve u redu, mislim to što je tu? – upitala je ozbiljnijim glasom. – Ne želim da se mešam, ali ne mogu da zanemarim činjenicu da je u kući s tobom kad pretpostavljam da ne bi trebalo da bude.

– Ne, ne bi trebalo, ali sve je u redu. – Tabita se nasmejala. – Bile su to čudne dve nedelje. Rekla bih vam, ali u početku nisam baš shvatala čitavu priču s Rafom i njegovim roditeljima. Mada, i dalje nisam sigurna da u potpunosti razumem gde je sve pošlo naopako. – Džuli je klimnula glavom.

– To je svakako kao hod po minskom polju. Ali ne brini, neću ništa reći – pretpostavljam da ne želi da oni saznaju. Samo sam, hm, iznenađena što ti toliko odgovara da je tu...

Tabita je primetila kako su se Džulini obrazi blago zarumenili, kao da nije htela da postavi neko neposrednije pitanje. Tabiti je bilo jasno kako to verovatno izgleda iz Džulinog ugla. Otpila je gutljaj vina. – Na početku nije bilo tako, bila sam pomalo šokirana kad se pojavio usred noći, ali polako smo počeli da se upoznajemo. Duga je to priča... Boravio je u kancelariji u vrtu, ali pozvala sam ga u kuću. Spava u gostinskoj sobi – dodala je, ne želeći da Džuli stekne pogrešan utisak. Odlučila je kako je došlo vreme da bude potpuno iskrena. Džuli je zaslužila bar toliko, jer je uvek bila ljubazna prema njoj. – I ovog vikenda idem na svadbu s njim. On me je pozvao. A sinoć je on išao sa mnom na Olijevu zabavu. Izvinjavam se što sam vas lagala, nisam zaista to htela, samo mi je bilo neprijatno.

– Oh molim te – rekla je Džuli, odmahnuvši rukom. – Nisi me namerno lagala, znam sasvim dobro kako ti je Raf rekao da ne kažeš ništa. Znam da se i prošli put ušunjao u kuću dok su mu roditelji bili odsutni. U Kordelijinim očima, ja sam ljubopitljiva komšinica

– pogledala je Tabitu s bleskom u očima – pa mogu tako i da se ponašam. Malo toga mi promakne. Trebalo je da odem i nešto kažem, ne da bih ga se rešila ili tako nešto, ne – uzdahnula je. – Želela sam da imam hrabrosti da porazgovaram s njim i pozovem ga da ostane kod nas. Hm, trudim se da se ne mešam u Kordelijin i Rufusov odnos s Rafom. Previše me ljuti i mnogo me rastužuje. Zato se nisam mešala. – Zastala je. – Anton i ja nismo blagosloveni decom, pa je Raf za nas uvek bio poseban. Slobodno mu reci kako bih volela da ga vidim. Pa, nadam se da ću vas u nedelju videti oboje.

– Hoćete. Raf je imao samo lepe reči za vas. – Džuli se zarumenela, ćutke prihvatajući pohvalu i čitavu situaciju. Prešla je na lagodniju temu, pričajući o Fadžu i Bejliju i kojom levadom će ih prošetati dok je Tabita na svadbi s Rafom.

26.

Bilo je zaista prilično lako i ugodno živeti i raditi s Rafom. Drama protekle dve nedelje postala je prošlost i dobro su se slagali, provodeći dobar deo dana u radu, a Raf se tek uveče vraćao u vilu. Tabita je osećala neverovatno olakšanje što je Džuli sad znala da je Raf tu, pa nije morala i dalje da je laže. Rafov odgovor je bio iznenađujuće miran: *Džuli ne promakne mnogo toga*, propraćeno sa: *Stvarno nas je pozvala na večeru?* Ipak, nije rekao ne. Tabita je osetila kako je i Džuli njemu draga koliko on njoj. Takođe je primetila način na koji je rekao *nas*. Poslednji put je bila deo zajedničke priče s Luisom. Njihova veza ju je gušila, a obaveze zarobljavale, ali s Rafom je bila slobodna i veoma joj se dopadala zamisao da budu *zajedno*. Delovalo je uzbuđujuće umesto zastrašujuće, ali opet, zamenila je obode Londona suptropskom lepotom Madeire, što je bilo potpuno drugačije. Baš kao i četvrtak, petak je proleteo, Tabita je napisala više stihova nego cele prethodne nedelje jer joj je pažnja bila isključivo usmerena na posao. Ponovo se prisetila kako su je nadahnuli događaji koje je proživela. Možda je Raf zapravo njena muza.

Večerali su zajedno kad je neočekivana dostava cveća stigla od Olija uz priloženu poruku.

Za tvoju ljubaznost i oproštaj, koje nisam siguran da zaslužujem. Najbolja si, Tabita. Lepa spolja i iznutra. S ljubavlju, Oli

– Aha, samo prijatelji – rekao je Raf podsmešljivo.

Iako je olako odbacila opasku, mučila ju je misao da se njen odnos sa Olijem promenio do neprepoznatljivosti. Šta su sad jedno drugom?

Raf je pokazao na poruku. – Pa zašto ne zaslužuje oproštaj? Šta se to desilo da ste se tako posvađali?

Tabita je uzdahnula, uzela poslednji zalogaj piletine sa soja sosom i salate od leblebija koju je Raf napravio, a onda mu ispričala tužnu priču.

– Ionako mi se nije dopadala njegova muzika – rekao je odlučno Raf kad je završila. – Ali mi se sad još manje dopada zbog toga kako se poneo prema tebi. Nije ni čudo što tako dugo nisi bila u kontaktu s njim. Ali, hej, sa uspehom koji si postigla pišući pesme, ispostavilo se da ti on nije ni bio potreban.

Rafove reči su je ispunile radošću jer je bio u pravu. Ma koliko ju je to nekada bolelo, sad joj Oli nije bio potreban. Mukotrpnim radom je izgradila karijeru u teškoj i često nemilosrdnoj industriji, istrajnošću i sopstvenim darom, a da nije gazila preko drugih zarad uspeha. Mogla je da ide uzdignute glave i bude ponosna na ono što je postigla.

Raf je kasnije izveo pse u šetnju po večernjoj svežini, baš kad je sunce krenulo da zalazi, a Tabiti je to pružilo priliku da pozove Elspet.

Telefon je zvonio dugo pre nego što se ona umorno javila: – Hej, baš sam htela da te zovnem.

– Zvučiš iscrpljeno – rekla je Tabita, podvijajući noge na trosedu. To joj je bilo omiljeno mesto u ovo doba dana, sedela je na udobnom trosedu sa širom otvorenim vratima i gledala u vrt okupan zlatnom svetlošću sumraka, okean je blistao, a sunce polako uranjalo u njega na obzorju.

– Jesam – uzdahnula je Elspet. – Čak i uz maminu i tatinu pomoć imali smo veoma mnogo posla, a i Olivija je bila mnogo naporna, i samo meni je dozvolila da je uspavam. Bilo je teško. Mislim da je zabrinuta zbog toga što će sledeće nedelje biti u vrtiću ceo dan – to je dug period za četvorogodišnjakinju. Na sve to umor i uzbuđenje što su baka i deka ovde, pa će joj uskoro rođendan, sve joj se skupilo. U svakom slučaju, dosta o meni. Prvi put ove nedelje Olivija je zapravo zaspala bez previše muke, mama i tata spremaju večeru, a Getin je još u ambaru, hoće da bude siguran kako je sve u savršenom redu za sutra. Sipala sam sebi veliku čašu preko potrebnog vina i želim da čujem kako je prošla žurka sa Olijem *i* Rafom. Ti si jedna srećna, srećna dama.

– Kao što znaš, Oli i ja smo samo prijatelji.

– Da li ste još razgovarali?

– Da – rekla je Tabita, ispravljajući nabor na suknji. – Koliko je moguće razgovarati s nekim u klubu dok ste oboje pijani. Ali da, izgladili smo nesuglasice i ponovo razgovaramo. – Elspet ju je ohrabrivala *aha-aha* zvucima, puštajući je da nastavi. – Toliko se toga promenilo za oboje. Njegova slava je nepojmljiva – neću nikad doživeti ništa slično. Ne možemo da vratimo prijateljstvo koje smo nekad imali, ali mislim da sam se pomirila s tim.

– Najvažnije je što ste se ponovo povezali – mora da se osećaš bolje što više nema te nelagodnosti koja ti visi nad glavom, zar ne? Znam da si se borila s tim.

– Da, to je tačno. Nije bilo zdravo tako dugo gutati toliki bes.

– Ne, nije, iako je razumljivo. Kao što bi ti rekla Olivija, ili pre Elsa, pusti to... A kad smo već kod puštanja, šta misliš o Olijevom raskidu s devojkom?

Tabita se namrštila. – Kako to misliš? Rekao mi je da su se razišli, ali da to drže u tajnosti.

– Pa, večeras je puklo na društvenim mrežama, dakle više nije tajna.

Tabita je progutala lepršavi osećaj dok je razmišljala o poruci koja je stigla s cvećem od Olija, zajedno s Rafovom primedbom o tome kako Oli želi da budu više od prijatelja. To je bilo poslednje na šta je želela da se usredsredi, pa je odlučila da se suzdrži od komentara. Topao zagrljaj porodice, čak i ovako daleko, bio joj je preči.

– Evo o čemu sam razmišljala, ako si i dalje sigurna da želiš da dođem kod tebe u oktobru, ja bih...

– Da! – Elspet je maltene ciknula preko telefona. – Ne mogu da zamislim ništa bolje. Bili bismo presrećni da te vidimo. Dakle, zapravo bi došla ovamo posle Madeire?

– To će zavisiti od nekoliko sitnica, jer sam nameravala da ostanem u Lisabonu neko vreme, ali nedostajete mi.

– I ti nama nedostaješ, Tabs, ali pretpostavljam da će ti nedostajati i Madeira, ili tačnije, određena osoba. – Nasmejala se. – Dakle, izgladila si stvari sa Olijem na žurki, molim te reci mi da si nešto uradila s Rafom?

Ne ovog puta, pomislila je Tabita, a u mislima je odlutala do te prve pijane noći. – Ne, ničeg nije bilo, ali proveli smo lepo veče. Pričali smo. Bio je dobro društvo i samouveren, potpuno opušten što se tiče odlaska i razgovora s drugim ljudima, opušten i raspoložen da se družimo. Savršena osoba za odlazak na žurku.

– Dakle, sve suprotno od Luisa...

– To baš i nije fer, El.

– Nije, znam. Izvini. Nije da nije bio zabavan, jednostavno te je kočio. To se događalo polako tokom vremena, pa nije bilo očigledno. Pomaže kad se osvrneš unazad, zar ne?

– Svakako. – Tabita je čežnjivo gledala u vrt, u njegove rubove obojene tamom. Ostaci sunca potonuli su ispod ograde i ostala je samo mrlja tinjajuće narandžaste i vatrenocrvene boje.

– Dakle, provela si lepu noć i vratili ste se u vilu i...

– I rekla sam mu kako može da ostane u gostinskoj sobi. Bilo je suludo da spava u kancelariji.

– Hm, u gostinskoj sobi. A vlasnici i dalje nisu svesni da je tamo?

– Upravo, i nameravam da tako ostane. – Čak i posle jučerašnjih događaja sa čistačicom. – Mada, osećam se krivom, jer izdajem njihovo poverenje...

– To je neugodan položaj, posebno ako otkriju da je bio tamo, a da im ti nisi ništa rekla... – kazala je Elspet zamišljeno. – Žao mi je, znam da si zabrinuta. Ali šta je gore? Da budeš iskrena i kažeš im istinu, ili da saznaju kako si ih lagala?

– Znam da si u pravu. Samo, Raf...

– Kao što rekoh, dilema. Žao mi je što ne mogu više da ti pomognem. Ali, kad smo kod Rafa, šta ste vas dvoje radili otkad si ga pozvala da ostane u kući? – Reči su joj bile nabijene nagoveštajima. Tabita je zamislila Elspet kako udobno sedi u fotelji sa čašom vina, iščekujući da joj ona otkrije sočne tračeve.

– Ne mnogo, osim što smo radili.

– I Raf...

– I on radi.

– Uh, to je tako razočaravajuće. Želim tračeve. *Potrebni* su mi tračevi!

– E, pa... – Tabita je razmišljala da li je dobra zamisao da to saopšti sestri, ali osećala je potrebu da joj nešto kaže. – Idem na venčanje s Rafom sutra.

– Kao da idete na sastanak?

– Kao pratilja.

– Dakle, ipak je kao sastanak. – Čula je osmeh u Elspetinom glasu. – Sjajno. Jedva čekam da saznam kako je prošlo. Biće ovo dobar vikend za venčanja.

– Nadam se da će vama sve sutra dobro proći.

– I ja isto. Ovo će nam biti odličan izvor prihoda. Ambijent je, pa, jednostavno predivan. Jedva čekam da vidiš kako će izgledati kad bude gotovo.

– Stavi mnogo fotografija na *Instagram*.

– Ne brini, hoću. Isto važi i za tebe. Sem toga, bila bi lepa i slika s Rafom.

– Da, da – rekla je Tabita, smešeći se.

Pozdravile su se, Elspet je otišla da dovrši ispijanje vina i ode rano na spavanje pre uzbuđenja i stresa prvog venčanja koje će se održati u njihovom nedavno renoviranom ambaru, a Tabita da sedne u tišinu i razmisli koliko joj se upravo u tom trenutku život učinio lakim, daleko od stresa stvarnog života, u svojevrsnom balonu na ostrvu Madeira dok čeka da se Raf vrati sa psima.

Otvorila je fotografije na telefonu i pronašla onu koju je napravila s Rafom u bazenu. Nasmejani, osunčanih lica, zagrljeni, Rafova prsa na izvol'te... Otvorila je ćaskanje sa Elspet na *Votsapu* i priložila fotografiju, zastala na trenutak, a zatim kliknula na slanje.

U roku od deset sekundi, Elspet je odgovorila.

POBOGU, Tabs! Kako može da ti bude samo prijatelj?!

Smeškajući se, Tabita je odgovorila.

Samo zato što je zgodan ne znači da nešto mora da se desi. Uživam u njegovom društvu.

Elspet je odgovorila sa sedam smajlića, a onda ubrzo dodala:

Ali, ozbiljno, izgledate prelepo zajedno i TAKO je lepo videti te srećnu. Uživajte na venčanju! ;-) ;-) ;-) Cmok

Tabita joj je poslala poruku, opet poželevši njoj i Getinu sreću za sutra. Ponovo je otvorila fotografiju s Rafom. Zaista je delovala srećno. Opušteni selfi na kojem su oboje ozareni, sa osmesima od uva do uva. Spoznaja da je srećna ju je iznenadila. Nije bila nesrećna dok je putovala, ali bila je zadovoljna što je sama. Društvo drugih ljudi bilo joj je previše naporno, uspostavljati veze, voditi pametne razgovore koji neće zalaziti u lične stvari. Ipak, ovde je, uprkos usponima i padovima, počela da žudi za Rafovim društvom i prijateljstvom. To kako se ponašao i što ju je iznervirao nije je odbilo da ne želi da provodi vreme s njim, jer je to bilo tako lako i prirodno. Umeo je da učini da se oseća dobro, i uprkos razočaranju i neizvesnosti koju je raskid s Luisom izazvao, to što se Raf pojavio imalo je pozitivan učinak.

Rafov povratak sa psima prekinuo je Tabitin tok misli. Ušao je kroz dvokrilna vrata, a za njim su išli Bejli i Fadž, koji su najpre popili vodu, a zatim se dahćući sručili na hladne pločice.

– Da li si videla zalazak sunca? – upitao je Raf kad je okačio povoce.

– Da, predivan je bio. To je samo jedna od stvari koje će mi nedostajati. – Elspetine reči su joj se vrzmale po glavi, zbog čega se zarumenela. Raf će joj zaista nedostajati. Pročistila je grlo. – U koje vreme treba da krenemo sutra?

– Nameravao sam da rezervišem taksi za jedanaest, osim ako ne želiš da voziš?

– Pa, nemam ništa protiv da vozim. – Pošto je trebalo da prenoće, moći će da pije. Pogledala je u Rafa koji se skljokao u fotelju. – A kako treba da se obučemo? I, pobogu, trebalo bi da ponesem poklon, zar ne?

Raf se nasmejao. – Ja sam im kupio poklon, koji možemo potpisati oboje. – Sreo je njen pogled. – A što se tiče oblačenja – otmena letnja varijanta.

– Dakle, letnja haljina će biti prikladna?

– Mislim da bi sve što obučeš bilo prikladno, ali da, to zvuči savršeno. – Gledao ju je u oči, a srce joj je brže zalupalo.

Da li je ovo priprema za neizbežno? Očijukanje se nastavilo, iako nešto uzdržanije nego što je bilo prvih nekoliko dana. Otada su morali polako da upoznaju jedno drugo, otkrivajući slojeve prošlosti, iskustava i veza koje su ih oboje oblikovali, što je iščekivanje neizbežnog činilo još napetijim.

27.

Prelepa i zanosna bile su reči koje su Tabiti pale na pamet dok se divila nevesti, polu-Portugalki polu-Japanki, u venčanici od čipke, uzanog korseta koji se širio u belu suknju. Osmeh joj je bio zarazan i blistala je od sreće. Nije bilo teško shvatiti zašto se tinejdžer Raf do ušiju zaljubio u Maj.

Mladoženja je bio zgodan koliko je njegova nevesta bila lepa, mešovitog engleskog i španskog porekla, uz Majine japanske i portugalske korene.

Dok su stajali na osunčanoj hotelskoj terasi koja gleda na okean, čvrsto držeći čaše ponče sa ukusom marakuje, Raf je uhvatio Tabitu podruku. Bio je to savršen početak venčanja s tropskom tematikom i Tabita je upila taj trenutak. Ispod se pružala plaža, prepuna suncobrana, ležaljki i ljudi, a okean se protezao bez kraja, dok su se u drugom pravcu videli krovovi Funšala od terakote i planine, mutnozelene pod sjajem sunca, najviših vrhova skrivenih u belim oblacima.

Tabita i Raf su stigli u hotel sat vremena ranije, parkirali auto i dobili sobu. Svoju sobu. Tabita je stavila torbu pored kreveta sa strane na kojoj je obično spavala dok je Raf vrlo upadljivo stavio svoju na trosed. Nije rekla ništa.

Zatim, na terasi hotela, gde su se zvanice okupile da popiju piće, Raf je predstavio Tabitu kao prijateljicu budućem bračnom paru Maj i Edvardu, kao i Majinim roditeljima, pre nego što su se izmešali sa ostalim gostima.

Toplina joj je ispunila srce onako kako joj je sunce grejalo naga ramena. Njen plavo-beli kombinezon bez rukava bio je savršen za ovo mesto i priliku. Dok su stajali i razgovarali s gostima, Rafova ruka joj je opušteno stajala oko struka, i bila joj je potrebna sva odlučnost da se usredsredi na razgovor umesto na to kako joj kroz tanak materijal palcem miluje bok. Bilo namerno ili ne, prijalo joj je.

Venčanje Maj i Edvarda održano je na imanju hotela, na prelepom izdvojenom mestu udaljenom od terase koja je gledala na živahnu i živopisnu plažu. Bele stolice poređane na travnjaku vodile su do luka od tamnozelenog lišća ispepletenog s belim cvećem. Mladoženja i mlada stajali su pored kuma, koji je nosio svetlonarandžastu streliciju na reveru, i deveruša u sunčanožutim haljinama s malim belim i tamnozelenim buketima. Visoke palme bacale su senku oko ivica travnjaka, dok je tamno zelenilo tropskih biljaka roda monstera, s velikim, izlizanim srcolikim listovima, bilo savršena pozadina.

Rafova ruka nežno se oslanjala uz Tabitinu dok su sedeli zajedno i posmatrali kako njegova prva ljubav ulazi u brak s ljubavlju svog života. Tabita mu je stegla šaku dok je Maj izgovarala zavete – nadala se da će za njega time to poglavlje konačno biti zatvoreno.

Svečani ručak odvijao se u velikoj prozračnoj prostoriji hotela, sa šankom i vratima koja vode na terasu pored plaže. Tropska tema bila je upadljiva i na belim stolovima i stolicama ukrašenim lišćem *monstere* kao podmetačima i šafran-žutim i živopisnim narandžastim cvetovima. Za predjelo su imali koktel od škampa, zatim kao glavno jelo pečenu morsku kirnju sa čorizom uz rižoto sa šparglom, a za kraj osvežavajući sorbe od tropskog voća uz liker od marakuje.

Tabita nikad nije razmišljala o braku, ali morala je priznati da je, osim Elspetinog i Getinovog venčanja, ovo na Madeiri bilo nešto zaista posebno.

Večernji prijem je započeo plesom, a nešto kasnije su usledili kanapei od sušija, kojima se Tabita s radošću posvetila dok je Raf razgovarao s Majinom porodicom. Razgovarala je s najboljim prijateljem mladoženje i njegovom suprugom, koji su živeli u Kornvolu.

Već je pala noć kada je Maj prišla, uhvatila je podruku i odvela u stranu.

– Samo sam htela da ti kažem koliko Raf izgleda srećno – rekla je Maj dok ju je vodila na terasu. – Oboje tako delujete. Veoma sam srećna što je pronašao nekoga.

– Oh, zapravo nismo zajedno.

Blaga zabrinutost je namreškala nevestinu besprekornu kožu. – Zaista? Izgledate kao da vam je veoma ugodno jednom uz drugo.

– Pretpostavljam da jeste, kao prijateljima. – Zastale su ispod palmi osvetljenih mekim narandžastim svetlima. – Malčice je neobična priča kako i zašto smo završili ovde zajedno, ali dobro se slažemo.

– To mi je jasno.

Tabitino srce je brže zakucalo, na spoznaju da je privlačnost između nje i Rafa očigledna drugim ljudima, pogotovo nekome ko ga dobro poznaje.

– Venčanje je bilo predivno – rekla je Tabita, želeći da skrene temu razgovora.

– Hvala ti – nasmejala se Maj. – Malo smo se brinuli da će mešavina kultura dovesti do sveopšteg rusvaja, ali mislim da nije bilo loše. – Engleski joj je bio besprekoran, naglasak prisutan u tragovima i Tabita ne bi mogla da ga odredi da nije znala njeno poreklo. Raf je rekao da Maj savršeno govori portugalski, japanski, španski i engleski. Tabita je kao dete naučila francuski, španski i nemački putujući s mesta na mesto, ali ne tako tečno kao Maj.

– Dan je bio savršen. Provela sam skoro čitav život putujući, tako da cenim mešavinu kultura. Mislim da ste ih uspešno spojili. – Tabita je otpila gutljaj vina. – Raf je rekao kako ste se vas dvoje upoznali dok ste radili zajedno?

– Uh, to mi se čini kao davno prošlo doba. – Na trenutak je delovala kao da sanjari, a zatim se nasmejala. – Pretpostavljam da ti je ispričao priču o tome kako sam ga odbila?

– Da, spomenuo je to. – Tabita se osmehnula.

– Iskreno, gledala sam na njega kao na mlađeg brata. Imao je šesnaest godina kad smo se prvi put sreli i do trenutka kad je skupio hrabrosti da me poljubi, poslednje što mi je bilo na pameti bila je veza. Srce mi je već bilo slomljeno i pomisao na to da budem u vezi s nekim koga volim kao prijatelja nije mi prijala. Imao je samopouzdanja, to mu moram priznati. Mrzela sam što sam ga razočarala, ali u to vreme u mom životu i u godinama koje smo imali, to je jednostavno delovalo pogrešno.

– I sama sam iskusila kako prijateljstvo ne može da se pretvori u romansu, tako da te potpuno razumem.

– Stvar je u tome što bih, da me je koju godinu kasnije pozvao da izađemo, umesto što me je poljubio bez upozorenja, možda rekla da. – Maj je dodirnula Tabitinu ruku. – Ali mislim da je ovako ispalo najbolje. Bez obzira na njegove demone, na sve kroza šta prolazi, on je dobra prilika. – Podigla je lepo oblikovanu obrvu. – Konačno sam pronašla svoju srodnu dušu. – Pogledala je u novopečenog supruga, koji je razgovarao s Rafom i još nekim gostima na ulazu u hotel. – Ali dugo je trajalo. Nadam se da neće tako dugo potrajati za Rafa. – Uputila je Tabiti pogled za koji je pretpostavljala da jasno prenosi šta je mislila da kaže.

– I dalje živiš na Madeiri? – upitala je Tabita, ponovo želeći da skrene razgovor.

– Moji roditelji žive tu, ali Ed i ja živimo u Lisabonu, iako moje srce pripada ostrvu.

– Nije teško videti zašto.

– Koliko dugo ostaješ ovde? – upitala je Maj.

– Samo još nedelju dana. Stigla sam početkom septembra.

– Šteta. Mada pretpostavljam da ni Raf neće ostati. – Pogledala je iza Tabitinih leđa, mahnula nekome i klimnula glavom. – Zapravo sam mislila da dolazi samo zbog našeg venčanja. Nisam shvatila da će ostati kod roditelja dok su odsutni. – Zavrtela je glavom. – Nadam se da će izgladiti odnos s njim, i to zbog njega, ne zbog njih. – Glas joj je bio ispunjen gorčinom. – Zaslužuje da bude srećan. – Ponovo je klimnula glavom ka osobi koja joj je privukla pogled i položila hladnu ruku na Tabitinu. – Kad si mlađa, jedini problem je što ima previše ljudi s kojima treba razgovarati za kratko vreme. – Poljubila je Tabitu u oba obraza. – Pustiću te da se vratiš Rafu. Zaista mi je drago što sam te upoznala i nadam se da ćemo se opet videti. – Njen osmeh dok je odlazila u zagrljaj drugom gostu bio je ispunjen toplinom. To je u Tabiti probudilo čežnju da bude deo nečega, bilo kao par ili da ponovo vidi svoju porodicu.

Raf je duboko utonuo u razgovor s mladoženjom, ali svi su bili srdačni i razgovorljivi tako da Tabita nije dugo bila sama. Prijatelji mladenaca, pa zatim Majini ujna i ujak došli su i razgovarali s njom, i još jednom ju je bio obavio duh te večeri. Maj je bila izuzetno srećna, što je navelo Tabitu da se zapita da li će se ikada osećati tako, da li će ikad moći nekoga da pusti ponovo u svoje srce bez straha da će je gušiti i ograničavati. Možda neko ko bi je mogao voleti takvu kakva jeste nije negde tamo. Ipak, kad joj je pogled prešao preko terase do Rafa, osećaj koji joj se javio imao je snagu kakvu nikad ranije nije osetila. Plašio ju je i ushićivao u jednakoj meri.

Nakon zdravice u ponoć, Maj i Edvard su zahvalili svima i poželeli im laku noć, povlačeći se na prvu bračnu noć uz ovacije i uzvike. Tabita se izvukla nazad na terasu obasjanu mesečinom.

Zvučni ritam talasa koji se kotrljaju obalom ispod, pre nego što ih usisa mračni okean, ispunjavao je zvezdanu noć. Počeli su dan na toj hotelskoj terasi, a ona je veče završavala tamo, nakon otmenog tropskog venčanja. Tabita se pitala kako li je prošlo venčanje u nedavno obnovljenom ambaru kod Elspet i Getina, i da li je njima u Velsu vreme bilo naklonjeno kao što je bilo njima na Madeiri. Poželela je da joj pošalje poruku, ali pošto je već bila prošla ponoć, nadala se da je sestra otišla na spavanje nakon iscrpljujućeg, ali izuzetno uspešnog dana.

– Hej – rekao je Raf, pridružujući joj se pored zida i obgrlivši joj preko ramena. – Izvini što sam bio odsutan tako dugo.

– Oh, u redu je. Svi su zaista jako prijatni. Maj je divna – rekla je, stavljajući mu ruku oko struka.

– Drago mi je što ti se sviđa.

Daleko od svetla koje se prosipalo na terasu, vazduh sredine septembra imao je divnu suptropsku toplinu, ali Tabita je bila zahvalna na njegovom utešnom toplom zagrljaju. Želela je da može da uhvati taj osećaj, tiho zadovoljstvo i lakoću Rafove prisutnosti, tu s njom a nimalo invazivan. Gledajući ka okeanu, osećala se slobodno kao nikad pre. To je bilo ono što je želela ponovo da doživi, slobodu da sledi sopstveni put ma kuda vodio. Nije bilo mesta na koje bi se vratila, ničeg što bi smatrala domom, čak ni seosku kuću roditelja – mesto koje je volela, ali gde nikad nije živela. Čak i ako bi otišla da boravi kod Elspet, to bi moglo biti samo privremeno, a šta onda? U prirodi tog seljakanja s mesta na mesto dok je odrastala bilo je da nikad ne pusti korene, da i kad bi pokušala da se skrasi oseti da je to sputava, umesto da je hrani. Ipak, sazrela je tokom protekle godine, kroz iskustvo življenja na novim mestima i upoznavanje novih ljudi, čak iako su to bili prolazni trenuci.

– Želiš li još jedno piće pre nego što se bar zatvori? – Rafov duboki glas stopio se sa šumom talasa.

– Ne, mislim da mi je dovoljno, hvala. Vreme je da privedemo veče kraju. – Srce joj je zaigralo kad je to izgovorila. Nakon što su Maj i Edvard bili ispraćeni uz ovacije, gosti su polako počeli da odlaze. Tabita i Raf su bili među retkima koji su ostali. Deo nje je želeo da odu u sobu i vide kuda će ih to odvesti, ali stajali su na blaženom mestu koje je gledalo na okean obasjan mesečinom, i bila je radoznala da sazna kako je Raf doživeo to veče. – Kako se osećaš nakon što si video da se Maj udala?

– Kao da sam konačno zaokružio priču. Zaljubljena je u nekog drugog s kim će provesti ostatak života, tako da, ako ovo nije kraj, onda sam osuđen da moja ljubav ostane zauvek neuzvraćena. Mislim da je vreme da se oslobodim mnogo čega, kao i ti i Oli kad ste prevazišli svađu.

– Razdvojilo nas je to kako sam ja odreagovala.

– Nakon što se *on* poneo kao kreten. – Stisnuo ju je čvrsto. – Bilo kako bilo, sad ste se pomirili i prošlost je iza vas. I ja moram da idem dalje. To je nešto što pokušavam da uradim već dugo. Sa okončanjem prodaje kuće s mojom bivšom sledeće nedelje, ta će se nit prekinuti i najzad ću izaći iz besparice, što će mi olakšati da nastavim dalje, iako nemam ama baš nikakvu predstavu u kom pravcu... – Pogledao je preko tamnog okeana. Tabita je pratila njegov pogled do talasa koji su srebrnasto treperili približavajući se obali, dižući penušave vrhove pre nego što bi se razbili uz šuštanje.

– Ovo je bio dobar dan. – Raf se okrenuo ka njoj. – Hvala ti što si došla sa mnom.

– Hvala tebi što si me pozvao.

U trenutku dok su se gledali, Tabita je razmišljala koliko bi lako bilo da se pruži i poljubi ga. Kao onaj pijani poljubac u hodniku.

Činilo se kao da nije bilo pre samo dve nedelje. Osim što sad ne bi bila pijana greška... i od te pomisli joj se uzlupalo srce.

Raf ju je uzeo za ruku i trenutak se prekinuo dok ju je vodio preko terase prema grupici preostalih gostiju i svetlosti, smehu i muzici koja je odjekivala u tami. Želje za laku noć odjekivale su za njima dok su se povlačili unutra i uspinjali stepenicama, a srce joj je preskakalo sa svakim korakom.

Oboje su ćutali kad je Raf zatvorio vrata sobe, a Tabita uključila jednu od lampi. Soba je imala pogled na okean i zvuk talasa koji udaraju u obalu nadjačavao je udaljene noćne zvukove Funšala.

Tabitu su ispunili strepnja, nervoza i iščekivanje, i osetila je čvor u stomaku. Setila se kako je Maj pričala o Rafovom samopouzdanju kad ju je poljubio kao dvadesetogodišnjak. Mogla bi to da uradi: da prestane da se brine hoće li, ako budu vodili ljubav, pokvariti ono što imaju i jednostavno ga poljubi – činilo joj se da je ne bi odbio. Okrenula se ka njemu i otvorila usta.

– U redu je, spavaću na trosedu – rekao je Raf. – Ti spavaj na krevetu.

Možda ipak nije osećao isto...

– Ne budi blesav – rekla je, užurbano skidajući jastuke s kreveta i stavljajući ih na stolicu kako ne bi morala da ga gleda u oči. – Nećeš spavati na trosedu kad imamo savršeno dobar bračni krevet. – Zamalo je rekla: *Nije da već nismo spavali u istom krevetu*, ali se zaustavila. Postojala je hemija i privlačnost, ali bila je zabrinuta u vezi s tim da njihovo novopečeno prijateljstvo prenese na sledeći nivo, a možda i on razmišlja o tome. Ili je možda jednostavno očijukao kako bi je naterao da mu kaže da ostane. Možda je bila budala što misli da između njih zaista postoji nešto ako je sve vreme samo radio po svome...

Pretražila je torbu kako bi pronašla bebi dol pižamu zajedno s priborom za ličnu higijenu dok je Raf bio u kupatilu. Čim je izašao, Tabita je uletela u kupatilo, osećajući se smešno smeteno dok je čvrsto stezala svoju noćnu odeću, kako bi se nasamo presvukla.

Završila je u kupatilu, ugasila svetlo i zatvorila vrata. Raf je već bio u postelji, u majici. Prisetila se njegove opaske o tome da obično spava go. Očigledno ne večeras.

Sreo je njen pogled i nasmejao se. – Podesiću budilnik tako da ne zakasnimo na doručak.

– Pametno – rekla je, uvlačeći se u krevet pored njega.

Isključio je telefon i spustio ga na noćni stočić. – Laku noć, Tabita.

– Laku noć – odgovorila je slabašnim glasom, okrećući se od njega na svoju stranu i stavljajući ruku ispod jastuka.

Krevet je bio ogroman. Kako su se držali svako na svojoj strani, prostor između njih mogao je da bude ispunjen bodljikavom žicom. Ako bi se pomakla još malo, Tabita bi skliznula s kreveta. Misli su joj odlutale ka razgovoru s Rafom o vremenu kad je delila krevet sa Olijem, što se završilo poljupcem. Već je poljubila Rafa, i čak i onako pijana, sećala se da je u pitanju bio nezaboravno dobar poljubac, potpuno suprotan od onog sa Olijem pre toliko godina. Da li je Raf samo bio džentlmen jer nije bio skroz siguran na čemu je s njom? Možda se uzdržavao od toga da pokuša bilo šta jer će za nedelju dana ionako krenuti različitim putevima. Možda je čekao da ona napravi prvi korak... Sumnjala je u sve. Ali zašto komplikovati situaciju? Zaista, zašto?

Tabitin um je radio punom parom. Pomerila se malo gledajući u zamračenu tavanicu, svakim delom svoga bića svesna da je Raf pored nje. Trebalo je da ga poljubi ranije, pre nego što su legli. Pretpostavljala je da spava. Njegovo tiho disanje se produbilo i umirilo dok je ona ležala napeta i neverovatno budna. Pretpostavljala je da njemu boravak u krevetu s njom ne opterećuje um u tolikoj meri.

Posle dana koji je provela, i inače bi teško zaspala, ali sad joj se to činilo nemogućim s Rafom, koji joj se vrzmao po glavi dok joj je telo žudelo za njim. Misli su se vratile onoj noći pre nekoliko godina, u studentskom domu u Kardifu kad su se ona i Oli poljubili. Bili su prijatelji zajedno u krevetu, i ona je zaspala znajući da su to samo oni, ali šta je Oli uradio? Da li je želeo više? Da li je ležao budan gledajući je kako spava, razmišljajući da li bi trebalo da je probudi, poljubi je ponovo, pretvori nešto neodređeno u nešto strastveno? Znala je tad, i bila sigurna sad, kako je Oliju želela da bude samo prijateljica, ali Rafu... S manje od nedelju dana preostalog vremena šta ima da izgubi? Osećajući se nelagodno i nervozno zbog nemo-gućnosti da zaspi, okrenula se. Rafova leđa, skrivena ispod majice, bila su široka i jaka. Pomerila se da bi se udobno smestila i njeno stopalo se sudarilo s njegovim listom. Promrmljao je i prevrnuo se na sredinu kreveta. Tabita je zadržala dah kad mu se lice zaustavilo nekoliko centimetara od njenog, očiju i dalje zatvorenih.

Zevnuo je i pružio ruku. Prstima joj je dodirnuo ključnu kost i kliznuo do obraza.

– Jesi li budna? – promumlao je kroz zevanje.

– Aha. Ne mogu da zaspim.

– Oh. – Raf je vratio svoju ruku na lice i protrljao oči. – Zašto ne?

– Ne mogu da prestanem da razmišljam.

– O čemu? – Tabita je pomislila da laže, ali kuda bi je to odvelo? Bolje je da bude hrabra i odbijena nego da nikad ne sazna. To joj je i Raf rekao.

– O tebi.

28.

Rafove oči su se otvorile, polako se usredsređujući na njeno lice kao da je prvi put vidi.

– O čemu?

– Razmišljala sam da li da te ponovo poljubim.

Raf je progutao pljuvačku. – I, jesi li donela odluku?

Pogled joj se spustio s njegovih očiju na pune usne. Njeno sećanje na poljubac bilo je maglovito. Večeras se dobro zabavila i popila dovoljno, ali to je bilo otmeno venčanje s hranom i bez ubitačnih pića. Za razliku od prvog pijanog poljupca, Tabita je ovoga puta nameravala da se seća svake sekunde.

Primakla se bliže i na licu osetila Rafov vreo dah. Naginjući se, spustila je usne na njegove pre nego što mu je zavukla ruku ispod majice i prešla preko mišićavog grudnog koša. Poljubila ga je strasno, a on je prihvatio poljubac, ljubeći je nežno, ali dovoljno da joj pošalje trnce niz telo.

Povukla se malo, želeći da proceni njegov odgovor. U tami hotelske sobe jedva je mogla da mu razazna nasmejano lice.

– Da li je to odgovor na tvoje pitanje?

– Rekao bih da jeste.

Vreme kao da je stalo, a njih dvoje su upijali jedno drugo, procenjujući sledeći korak i da li bi to bila greška ili ne. Možda bi ovo bio način na koji bi zaista saznali kako se osećaju. Poslednjih nekoliko nedelja bilo je mešavina osećanja, sa sve shvatanjem da nije najvažnije biti sâm, nego s pravom osobom. Da li je Raf prava osoba ili ne, nije bila sigurna, ali mogao bi da bude.

Raf je prekinuo čaroliju, poljubivši je sa žestokom strašću koja je izbrisala nehajnost s kojom je otišao na spavanje, zbog čega se činilo da nije mnogo mario da istraži mogućnosti romantičnog odnosa. Ona mu je uzvratila strast i poljubila ga, nameravajući da ode mnogo dalje.

Raf je prešao rukama preko njenog nagog tela i povukao joj majicu. Njegova težina na njoj kad se prevrnuo preko nje izazvala joj je trnce po celom telu. Njeni prsti bili su jednako spretni, poletno istražujući njegove čvrste tetovirane grudi. Uhvatila je rub njegove majice i povukla mu je preko glave.

Zatvorenih očiju, isprepletanih nogu, prstiju koji miluju, usana koje istražuju, ispunili su prostor u sredini kreveta koji je do maločas delovao kao ničija zemlja. Tabita je bila srećna što se ništa više nije desilo te prve pijane noći – to bi predstavljalo veliku prepreku odnosu koji su polako gradili, a očijukanje i privlačnost su značili da oboje još više čeznu za ovim trenutkom.

Spustila je ruke naniže, prateći čvrste obrise Rafovog stomaka. Nasmejala se, znajući da je došla do tetovaže Štrumpfa, iako nije mogla da je vidi. Nastavila je da prstima ide još niže.

– E majku mu – rekao je Raf, uhvativši je za ruke. – Toliko želim da odemo dalje, ali nemam kondom.

Tabita je polako izvukla ruke ispod njegovih, primetivši razočaranje u njegovim očima. Znalački se nasmejala, povukla ivicu njegovih pantalona i šapnula: – Dobro je što sam ga ja ponela.

Tabita se probudila pre zvona od sunčeve svetlosti koja je polako prolazila kroz prorez na zavesama, Raf je nag ležao uz nju, a nju je preplavio osećaj potpunog zadovoljstva. Nesigurnost, brigu i neugodnost s kojima je otišla na spavanje izbrisala je noć puna strasti. Dok je ležala, uživajući u toplini Rafove kože na svojoj i osećajući kako mu se grudi dižu i spuštaju, nije želela da se taj trenutak završi. Noć s Rafom bila je sve čemu se nadala i više od toga. Nije bilo kajanja, kao što bi ga bilo pre dve nedelje, samo želja da to ponovi i nastavi da ponavlja. Odagnala je tu misao. Nameravala je da ne razmišlja dalje od ovog jutra i nastavi da živi u trenutku koliko god je moguće.

Zvuk budilnika je probio tišinu. Raf je zastenjao, pružio ruku prema mobilnom i isključio ga. – Dobro jutro – rekao je pospano. Njegova zabrinutost zbog grubog buđenja pretvorila se u osmeh kad je sasvim otvorio oči i pogledao je.

– Dobro jutro – rekla je, ne mogavši da prestane da se smeši dok ga je gutala pogledom.

Zevnuo je i protegnuo se, obgrlivši je rukama i privlačeći je, a noga mu je kliznula između njenih dok su se ljubili.

– Dakle, doručak sa svima, ha? – rekla je Tabita, podigavši obrvu.

– Imamo malo vremena – rekao je Raf lukavo, gladeći rukom obline njenog boka i milujući joj unutrašnjost butine, od čega je jedva disala. Poljubio ju je u vrat dok je lagano pritisnuo unazad. – Ili možemo da pozovemo sobnu uslugu i doručkujemo u krevetu...

Uspeli su da stignu na doručak, iako su bili poslednji. Tabita je bila sigurna, sudeći po osmehu koji im je uputio Edvard i pogledu koji je prošao između Maj i Rafa, da su imali prilično dobru predstavu o tome šta ih je zadržalo. Pridružili su se ostalima za dugačkim stolom, a Tabita je uživala u tome što je Rafova ruka počivala na njenoj butini. Sve u vezi s njim ju je iznenadilo, od neočekivanog dolaska do jačine njenih osećanja, ali je uživala u svemu tome.

Nakon što su smazali obilan engleski doručak, i kad su se svi pozdravili s Maj i Edvardom, koji su krenuli na medeni mesec, Tabita i Raf su proveli nekoliko sati sunčajući se na plaži hotela pre nego što su spakovali stvari, odjavili se i preuzeli auto. Na putu izvan Funšala, zastali su da Tabita kupi kutiju *pastéis de maracuja* za Džuli i Antona, a zatim su se, sa spuštenim prozorima, brzo vozili duž puta uz obalu prema mirnijem jugozapadnom delu ostrva.

Raf je povezao telefon s muzičkim uređajem u autu i ispitivao Tabitu o pesmama koje je napisala kako bi ih potražio.

– A sad ova – rekao je na posebno ritmičnu pesmu koju je Tabita napisala s mladom i perspektivnom pop zvezdom. – Ova ima dušu. Sviđa mi se. Mnogo mi se sviđa.

Ejprilin glas bio je promukao, a ritam zarazan. Tabitina je namera bila da ta pesma bude nešto tvrđa od lepršavog popa, i oduševilo ju je što je on to mogao da primeti. – Ne zezaš me? – Skrenula je pogled s puta da ga pogleda.

– Taman posla. Umem da procenim dobru pesmu kad je čujem, čak i ako je u pitanju nešto što inače ne slušam.

Dopalo joj se kako se njihovo opušteno ćaskanje nastavilo. Na plaži su razgovarali o prethodnoj večeri, oboje se smešeći kao ludi jedno drugome dok su priznavali jedno drugom koliko su uživali, što je Tabiti ospokojilo. Možda je na trenutak osećala nelagodu za vreme doručka, kad joj je Maj uhvatila pogled i znalački se osmehnula, pošto je Tabita osetila da se njen odnos s Rafom promenio, ali sada, sama s njim, nikad se nije osećala ugodnije. Uklopili su se jedno uz drugo kao da je on na nekako bio deo nje za koji nije ni shvatala da joj nedostaje. Progutala je talas osećanja koji je pretio da se izlije u suze.

Nakon druženja u Funšalu, mir i tišina vile po povratku jako su joj prijali. Nije žudela za mirom – mnoga od mestâ na kojima je bila najsrećnija bila su u živahnim i pulsirajućim gradskim jezgrima, ali nešto u vezi sa ovim mestom ju je smirivalo. Ili je to možda više imalo veze s društvom. Umirala je od želje da vidi sestru, zeta i sestričine, ali nije želela ni da pomisli na rastanak s Rafom.

Ostavili su torbe u vili i izveli uzbuđene Bejlija i Fadža. Raf je uzeo Tabitu za ruku dok su šetali sa psima duž ulice do Džuli i Antona.

Tabita ga je pogledala. – Jesi li siguran da je u redu što ćeš ponovo da ih vidiš?

– Ovo je dobra prilika. – Stisnuo joj je ruku. – Osećam se loše što ih nisam posetio toliko dugo. Nedostaju mi.

Tabita je postala svesna osećanja kojima su njegove reči nabijene kad su stigli do kuće. Raf je kratko oklevao pre nego što je pokucao na vrata. Trenutak kasnije, Džuli je otvorila sa osmehom i ozarila se. Pogledala ih je jedno pa drugo.

– Rafe – rekla je tiho, zadržavši pogled na njemu. – Tako mi je drago što te vidim. – Zastala je na trenutak, zatim ga privukla u zagrljaj.

Tabiti je zastala knedla u grlu kad je Raf čvrsto zagrlio Džuli. *Gospode.* Raspašće se do kraja dana, a kamoli do trenutka kad napusti ostrvo. Jedino što je želela da uradi tokom protekle godine bilo je da pobegne, ali sad se Madeira pokazala kao utočište, mesto na kojem je mogla da se izleči, počne da razume osećanja i šta treba da uradi sledeće, dok je Raf... Raf je razbuktao nešto u njoj.

Džuli je pustila Rafa i držala ga nadohvat ruku. – Šta li si samo radio krijući se sve ovo vreme?

Raf se toplo osmehnuo. – Nemoj da kriviš Tabitu ni za šta od ovog – sve je moja krivica.

– Oh, u to uopšte ne sumnjam! – nasmejala se Džuli, a njen lagodan ton bio je u skladu sa izrazom hinjene uvređenosti.

– Ovo je za vas – rekla je Tabita, pružajući Džuli kutiju s pogačicama od marakuje. – Hvala vam što ste se brinuli o psima i Misti.

– Bilo mi je zadovoljstvo. – Džuli je zagrlila i Tabitu i uvela ih unutra. – Ovo je moj suprug, Anton – rekla je, pokazujući na njega dok je otvarao bocu vina na kuhinjskom pultu.

Tabita je videla Antonove fotografije kad ih je ranije posetila, ali izgledao je drugačije uživo, kosa mu je bila više seda i neuredna kao da joj treba šišanje, obraza okruglijih, što mu je davalo veselost koju nije očekivala.

– Čuo sam mnogo toga o tebi, Tabita – rekao je Anton, spustivši bocu da joj stegne ruku. – I, Rafe, drago mi je što te vidim posle toliko vremena. – Anton ga je zagrlio i nešto rekao na portugalskom dok ga je tapšao po leđima. Pustio ga je i pogledao ih oboje. – Vino?

– Da, hvala – rekli su uglas, smeškajući se tome kako su odgovorili u istom trenutku. Tabita je srela Rafov pogled i srce joj je brže zakucalo.

Anton im je dao po čašu vina i pratili su Džuli napolje. Ražnjići od govedine pekli su se na roštilju, a mast je kapala i cvrčala na užarenom ugljevlju ispod. Anton je okretao ražnjiće dok su on i Džuli pokušavali da se sete kad su poslednji put videli Rafa. Bilo je to davno, zaključili su, dok je Džuli vodila Tabitu do stola na terasi.

– Čime se sad baviš, Rafe? – čula je Tabita Antona kako ga pita pripremajući salatu na stolu pored roštilja.

Čak i u pozno popodne, terasa je bila ispunjena suncem. Jara je treperila nad vrtom. Dok su sedeli tamo, Tabita se prisetila obroka s Kordelijom i Rufusom one večeri kad je stigla. Bila je napeta, pripremajući se za neizbežna lična pitanja koja će se sručiti na nju. Sa Džuli i Antonom je bilo drugačije. Iako se držala povučeno, Džuli je zapravo bila vrlo pričljiva i sklona čavrljanju, dok je Anton delovao uzdržano ali ljubazno, ni približno napadno kao Rufus.

Tabita je podigla čašu madere, zatakla naočare za sunce u kosu i zavalila se, uživajući u blagom toplom suncu na licu.

– Raf deluje srećno – rekla je Džuli setno. – I nekako smireno. Drugačiji je nego inače kad je ovde – uvek napet. Mada, prošlo je mnogo vremena.

Tabita je ponovo stavila naočare za sunce i pogledala Džuli. – Možda je to zato što mu roditelji nisu ovde.

– Možda... – odvratila je Džuli. – Ili možda to ima neke veze s tobom.

Tabita je odgovorila smehom, odbijajući nagoveštaj. – Da budem poštena – rekla je gledajući Rafa, širokog i jakog, kako nadvisuje Antona dok su razgovarali na portugalskom – svakako deluje mnogo opuštenije nego prvi put kad je došao. Malo smo se upoznali i mislim da smo bili dobri jedno za drugo. U svakom slučaju, on je bio dobar za mene... – utihnula je u pola rečenice odlutavši u mislima na to koliko je bio dobar prethodne noći i opet tog jutra, od čega joj je srce zalupalo.

– E, dobro, drago mi je što si srećna da je s tobom u kući – rekla je Džuli bez trunke nagoveštaja, iako su se Tabitini obrazi zažarili. – Znam da je pomalo nezgodno što Kordelija i Rufus to ne znaju.

Tabita je odmahnula rukom. – Oh, to je priča za sebe. – Mučila ju je krivica svaki puta kad pomisli na njih, znajući da prikriva istinu.

Džuli je podigla čašu. – Pa, hajde da večeras više ne govorimo o tome.

29.

Nakon sat vremena, njih četvoro su sedeli za okruglim stolom na terasi i jedino je zvuk zadovoljnog mljackanja ispunjavao vazduh dok su uživali u Antonovim *espetada* ražnjićima, od govedine začinjenim belim lukom, solju i lovorovim listom i prelivenim rastopljenim puterom. Šareni niz salata ispunjavao je ostatak njihovih tanjira, zajedno sa Antonovim domaćim hlebom *bolo do caco*. Večera je bila jednostavna, ali izuzetno ukusna, a Raf, i sâm veoma dobar kuvar, bio je posebno oduševljen, i postavljao je Antonu gomilu pitanja o tome kako je pripremio govedinu i napravio hleb.

– Jedan od mnogih Rafovih talenata – rekla je Džuli Tabiti – jeste pravljenje ukusne hrane. Uvek je bio voljan da isproba različite recepte kad je boravio ovde tokom praznika.

– Zato što mi mama nije dozvoljavala da kuvam u njenoj kuhinji – podigao je Raf obrvu. – Pritom, ni ona sama nikad nije u njoj kuvala. Majka s najmanje moguće majčinskog u sebi.

– Nisu svi ljubitelji kuvanja, Rafe – rekla je Džuli s mirnoćom na koju se Tabita već navikla. – Ali barem si imao priliku da ovde usavršiš veštine. Uvek mi je drago kad neko preuzme kuhinju. Imam sreće što Anton voli da kuva i dobar je u tome.

– To nam je jasno – rekla je Tabita pokazujući na skoro prazan tanjir.

– Nije me iznenadilo što je Raf završio kao kuvar dok je putovao – nastavila je Džuli – ali se jesam iznenadila što je digao ruke od toga kad se vratio u Veliku Britaniju.

Raf je stegnuo usne. – Nisam alergičan na težak rad, jednostavno nisam želeo da provedem šesnaest sati dnevno, šest dana nedeljno, znojeći se u kuhinji za nekog drugog.

Anton se zaverenički nagnuo ka Tabiti. – Raf voli da radi pod svojim uslovima.

– Nema ništa loše u tome – rekao je Raf sa osmehom.

Opušten razgovor se nastavio kao da su Džuli, Anton i Raf prosto nastavili tamo gde su stali. Bilo je jasno koliko se dobro poznaju, posebno Raf i Džuli. Ona ga je čuvala kad se njegova porodica tek doselila na Madeiru, a zatim u dužim vremenskim razmacima kad su mu roditelji bili odsutni. Čak i kada je bio dovoljno star da ostaje sam, i dalje je radije birao da ode kod Džuli i Antona na večeru, a Džuli je s radošću ohrabrivala taj svoj odnos svojevrsne zamene za tetku s njim. Ipak, Tabita je osetila da se udaljenost između njih povećala, što je verovatno bilo neizbežno kad je Raf zauvek napustio ostrvo. Možda Džuli nije bila previše sigurna na čemu je s njim otkako je odrastao i zato što ga nije videla skoro tri godine.

Raf i Anton su započeli razgovor o pravljenju piva kod kuće i nestali su u kuhinji, a za njima je otišao i Bejli. Tabita i Džuli su ostale na terasi s Fadžom, koji je spavao između njih, pijuckale su vino i razgovarale o mestima na kojima je Tabita živela dok je odrastala i gde je boravila čuvajući kućne ljubimce. Tabita je taman htela da pokaže Džuli fotografije stana u Parizu i šetlandskog ponija o kojem se starala u dolinama Jorkšira, kad je shvatila da je ostavila telefon u torbi u vili. To nije bilo ni toliko važno, a Džuli su bili zanimljivi i sami opisi. I naravno, razgovor se brzo vratio na Tabitin boravak na Madeiri, na njeno pomirenje sa Olijem i na novostečeno prijateljstvo s Rafom.

– Smem li da vam kažem nešto, Džuli?

– Naravno. – Džuli je osmeh naborao uglove sivih očiju. Njeno povučeno držanje budilo je u Tabiti osećaj da iza toga stoji neka tuga, ali to što su izuzetno uživale u uzajamnom društvu, Tabita je poželela da joj se poveri. – Vratiću se na ono o čemu smo razgovarale ranije. Ne znam da li je Raf zaista srećan, ali učinio me je veoma srećnom posle teškog perioda i raskida koji jeste bio najbolje rešenje za mene, ali me je ostavio... ne znam kako to da kažem, valjda povređenu.

– I pomislila sam da je tvoj razlog za putovanje bilo slomljeno srce.

– Slomljeno srce je pravi izraz, ali verovatno ne ono na kakvo vi mislite.

– Oh?

– Ja sam bila ta koja je prekinula – ne zato što sam upoznala nekog drugog, već zato što nismo bili jedno za drugo. Nisam želela da ostanem zarobljena u vezi koja me je gušila emotivno i stvaralački.

– Tabita je razmišljala koliko može da kaže Džuli a da ne oda celu priču. – Zbog toga sam prekinula s njim i pobegla. Držala sam se podalje od muškaraca poslednjih dvanaest meseci, a onda je Raf...

– Provalio u tvoj život. – Džuli se nasmejala.

– Bukvalno!

– Ti i Raf ste veoma slični. Slobodnog duha. Raf nikada nije sledio pravila. Pobegao je od roditelja prvom prilikom koju je ugrabio, mada su ga i oni gurali od sebe od malih nogu. Poveravao mi se godinama, ali njegova nevoljnost da se vrati ovamo stavila je tačku na bliskost koju smo nekad imali. Pre nekoliko godina žestoko su se sukobili – mislim da sam ti pomenula kako su ga Kordelija i Rufus optužili za krađu, ali ne znam celu priču, a oni se nama svakako ne poveravaju. Nikad nisam pokrenula tu temu s Rafom jer se retko vraćao otkako su njegovi roditelji produbili razdor između njih. – Slegla je ramenima. – Verovatno znaš mnogo više nego ja... Hm, pretpostavljam da ste ti i Raf, ovaj, zajedno?

– Zavisi šta podrazumevate pod *zajedno*?

– U ljubavnoj vezi.

– Od sinoć da. – Tabita nije mogla a da se široko ne osmehne Džuli preko ruba vinske čaše. Popila je veliki gutljaj da prikrije neprijatnost.

– Oh! – rekla je Džuli, crveneći se. – Toliko sam srećna zbog tebe. Zbog oboje. On je dobra prilika.

– Zaista jeste, iako sam sigurna da to nije nešto što će potrajati duže od mog boravka ovde...

– Oh, ne znaš to. – Džuli je zabrinuto stavila ruke na sto.

– Nisam tražila vezu, pobegla sam iz jedne. Malo zabave mogu da podnesem. Nikad nisam žudela za udajom, čak ni za srećnom dugotrajnom vezom, kao što je imaju moji roditelji ili moja sestra i njen muž. Kao što je imate vi i Anton.

Džuli je oborila pogled i pogledala u stranu. – Jesam li rekla nešto pogrešno? – Tabita ju je dodirnula po ruci.

– Ne, nisi. – Zavrtela je glavom. – Stvarno sam smešna. Anton i ja smo dovoljno srećni.

– Ne zvučite baš tako ubeđeno...

– Oh, ne znam. – Džuli je protresla glavom. – Vidim druge parove naših godina i pitam se kako uspevaju da očuvaju plamen strasti.

Tabita se zabrinula zbog pravca kojim je krenuo razgovor. Ljubavni saveti bili su poslednje što bi ona mogla da pruži.

– Anton i ja smo prvo i pre svega prijatelji, uvek smo to bili, tako je naša veza započela, a onda smo se zaljubili i venčali. – Uzdahnula je. – Ali tokom godina strast je izbledela.

– Zar to nije normalno? – rekla je Tabita, pomislivši kako njena najduža veza nije trajala ni četiri godine, tako da zaista nije imala na osnovu čega da zaključi.

– Možda. Mi smo se voleli, i dalje se volimo – naglasila je Džuli – ali oboje smo očekivali da nam život bude drugačiji. U svakom slučaju, ja jesam. Mislila sam da će deca biti deo naše budućnosti, ali uprkos tome što smo učinili sve što smo mogli kako bismo imali svoje dete, nije nam bilo suđeno.

Tabita nije znala šta da kaže. Srce joj je lupalo, a uznemirenost zbog onoga kroza šta je prošla prethodnog leta ju je izjedala, što se svojski trudila da ne otkrije nikome. Velika tuga zbog onoga što joj je Džuli poverila ostavila je u njoj strah od toga da ne kaže nešto pogrešno. Donekle je razumela kakve posledice na dušu ostavlja nemogućnost začeća. Sećala se Elspetine tuge kad su ona i Getin imali problema sa začećem Olivije. Bilo je očigledno iz Džulinog ponašanja, stisnutih usana, blagog stiskanja šaka i načina na koji je izbegavala pogled da je to osećanje s kojim se i dalje bori. Ipak, kad je razmislila o tome, Tabita je ipak znala šta da kaže, ne zato što je u ma kom stepenu razumela kroza šta je Džuli prošla, već zato što je doživela nešto slično – taj osećaj nade, ma koliko kratak, kad je prihvatila trudnoću koja je tako okrutno i neočekivano prekinuta.

Pronašla je reči. – Mora da je neverovatno teško nemati dete kad ga tako jako želiš.

– Bilo je. Prošli smo kroz toliko toga s pet ciklusa vantelesne oplodnje, kako u Engleskoj tako i u Portugaliji – a to nam je opteretilo brak, uza sve ostalo, novčano, duševno, telesno, bilo je teško to podneti i iznova se suočavati s razočaravajućim ishodom...

Način na koji je rekla *razočaravajući* dao je Tabiti do znanja kako se radilo o mnogo jačem osećanju. Njen ton je nagoveštavao da ju je to razorilo, a ipak se očigledno veoma trudila da se drži. Tabita je pružila ruku Džuli i prihvatila njenu, želeći da je barem malo uteši, znajući da nema reči koje bi to mogle učiniti.

– Vantelesna oplodnja je sama po sebi teška – nastavila je Džuli – a potpuno razočaranje zbog propadanja oplođene jajne ćelije nemoguće je opisati, ali ono što me je najviše pogodilo bilo je što je postupak dvaput bio uspešan. – Stisnula je usne, a zglavci su joj pobeleli oko čaše s vinom. – Zatrudnela sam dvaput, ali oba puta sam imala spontani pobačaj.

Tabita se od te reči trgla. Sva se stisla, nenamerno stegnuvši Džulinu ruku. Statistika da jedna od četiri trudnoće završi pobačajem bila je oštar podsetnik da nije sama u svom bolu, ali se zbog toga zatvorila ne želeći nikome da se poveri, ne želeći da deli tugu, nesposobna da pronađe reči za zbrku zbunjujućih i iznenadnih osećanja nakon sopstvenog pobačaja, čak i s najbližima.

– Šta sam rekla? – U Džulinom glasu se začuo nemir, kad je stegla Tabitinu šaku.

Bol u srcu koji je mučio Tabitu tokom poslednje godine, napadajući je kad je najmanje očekivala, udario ju je u stomak. Vruće suze slivale su joj se niz obraze.

– Izvinjavam se – rekla je Tabita besno brišući lice. – Posle svega što ste preživeli, ja sam našla da se ovako rascmizdrim.

– Nikad se nemoj izvinjavati što pokazuješ osećanja. Sigurno postoji razlog za to.

Tabita je šmrknula, osećajući se glupo što se uznemirila, ali zahvalna na Džulinom razumevanju. – To je bio još jedan razlog zašto sam pobegla, zapravo, glavni razlog. – Udahnula je duboko. – I ja sam imala rani pobačaj pre godinu dana. Bila sam tek oko sedam nedelja trudna.

– Oh, Tabita, toliko mi je žao. – Džuli joj je jače stegla ruku.

– Suština je u tome da, za razliku od vas, ja nisam želela da imam bebu. Moj prvi osećaj nakon što sam ugledala pozitivan test trudnoće nije bila radost, čak ni nervoza, već krajnji očaj jer sam već znala da Luis i ja nismo jedno za drugo.

Džuli je namrštila čelo. – A ipak si bila trudna?

– Znam kako to izgleda. I dalje mi se sviđao, nije u tome bio problem. – Tuga se uvijala oko njenih reči, ali prihvatanje da je i dalje boli nakon toliko potiskivanja zapravo je predstavljalo olakšanje. – Jednostavno se nismo slagali ni u čemu drugom. Želeli smo različite stvari, a on je hteo da se promenim kako bih se uklopila u njegov život. Promenila sam se zbog njega – svoju karijeru, svoju strast za putovanja. Bila sam zaglavljena na jednom mestu mnogo duže nego što mi je prijalo, i na kraju je došlo do tačke kad mi je stvarno bilo dosta. Znala sam da će nam biti bolje ako se rastanemo, i počela sam da skupljam hrabrost da razgovaram s njim kad...

– Kad si otkrila da si trudna – rekla je Džuli tiho.

Raf i Anton, koji su izlazili iz kuće, prekinuli su ih u razgovoru.

Džuli se približila Tabiti i šapnula: – Hvala ti što si to podelila sa mnom.

– Sad umem da napravim domaće pivo – objavio je Raf ponosno kad im se pridružio. Pogledao je Tabitu i Džuli. – Da li ste vas dve dobro?

– Ženske priče – rekla je Džuli odlučno.

Tabita je pomerila stolicu unazad i ustala. – Verovatno je vreme da krenemo.

Osećala je uznemirenost, pokušavajući da prikrije nelagodnost, svesna Rafovog zabrinutog pogleda.

Džuli je klimnula glavom i uhvatila Tabitin pogled. – Naravno. Mada, možda ćete malo teže da probudite pse. – Pogledala je Fadža, koji se izvalio pored njenog stolice.

Fadž se zapravo probudio čim su svi napustili terasu i otišli unutra. Međutim, Bejli nije hteo da se pokrene, hrkao je na drvenom podu dok je Tabita pokušavala da ga probudi.

– Uvek možeš da ga ostaviš ovde – rekla je Džuli, smejući se kad je Bejli na tren podigao glavu i ponovo je spustio. – Iako bi mogao da se zapita gde ste Fadž i vas dvoje ako se kasnije probudi.

– Hajde, Bejli – rekla je Tabita, nežno ga protresavši.

Ponovo je podigao glavu i, ugledavši Fadža, odskakutao je stresavši se, a podsečeni nokti su mu kloparali po drvetu.

Tabita mu je zakačila povodac na ogrlicu i okrenula se Džuli. – Hvala vam oboma na divnoj večeri.

– Ne, hvala vama – rekla je Džuli dok je stiskala Tabitine ruke. – Veoma smo uživali u vašem društvu. – Pogledala je u Rafa. – Nemoj da prođe ovoliko vremena do sledećeg puta.

30.

Tabita i Raf su mahali Džuli i Antonu i odšetali se niz put sa psima, oboje izgubljeni u mislima. Tama ih je obavila, i nakon uživanja u nekoliko sati ispunjenih dobrom hranom, vinom i razgovorom, Tabita je bila iscrpljena i žudela je da se vrati u vilu. Ušli su unutra, napravili kafu i smestili se u dnevnoj sobi, a Fadž je odmah skočio i ugurao se između njih na kauč, neprestano se vrteći dok nije pronašao udoban položaj.

– Baš čudno veče, zar ne? – rekao je Raf tiho, mazeći Fadža. – Čudno, ali prijatno.

– Da, razumem šta misliš. Bio je ovo prilično sadržajan dan. – Misli su joj prešle od divote buđenja pored Rafa, na završetak dana u iskrenom razgovoru sa Džuli, osobom koju nije ni poznavala pre tri nedelje. S druge strane, Rafa je poznavala još kraće, u šta je bilo teško poverovati. Tabita je takođe spustila ruku na Fadža, nežno mu gladeći mekanu dlaku dok je razmišljala o proteklom danu.

Rafovi prsti dodirnuli su njene. – Izgledalo je kao da si plakala kad smo odlazili.

– Jesam.

– Zašto? – Glas mu je bio nežan i zabrinut.

– Jer se Džuli otvorila o nekim stvarima kroz koje je prošla, postavljala je važna pitanja, što me je, hm, nekako navelo da i ja otvorim svoje srce. Da li si znao za Džulinu i Antonovu borbu da zasnuju porodicu?

– Zvanično ne, iako pretpostavljam da sam na neki način osećao kako nešto nije u redu. – Raf joj je trljao prste palcem nastavljajući da mazi Fadža, zadržavajući pogled na psu umesto na njoj. – Bio sam prilično okrenut sebi kad god sam se vraćao ovamo.

– Ona te ne krivi zbog toga.

– Znam, uvek je bila tako divna. Osećam se loše što je nisam redovno viđao ili zaista održavao taj odnos. Bila je veoma dobra prema meni svih ovih godina.

– Džuli te potpuno razume. Mislim, velika je razlika u godinama, svakako niste drugari. Imam osećaj da o tebi razmišlja kao o sinu kojeg nikad nije mogla da ima. To je bezuslovna ljubav.

Raf je klimnuo glavom, i dalje pažnjom okrenut Fadžu. Progutao je knedlu, a vilica mu se stegla. Tabita je shvatila kako pokušava da obuzda osećanja, baš kao što je i ona pokušavala i nije uspela nešto ranije te večeri. Poverila se Džuli, pa je svakako mogla da bude iskrena i s Rafom.

– Rasplakala sam se jer sam rekla Džuli za pobačaj koji sam imala pre godinu dana. – Iako je govorila tiho, njen glas je nekako ispunio sobu velikim rečima, onim koje se plašila da izgovori naglas pred bilo kim, jer je bilo lakše bežati i pretvarati se da se nikad ništa nije desilo.

– Imala si pobačaj? – Rekao je to kao da i on pokušava da obradi te reči. Sve je postalo prilično ozbiljno, prilično brzo, ali Tabita nije nikako mogla da situaciju učini lakšom. Osećala se sigurno otvarajući se Rafu, ugodno dok mu je ruka počivala na njenoj, a njegov palac je milovao.

– Nisam nameravala da zatrudnim – nastavila je Tabita – iako je Luis želeo da zasnujemo porodicu. To je bilo daleko od onoga što sam ja tada želela. Imala sam ozbiljne sumnje u našu vezu kad me je pozitivan test trudnoće uvalio u sranje do guše, da se tako izrazim. – Nasmejala se gorko. – Rekla sam to Džuli zato što mi je rekla da je i sama imala dva pobačaja.

– Oh, dođavola, Tabita, nisam znao za Džuli i žao mi je što si i ti prošla kroz to. – Njegova ruka je ostala topla i postojana na njenoj. Načas je zažmirio. – Je li ovo prvi put da si razgovarala s nekim o tome?

Tabita je stisnula usne u pokušaju da suzdrži suze zaglavljene u grlu. Fadžova dlaka bila je tako meka, odjednom ju je podsetila kako je milovala bebinu kosice, što je činila kad su Olivija i Nensi bile sasvim male. Sećanje na nežnu kožu i na onaj jedinstveni slatkasti bebeći miris potpuno ju je ophrvalo. Otkad je pobegla iz Engleske retko se suočavala sa sobom kao danas, mada ju je sedenje u kafeu u Parizu kad su tri mame s bebama sele za susedni sto jako pogodilo. Zaključavanje osećanja samo je odložilo neizbežno. Bežanje, ali nekorišćenje vremena da se sve obradi upravo je ono što je uradila sa Olijem. Ne može stalno da beži jer je teško suočiti se sa osećanjima i posledicama.

– Ako te to previše uznemirava, ne moramo o tome da pričamo – rekao je Raf, odgovarajući na njeno ćutanje. – Žao mi je što sam pitao.

– Ne, u redu je, verovatno je to dobro za mene. – Fadž se protegao, gurajući joj šapama golu nogu. Pomerila se s kauča da mu napravi mesta i sela na tepih. Držala je ruku na psu dok je gledala Rafa. – Moji roditelji znaju, ali samo sam sa Elspet mogla da razgovaram kako treba. Čak i tada, borila sam se da rečima izrazim kako se zapravo osećam. – Pogledala je preko raskošne vile s prelepim vrtom, svetlucavim bazenom i pogledom na more. Ničiji život nije savršen, ma koliko predivno izgledao na površini. Uvek su postojale skrivene tajne, neizgovorena tuga i brojne laži. Čak i idiličan Rufusov i Kordelijin život krio je bol narušenog odnosa sa sinom jedincem. Tabita je uzdahnula. – Možda je godina bežanja od osećanja, od svega, dovoljna. Moram da se pomirim sa onim što se desilo.

– Ali tad ti se sigurno činilo da radiš pravu stvar, zar ne?

Tabita je klimnula glavom. – Želela sam da pobegnem od svih, čak i od svojih najbližih, koji bi mi pomogli da prođem kroz to, jer je bilo preteško ostati. I moja braća i moje sestre su u dugim vezama. Svi imaju decu. Znam da sam najmlađa, ali postojala su neizgovorena očekivanja da će to biti i moj put, da zato što sam s nekim i volimo se, treba da živimo zajedno, venčamo se, i svakako imamo decu.

– Dakle, tvoj bivši je želeo decu, ali ti nisi?

– U tom trenutku, ne.

– Kako si se osećala kad si saznala?

– Loše, bilo mi je muka i prestravila sam se. A znaš li zašto? Jer sam shvatila da sam zarobljena. Već neko vreme nisam više bila sigurna u svoju vezu s Luisom, pripisivala sam to nemiru, ali bilo je više od toga. Nismo bili srećni zajedno – zapravo, to je laž, Luis je očigledno bio srećan, ali ja nisam. – Bilo je nečeg u načinu na koji ju je Raf gledao, ne zazirući od neprijatne teme, što je Tabitu navelo da sve otkrije, da mu kaže i ono o čemu se čak ni Elspet nije poverila. Preklopila je Fadževo dugo svilenkasto uvo između prstiju. – Bila sam sama kada sam uradila test trudnoće, i čim sam ugledala te dve pozitivne linije, osetila sam kao da se prostor oko mene zatvara. Sećam se da sam se naslonila na sudoperu, pokušavajući da smirim disanje i osetila sam gotovo fizički bol u grudima. Naravno, nisam mogla da se pretvaram kako se ništa ne događa, imala sam simptome, znala sam da sam trudna i pre nego što je test to potvrdio, osećala sam jutarnju mučninu već nekoliko dana, a hormoni su me nagonili na plač.

– Jesi li mu rekla?

– Ne, nameravala sam, ali htela sam prvo da razmislim o tome i da shvatim svoja osećanja. – Tabita duboko udahnu, osećajući poznatu napetost u grudima. Suze su joj peckale oči.

Raf se premestio s troseda na pod i obgrlio je rukom.

– Provela sam toliko vremena razmišljajući o tome kako ne želim da imam decu... – Duboko je udahnula i zavrtela glavom. – Elspet je pokušavala da mi pruži nadu, govoreći kako je u ranim fazama trudnoće krvarenje uobičajeno, ali ja sam bila sigurna da nešto nije u redu. I upravo u tom trenutku, kad mi je mogućnost da postanem majka oduzeta, shvatila sam koliko sam zapravo to želela. – Glas ju je izdao, a tuga od poslednjih dvanaest meseci se izlila. – Zvuči bezdušno, ali više sam želela bebu nego što sam želela da budem s Luisom.

– Oh, Tabita.

Zagrlio ju je čvrsto i ona se naslonila na njega, suze su izbile kao da je brana popustila. Jecala je na njegovom ramenu, plačući jače nego ikada, osećajući utešnu težinu njegovih ruku koje su je obavijale.

Povukla se, ostavivši njegovu majicu vlažnu, lica mokrog od suza. Osetila je olakšanje što je sve izbacila, žaljenje, kajanje, tugu, stres, brige, i što se konačno nekome otvorila.

– Nisam želela da te opterećujem svim tim.

– Drago mi je što si to uradila. – Oči su mu bile ispunjene zabrinutošću. – Nije zdravo zadržavati sve u sebi.

Nežno je prislonio prste na sredinu njenog grudnog koša, na tren joj zaustavljajući dah. Bilo joj je teško da se otvori Rafu, da bude iskrena o onome što ju je mesecima mučilo, ali bila je srećna što je to uradila.

– Rekla sam Luisu šta se desilo nakon što sam imala spontani pobačaj, i bio je razumljivo uznemiren. Nije shvatao zašto mu nisam rekla, nije razumeo moje razloge, posebno kad je saznao da je moja sestra znala.

– Svakako si imala pravo na takvu odluku.

– Istina, ali imao je svako pravo da bude ljut. Bila sam iskrena prema njemu u vezi sa svojim osećanjima, sa zabrinutošću da nismo jedno za drugo. Nisam tad raskinula s njim jer su mi osećanja bila uzburkana, a tek sam mu bila rekla tu razarajuću vest. Ali nije me slušao. Umesto da se povuče i ostavi mi malo prostora, šta znam, da tugujem za nečim što nisam ni znala da želim, da prebrodim sve one grozne telesne posledice, umesto toga je izabrao da me zaprosi, potpuno neočekivano i samo dve nedelje kasnije. – Tabita je zavrtela glavom. – Čak i nakon što sam mu rekla kako se osećam u vezi s našim odnosom, i dalje nije razumeo. Čak je predložio da pokušamo ponovo, iako nam ni ta prva trudnoća nije bila namera.

– I tad si ga ostavila?

– Da.

– I nisi rekla sestri?

– Rekla sam joj da sam raskinula s njim i naravno da je znala za pobačaj, ali nisam joj rekla da me je zaprosio. Nisam nikome rekla, čak ni roditeljima, iz straha da neko ne pokuša da me nagovori kako bi trebalo da pokušamo da popravimo svoj odnos. Nikad se nisam osećala sasvim dobro s Luisom, ali nisam imala pojma zašto. Bio je pristojan momak, stvarno pristojan, i iskreno sam verovala da ga volim. Kao i čitava moja porodica, koja je mislila da je on taj. Ali što je više pokušavao da me promeni u partnerku kakvu je želeo, i što je ozbiljniji postajao naš odnos, ja sam se sve više udaljavala. Što je više to postajalo obavezujuće, ja sam se sve više povlačila.

– Tako je to sa očekivanjima – tiho je rekao Raf.

– Na šta misliš?

– Očekivanje tvoje porodice da se skrasiš, jer smo naučeni da to želimo, a zapravo roditelji to žele za nas. Slično je bilo i s mojim roditeljima, osim što su oni očekivali od mene školovanje, pa da idem na prestižni univerzitet. Želeli su da idem na Oksford ili Kembridž, a ja sam izabrao Rojal Holovej u Londonu. Ništa loše u tome, i uprkos tome što sam se blesavio, uspeo sam da diplomiram sa odličnim ocenama, ali to nije bio ni smer ni univerzitet koji bi *oni* izabrali. Hteli su da imam ozbiljnu karijeru i uspem, da postanem nešto u profesiji kojom bi se ponosili. Oni su stekli bogatstvo ozbiljnim radom i hteli su da me pripreme, ali izgleda da su samo želeli da budem produžetak njih samih. Čini mi se da tvoji roditelji, sestra i svi ostali delaju iz dobre namere želeći da te vide mirnu i zaljubljenu, da zasnuješ porodicu... Možda jednostavno greše ako to zapravo nije ono što želiš, ali barem te vole.

– A misliš da tebe roditelji ne vole? Zar pružanje takvog obrazovanja i pomoć u postizanju ciljeva nisu njihov način pokazivanja ljubavi prema tebi? – Tabita je podigla ruke. – Pre nego što kažeš bilo šta, dobro znam kako ovo zvuči, i da je to bilo daleko od ljubavi i podrške koja ti je bila potrebna ili koju si zaslužio. Možda su i oni na stranputici.

Raf je zavrteo glavom. – Tvoja porodica tebe voli, Tabita. Moji roditelji su mene poslali daleko dok sam bio dete i nisu imali vremena za mene kad sam se vratio. Bio sam im smetnja. Hteli su sina za ponos i razočarao sam ih. Ne, gore od toga. Veruju da sam izneverio njihovo poverenje, njihovu ljubav, podršku.

– Zato što su te optužili za krađu? – upitala je Tabita tiho. Raf se ukočio, leđa su mu bila napeta, a mišići na rukama zategnuti. Primakla mu se.

– Da, skupocen nakit je nestao. Vratio sam se jer je to za mene bilo sranje vreme u Londonu, bio sam upao u loše društvo. Bio je to jedan od retkih puta da sam utekao ovamo kako bih pokušao da se dovedem u red. Optužili su me da sam uzimao stvari kako bih ih prodavao i platio drogu. Ne ponosim se svojim ponašanjem i tadašnjim načinom života, ali *nikad* ne bih uradio tako nešto. Vratio sam se ovamo jer sam pokušavao da se promenim nabolje, a ne da podstičem narkomansku naviku. Nikad im nisam oprostio što su više verovali čistačici nego meni. To je bio nesporazum s njihove strane, ali je pakleno bolelo biti optužen kad znaš da si nedužan. Odmah sam se vratio u Englesku. Oni su otpustili čistačicu nedugo posle toga. Shvati to kako hoćeš. – Gorčina je prebojila njegove reči.

– Oh, Rafe – rekla je, privijajući se bliže. – Ne krivim te što im nisi oprostio, ali možda je vreme da se suočiš s njima?

– Kako se ovaj razgovor s priče o tebi prebacio na mene? – Prešao je palcem preko njenog lica, brišući preostale suze. – Ne možeš da radiš ono što želi tvoja porodica. Moraš da živiš *svoj* život, Tabita, onako kako želiš.

– Znam, to sam i nameravala da uradim. Upravo to i radim. – Približila se, obuhvatila mu neobrijane obraze dlanovima i poljubila ga. Odmakla se i osmehnula. – Hvala ti što si me saslušao i što si takav kakav jesi.

Osećala se iscrpljeno, ali na neki način slobodnije nakon razgovora s Džuli i sad s Rafom. Prvo pobačaj, a zatim i raskid s Luisom prilično su je uzdrmali. Dok je sedela tu s Rafom osećala se uzemljeno, kao da se vrteška života, sa svim usponima i padovima, na trenutak zaustavila.

– Hoćeš li da idemo na spavanje? – rekao je i sklonio neposlušni pramen kose s njenog lica.

Tabita je klimnula glavom. – Odvojeno ili...

– Ne želim da budem sâm. – Brzo je ustala i pružila mu ruku. – Ali, hm, stvarno ne bi trebalo da spavamo u krevetu tvojih roditelja.

Rafovo zabrinuto lice pretvorilo se u osmeh. Uzeo ju je za ruku, ustao i odveo je na sprat.

31.

Već drugo jutro zaredom, Tabita se probudila u krevetu s Rafom. Nakon onog emotivnog razgovora od prethodne večeri, s Rafom koji joj je nagovestio kako treba da živi život onako kako želi, polako joj je postajalo jasno šta to znači, a on je ležao pored nje. Pomalo se zaletala, ali neverovatno joj je prijala njegova ruka preko struka, i nago toplo telo uz njeno. Nakon što je bila sama više od godinu dana, znala je da se prepustila užitku trenutka. Bio je izuzetno zgodan, a seks je bio izvanredan – sigurno je to bio razlog zbog kojeg se ovako osećala?

Psi nisu bili u sobi. Osećaj krivice ju je žacnuo što im je poremetila rutinu. Kordelija ne bi bila zadovoljna ako bi znala da je Tabita stavila sopstveno zadovoljstvo ispred potreba njenih voljenih pasa.

Tabita je pružila ruku prema telefonu, ali nije bio na noćnom stočiću. Setila se da ga nije imala od juče po podne. Zevnula je i pokušala da se izvuče iz Rafove ruke, ali on je zastenjao i povukao je bliže, uvukavši je u zagrljaj, osetila je njegovo čvrsto telo i ruke kako joj klize prema grudima.

– Treba da nahranim Misti i pse – prošaptala je, smejući se dok se izvlačila i iskoračila iz kreveta pre nego što joj nestane odlučnosti.

Navukla je gaćice, obukla majicu od juče i ostavila Rafa razbarušenog na krevetu, nagog i primamljivog.

Bio je ponedeljak ujutru i trebalo je da ustane, suoči se s danom i nastavi s poslom. Koliko god to želela, nije mogla da ostane u krevetu i vodi ljubav s Rafom.

Fadž je ležao na stepeništu s glavom na šapama, verovatno zbunjen što se raspored spavanja promenio, ali krenuo je niz stepenice za njom. Tabita je pronašla Bejlija u njegovom krevetu u

Kordelijinoj i Rufusovoj sobi. On se odmah probudio i krenuo za njom i Fadžom u kuhinju. Misti se provukla unutra, uvijajući se oko Tabitinih nogu.

Pošto su psi i Misti uživali u doručku, Tabita je uzela telefon iz torbe u dnevnoj sobi. Bio je tamo otkako su se vratili s venčanja. Otkrila je nekoliko propuštenih poziva od Kordelije, jedan svega nekoliko minuta ranije, i glasovnu poruku. Upravo je kliknula na nju kad je Raf sišao niz stepenice samo u gaćama.

– Vrati se u krevet – rekao je, prelazeći rukom preko njenih kukova. – Koga zoveš?

Stavila je prst na usne kad je krenula poruka sa automatske sekretarice.

– Tabita, Kordelija ovde. Pozovi me čim ovo čuješ. – Jedino je to rekla i zvučala je uzrujano.

– Prokletstvo. – Tabita je obrisala poruku.

– Šta se dešava? – upitao je Raf.

Tabita je skočila kad joj je mobilni zazvonio i Kordelijino ime iskočilo na ekranu.

– Tvoja mama. – Tabita je odmahnula rukom i javila se.

– Kordelija, dobar dan – rekla je bez daha. – Žao mi je što sam propustila vaš poziv. Nisam imala telefon kod sebe.

– Zvala sam i na fiksni telefon – rekla je Kordelija oštro – više puta ovog vikenda. Niko se nije javio.

– Oh, bila sam kod Džuli sa psima...

– Stvarno? – upitala je oštro. – Još od subote?

– Oh, pa... – Tabita je bila zbunjena. Kako da objasni gde je bila, a da ne spomene Rafa?

– Doživeli smo potpuni košmar – nastavila je Kordelija. – Išli smo na safari gde je Rufus uspeo da sklizne niz strmi brežuljak i teško povredi gležanj. Razbio je i telefon. Moj telefon je ostao bez baterije, zato sam te samo zvala na naš kućni telefon do sinoć, jer smo bili u bolnici u Dar es Salamu.

– Bože moj, to zvuči strašno.

– Jeste. I skratili smo putovanje života.

– Je li Rufus dobro?

Raf je sada ozbiljno zurio u nju. Tabita je usnama oblikovala reči: *Reći ću ti kasnije.*

– Nakljukan je lekovima protiv bolova i ljut je na sebe što je uopšte pao, a da ne spominjem poniženje. Ipak, osim što mu je povređen ponos i što ga mnogo boli, dobro je. – Uzdahnula je. – Šta je bilo, bilo je. Odlučili smo da ne idemo u Zanzibar nego da se ranije vratimo kući, zbog čega sam pokušavala da te dobijem.

– Oh, u redu. Kad? – Misli su joj se uskomešale, a u grudima ju je steglo.

– Već nekoliko sati putujemo i u Amsterdamu čekamo let za Lisabon. Ako sve bude po planu, trebalo bi da stignemo na Madeiru večeras.

– Večeras? – Tabitin glas je naglo poskočio.

– Da, između osam i devet večeras, mislim. Znam da će ovo i tebe poremetiti, zbog čega sam pokušavala da ti dam dovoljno vremena. Naravno, možeš ostati koliko god je potrebno, dok ne rešiš kuda ćeš dalje, ali stvarno nismo imali drugih mogućnosti. – Napetost joj se čula u glasu. – Samo želimo da budemo kod kuće.

– Ne čudi me. – Tabitu je obuzela panika.

– Psi i Misti...

– Dobro su, ne morate da brinete o njima. Biće srećni što vas vide.

– Vidimo se kasnije. – Kordelija je prekinula pre nego što je Tabita imala priliku da kaže još nešto.

– Prokletstvo. – Tabita je pripila telefon uz grudi.

– Kako to misliš da će biti srećni što ih vide? – Rafovo lepo lice se namrštilo. – Šta se dešava, Tabita?

– Tvoj tata je imao nezgodu, ali dobro je – naglasila je kad su se Rafove obrve još više skupile. – Povredio je gležanj i veoma ga boli, pa su na putu kući. Vratiće se večeras.

– Uh, dođavola. – Raf je prešao rukom preko čela.

Tabita se osećala podjednako uznemireno kao što je on izgledao. Od svih trenutaka kad nije imala mobilni sa sobom. Od svih trenutaka kad nije bila ovde. Mogla je samo da zamisli šta je Kordeliji prolazilo kroz glavu dok je očajnički pokušavala da je dobije.

– Možda je ovo dobro – rekla je Tabita, pokušavajući da se razvedri.

– Kako je to raniji povratak mojih roditelja nešto dobro? – promrmljao je Raf. Prešao je prstima po njenoj ruci. – Mislio sam da ćemo imati više vremena zajedno.

To je bila i njena prva misao, ne toliko zbog ranijeg odlaska s Madeire, već zato što će joj vreme s Rafom biti skraćeno. Proveli su savršen vikend, sve je bilo sjajno, a sad...

– Pa pošto se ranije vraćaju, a ti si ovde, možda je to prilika da konačno porazgovaraš s njima – rekla je nežno. – Da im kažeš kako se osećaš u vezi sa svime.

Raf je spustio ruke s njenih ruku i odmahnuo glavom. – To nije baš dobra zamisao, pogotovo zato što je tata povređen. Neće biti u dobrom raspoloženju.

– Nikad neće biti pravo vreme, znaš?

– Onda možda tako i treba da ostane. Išlo mi je sasvim dobro i bez odnosa s roditeljima.

– Zašto si onda ovde, u njihovoj kući, ako ne želiš ništa s njima? Vilica mu se stegla. – Znaš zašto sam ovde. Takve su okolnosti. I nameravao sam da odem pre nego što se vrate. Ne mogu da ih vidim. Ne želim da ih vidim.

Iz svega što je naučila o Rafovom odnosu s roditeljima, njegovo ponašanje bilo je sasvim razumljivo, ali ona je ta koja će morati da se suoči s njima. – Razumem zašto si uznemiren, Rafe, ali ako je vreme koje sam provela ovde ikakav pokazatelj, ponekad je dobro razgovarati. Možda čak izgladiš odnos s njima.

Raf je stavio ruke ispod pazuha, napinjući mišiće grudi dok je to radio. Tabita je poželela da može da vrati jutro unazad i da bude naga ispod pokrivača s Rafom, da uživaju jedno u drugom, zaboravljajući na sve i svakoga.

– Iskreno, koliko god se trudila, koliko god bila dobronamerna, zaista ne razumeš moj odnos s roditeljima. – Glas mu je bio grub. – Pomirio sam se s tim da sam za njih samo razočaranje, ali ono što me zaista boli jeste saznanje da bi voleli da me nikad nisu ni imali.

– Ne misle tako.

– Oh, a ti ih poznaješ, zar ne? To kratko veče koje si provela s njima nadmašuje moju trideset jednu godinu, zar ne?

– Ne, ali roditelji su ti...

– I šta? Daleko sam ja od toga da mi je stalo šta oni misle o meni i što mi nisu verovali kad je trebalo. Znam da sam im zadao brige i razočarao ih. Siguran sam da bi im život bio lakši bez mene, i ako misliš da nisu to poželeli tokom godina, onda me nisi pažljivo slušala.

Tabita je podigla ruke. – Pogrešno si me shvatio. Samo sam pokušavala da dam *dobronameran* savet. Ne treba da mi otkineš glavu zbog toga.

Njegovo ponašanje i nagla promena tona uznemirili su je više nego što je mislila da je moguće.

– Ne mogu da budem ovde kad se vrate. – Raf je slegnuo ramenima. – Otići ću do Funšala i uhvatiti let za London. Onda ću nešto smisliti. Još nedelju dana i novac od kuće biće u banci.

– Ne. – Tabita je odmahnula glavom. – Ne smeš da odeš. – Nije bila spremna da joj se boravak na Madeiri tako naglo završi, i zasigurno nije želela da Raf ode iz njenog života. Bol u grudima se vratio, čineći da joj disanje bude otežano. – Da li zaista želiš da do kraja života mrziš roditelje dok oni prenebregavaju činjenicu da uopšte imaju sina?

– Tabita, nije tako jednostavno.

– Da, razumem, okolnosti su zapetljane, ali nešto te stalno vraća ovamo. Ne verujem ni za trenutak da bi radije nastavio kao dosad. Ne mislim da će biti lako pokušati ponovo uspostaviti nekakav odnos s njima, ali zar nije vredno pokušati? Kad je bolje vreme nego sad?

– Oh, mislim da bi bilo bolje bilo kad – rekao je ogorčeno.

– Govoriš to jer ne želiš da razgovaraš s njima.

– Naravno da ne želim da razgovaram s njima!

– Imaćeš moju podršku.

– I kako će to proći? Lagala si ih dok su bili odsutni, pustila me da ostanem...

– Zato što si me zamolio! – Bes je jurnuo kroz nju.

– Ali ipak... – Raf je izvukao šake ispod pazuha i podigao ih kao izraz nesigurnosti. – Hoćeš li da im objasniš našu priču? Sve što se dogodilo poslednjih nedelja i šta smo radili u njihovoj kući?

Tabita je prekrstila ruke, a nozdrve su joj se raširile.

– Tako sam i mislio. – Krenuo je ka stepenicama, ali je zastao. Ruka mu je počivala na ogradi kad je spustio glavu i zavrteo je. Okrenuo se i ponovo joj prišao, obuhvativši je rukama. Miris mu je bio opojan, dodir njegove kože ju je peckao, a nage grudi oslonjene uz nju ubrzale su joj rad srca. – Žao mi je, Tabs. Ono što sam rekao je zaista bilo nepotrebno, ali stvarno ne mogu.

Raf ju je poljubio i otišao uz stepenice.

Tabita je ostala u dnevnoj sobi. Duboko je udahnula, pokušavajući da smiri ubrzano kucanje srca dok je suzdržavala suze. Preplavilo ju je očajanje, neizvesnost još više, a osećanja prema Rafu su joj bila zbrkana, s jedne strane je htela da pobegne, a istovremeno se držala za njega kao za slamku. Umesto toga, pustila je pse napolje i povukla se u svoju sobu. *U sobu njegovih roditelja.* Iako je očigledno bio ljut i nevoljan da ostane, ono što ju je najviše zabolelo bilo je kad joj se nežno obratio nadimkom koji koristi samo njena porodica, uz osećaj koji je izazvao dok ju je dodirivao, kad joj se izvinjavao, dok ju je držao. Ipak, teška srca, shvatila je da ništa što kaže neće promeniti njegovu odluku. Veličanstvenost tog vikenda, taj balon ispunjen ljubavlju – pukao je.

Tabita se istuširala i obukla svoje muške farmerke i majicu na bretele, barem pokušavajući da izgleda kao da je spremna da se suoči s danom pred sobom.

Bilo da je Raf kukavica što ne želi da se suoči s roditeljima ili da je u pravu što neće da im oprosti, bila je to njegova odluka, a njih dvoje su bili ništa više nego neznanci koji su proveli nekoliko noći zajedno i sad svako odlazi svojim putem. Svejedno je trebalo da se raziđu, samo se to dogodilo brže nego što je očekivala, pošto se njen boravak na Madeiri završavao s povratkom njegovih roditelja.

Iako je želela da vrati jutro unazad i izbriše tu novonastalu napetost među njima, nije bilo vremena za to jer je imala zakazan sastanak putem *Zuma* i administrativne obaveze koje nije mogla da odloži, posebno sad kad će joj ostatak nedelje biti poremećen. Uspešno je promenila let za Lisabon s vikenda na sledeći dan. S Madeirom je završila i svakako nije nameravala da provede s Rafovim roditeljima više vremena nego što je neophodno.

Elspetin poziv usred dana ju je iznenadio. Ponadala se da je Kordelija zove da kaže kako će kasniti.

– Zdravo, El.

– Hej, nisam mogla duže da čekam da popričam s tobom. – Glas njene sestre bio je komad doma za kojim je Tabita veoma žudela. – Iznenadilo me je što nisi zvala.

– Mnogo toga se desilo.

– Oh zaista? – rekla je zainteresovano.

Tabita je prazno izdahnula. – Nemaš pojma.

– Uh – rekla je Elspet – onda mi sve ispričaj.

Tabita je uzdahnula i sela na trosed. – Prvo, kako je proteklo venčanje?

– Oh, Tabs, sav trud se isplatio. Savršeno miholjsko leto, srećni mladenci, neverovatne fotografije, gosti su uživali i mnogi su nam rekli kako je to jedno od najboljih venčanja na kojima su bili zbog mesta održavanja.

– Oh, Elspet, presrećna sam zbog tebe.

– Da, samo što bih sad mogla da spavam nedelju dana.

– Verujem.

– Mama i tata su odveli decu juče ujutru kako bismo Getin i ja mogli da se naspavamo. Bilo je divno što smo doručkovali napolju zajedno, mir i tišina bez dece koja se svađaju. Mama i tata su se jutros vratili kući. – Uzdahnula je. – Nedostajaće mi mnogo.

– Zapanjena sam što imaš vremena da me zoveš usred dana.

– Olivija je danas ceo dan u školi, a Getin je odveo Nensi napolje na nekoliko sati. Trebalo bi da sređujem dokumentaciju, ali napravila sam pauzu za ručak i poželela da popričam s tobom. Dakle, reci mi, kako je bilo venčanje na koje si išla s Rafom.

Odakle da počne? – Bilo je, hm... zapravo neverovatno. Ne znam da li bi mesto nadmašilo tvoj ambar u *Brekonu*, ali bilo je prilično posebno.

– A kako ste ti i Raf prošli?

Tabitinu glavu ispuniše komadići sećanja na poslednjih nekoliko dana. – Pokušavaš da pitaš jesmo li spavali zajedno?

– Pa, da. – Elspet se nasmejala. – Jeste li?

– Da.

– Bože, Tabs! Pa...

– Bilo je sve čemu sam se nadala i više od toga. – Tabita je uzdahnula, znajući da od toga neće biti ništa više.

Elspet je ciknula. – Toliko sam srećna što si srećna.

– Bila sam, ali onda se sve malo zapetljalo. – Tabita je ispričala Elspet ono što se dogodilo tog jutra, a osećanja su joj navirala kroz reči. – I tako. Kao i uvek, ništa više nije tako jednostavno.

– Da li je on još tamo? – upitala je Elspet.

– Trenutno jeste.

– Onda porazgovaraj ponovo s njim. Reci mu kako se osećaš.

– Ne znam kako se osećam.

– Pa, zvučiš uznemireno i čujem da ti se zaista sviđa.

– Sviđa mi se, ali ova priča s njegovim roditeljima... Nema načina da ga nateram da promeni mišljenje da ostane i porazgovara s njima. – Tabita je gledala u vrt osvetljen suncem, nadajući se da će umiriti napetost.

– Ponekad je drugima lakše da jasnije vide put napred – rekla je Elspet odlučno. – Znala sam da ti je bilo potrebno da pobegneš od svega pre godinu dana, zato sam te na to i podsticala. Ako misliš da bi Rafov razgovor s roditeljima sad mogao da mu pomogne, šta imaš da izgubiš?

– Njega – rekla je Tabita staloženo.

– Možda, ali on mora da stavi tačku na prošlost, inače nikad neće moći da nastavi dalje. A i tvoj ugled je u pitanju. Ako saznaju da si ih lagala, kako će to izgledati? Pokušavam da te zaštitim, Tabs. Vidim da si napeta zbog ponovnog susreta s njima i zbog toga što moraš sve da zadržiš u sebi. Ako kažeš istinu njegovim roditeljima, ne samo da ćeš rešiti priču za sebe već ćeš njemu dati priliku da otvori svoju. Mada si u pravu da ti možda neće biti zahvalan na tome.

Tabita je grizla usnu, svesna da ono što bi bilo ispravno za nju možda neće biti za Rafa. – U pravu si što se tiče toga da ne mogu nastaviti da ih lažem, ne sad, ne posle svega što se desilo.

– Zato što ste ti i Raf zajedno?

Tabita je rekla *aha*, ali misli su joj odlutale. Jesu li zaista zajedno? Proveli su vreme zajedno i upoznali se, smejali se i svađali, da ne spominje to što su spavali zajedno, ali ništa od toga ne znači da su zajedno u smislu u kojem to Elspet misli.

Uzdrmana nakon razgovora sa sestrom, Tabita je odlučila da uzme stvar u svoje ruke. Dosad je Raf bio taj koji je vodio priču, prilagođavajući je svojoj volji. Bilo je vreme da se to promeni.

Držala je telefon u krilu sa otvorenim ćaskanjem s Kordelijom i Rufusom. S obzirom na to da su se ranije vraćali kući, nije mogla otvoreno da ih laže. Ako Dolores kaže istinu, ako Džuli slučajno nešto spomene, ako saznaju na bilo koji drugi način osim od nje, osećala bi se užasno. Elspet je bila u pravu što se tiče toga koliko bi to loše izgledalo. Već se osećala grozno, jer im poslednjih dve i po nedelje nije rekla šta se zapravo dešava.

Prsti su joj lebdeli iznad otvorene prazne poruke. Raf je bio nerazuman. Koliko god je zavolela što je ovde, koliko se njihov odnos razvio od neznanaca do prijatelja pa ljubavnika, nije nameravala dalje da prikriva istinu pred njegovim roditeljima. Otkucala je poruku.

Zdravo, Kordelija, pre nego što se vratite, ima nešto što moram da vam kažem...

32.

Kordelija nije odgovorila sve do kasnog popodneva, a kad jeste, Tabita je shvatila da je ne poznaje dovoljno dobro da bi provalila je li besna zbog vesti da je Raf ovde. Njena poruka je bila kratka i jasna.

Razumem. Razgovaraćemo kad se vratimo. U Lisabonu smo, čekamo let za Madeiru.

Ako je očekivala da će se osećati bolje što je bila iskrena, Tabita se prilično razočarala. Stezalo ju je u želucu i bila je sva napeta, osećajući se jadno što će se njen boravak na Madeiri tako završiti. Nije mogla da se usredsredi, prestala je da radi i otišla da proveri pse. To njeno bežanje i vreme za sebe koje je toliko želela počelo je da je guši. Snuždila se ugledavši Rafov ranac pored vrata. Pošto joj je stomak krčao jer je preskočila ručak, uzela je bananu i pojela je napolju na suncem okupanoj terasi.

Raf ju je iznenadio nekoliko minuta kasnije, izlazeći iz kancelarije u vrtu, širokih ramena, preplanuo i raščupane kose.

Pomislila je kako je prethodne noći prstima prolazili kroz tu kosu.

– Hej – rekao je kada je stigao do nje. – Očistio sam kancelariju u vrtu i gostinsku sobu, tako da neće ni znati da sam bio ovde.

Tabita je bacila koru banane na sto na terasi i prekrstila ruke. – Dakle, zaista odlaziš?

– To je najbolje.

– Možda za tebe – rekla je, pokušavajući da zauzda bol u glasu. – Ipak, već sam im poslala poruku.

– Kako to misliš?

– Rekla sam tvojim roditeljima istinu.

– Šta si uradila? – Bes je zaiskrio u njegovim očima. – Šta si im rekla?

– Samo da je to duga priča, da si ovde i da sam te pozvala da ostancš nekoliko dana. Nisam ulazila u pojedinosti. – Pričekala je da kaže nešto, a pošto nije, nastavila je. – Rafe, žao mi je, ne mogu da ih lažem o tome šta sam radila ovde, što znači da ne mogu da lažem ni o tebi. Ne bi trebalo da očekuješ to od mene.

Protrljao je čelo, što je radio kad je uznemiren, primetila je to ranije. – Znam da ne bi trebalo. – Njegove reči bile su nežne, ali Tabita je osećala kao da se ogromna provalija otvorila između njih, a nije znala kako da je premosti. – Moja je greška što sam očekivao da lažeš umesto mene i da ti to ne smeta.

Iako su bili bliski poslednjih dana, bila je nesigurna treba li da pruži ruku i zagrli ga sad kad je bio spreman da izađe iz njenog života.

– Zbližili smo se, Rafe. Čak i ako si u svađi s njima, ne mogu da lažem tvoje roditelje o tome, ili da lažem o svojim osećanjima.

– Tvojim osećanjima?

Tabita je progutala knedlu. Lice mu je bilo napeto – ne baš užasnuto, ali dovoljno blizu da shvati kako ga plaši i sama pomisao na bilo kakva osećanja koja bi se uvukla u njihov odnos.

Potištena, Tabita je stegla vilicu. – Da, moja osećanja. Sviđaš mi se. Mnogo. – Netremice ga je gledala, a njen unutrašnji svet se topio, znajući da jedino želi da se prepusti njegovom zagrljaju i poljubi ga.

– I ti se meni sviđaš, Tabita, ali ne mogu da budem ovde kad mi se roditelji vrate, žao mi je. Čak iako sad znaju istinu. I sve je moja greška, u redu? Nemoj dozvoliti da te opterećuje osećaj krivice zbog onoga što sam uradio. Svestan sam da sam te doveo u ovaj položaj, ali, eh, nisam imao pojma kad sam se pojavio te noći da ćeš ti, pa, biti toliko divna kao što jesi. – Pogledi su im se na trenutak vezali pre nego što je prošao pored nje, a iskrenost i značenje njegovih reči odneo je povetarac koji je pirkao kroz lišće palmi. Mir, tišina i lepota okruženja isparili su, ostavljajući hladnoću od koje joj se stomak skvrčio. Krenula je za njim unutra, slušajući kako izgovara stvari na vrlo staložen način. – Spremio sam se, rezervisao let za *Getvik* kasnije večeras. Malopre sam svratio do Džuli da se pozdravim i rekla je da će me odvesti do Funšala. Zamolila me je da joj javim kad je tvoj let i biće više nego srećna da te odveze.

– Ja ne idem do sutra, posle povratka tvojih roditelja – istakla je.

Ako je osećao bilo kakvu krivicu, dobro ju je skrivao. Pogledao je na sat. – Džuli me čeka, bolje da krenem.

Zadržavajući suze, Tabita ga je gledala kako uzima ranac i prebacuje ga preko ramena. To je bilo to. Ovako će se završiti njen boravak na Madeiri, s Rafom koji beži podjednako brzo kao što je i došao, ostavljajući je da se suoči s njegovim roditeljima.

– Dakle, biraš da pobegneš, umesto da se suočiš sa svim ovim? – Tabita je mahnula rukama. Pitala se da li razume kako je uključila sebe u tu izjavu, ne samo njegove roditelje.

– Imam tvoj broj, ti imaš moj...

Ogorčeno se nasmejala i zavrtela glavom. – Ah, onda u redu. Čujemo se, vidimo se!

Krenuo je ka kapiji, a Bejli i Fadž su krenuli za njim. – Hej, momci, morate da ostanete ovde. – Čučnuo je i počeškao ih obojicu ispod brade. Ustao je i susreo se s Tabitinim pogledom. – Nedostajaćeš mi. – I pre nego što je mogla da odgovori, naglo je otvorio kapiju i šmugnuo napolje, brzo ih zatvarajući za sobom kako psi ne bi pobegli.

Tabita je stajala u senovitom hodniku, ponovo sama s psima i mačkom. Bilo je neverovatno kako neko može da stekne uticaj u tako kratkom vremenu. Bez obzira na to da li je bio kukavica što se nije suočio sa stvarnošću ili je ona očekivala previše od nekoga koga je tek upoznavala, znala je da je glupa što mu je dozvolila da joj se uvuče u srce, ali iskreno je osetila da je pronašla nešto u Rafu, nešto što je ponovo raspalilo strast. Ipak, napravila je grešku. Morala je da prihvati kako ju je iskoristio da bi dobio ono što želi – mesto za boravak i društvo, a njegovi postupci su nagoveštavali kako mu vreme koje su proveli zajedno ništa ne znači. Kratka pustolovina mu je savršeno odgovarala.

* * *

Kako je popodne odmicalo, Tabita je pokupila i raščistila svoje stvari iz Kordelijine i Rufusove sobe, skinula posteljinu i uključila veš-mašinu. Večeras će ponovo spavati u gostinskoj sobi. Ogrebotine u dnu vrata Kordelijine i Rufusove sobe još su bile tu, iako sad nije mogla ništa da uradi osim da se izvini i ponudi da plati štetu. Dok je hitala po vili, čisteći i sređujući, psi su je pratili kao senke, shvatajući da se nešto dešava, pa nijedan od njih nije mogao da se smiri i zaspi. Kordelija se više nije javljala, pa je pretpostavila da će stići kasnije uveče kako su i nameravali. Glava joj je bila ispunjena mislima, pitala se šta će oni reći o svemu što se dogodilo, dok se premišljala oko toga koliko bi toga trebalo da im kaže.

Elspet je nekoliko puta poslala poruke da proveri kako je, a Tabita je slala neobavezne odgovore, ne želeći da se Elspet brine i zove je. Razgovor s njom u ovom času bi je rasplakao. Samo je želela da preživi narednih nekoliko sati i stigne do aerodroma sutra pre nego što smisli sledeći korak.

A onda je stigla poruka od Olija.

Ne mogu da te izbacim iz glave, Tabs. Toliko sam srećan što smo ponovo prijatelji. Mnogo sam mislio na tebe, na muziku, na nas i kako je nekad bilo. Ostalo mi je nekoliko nedelja pre nego što počne turneja po Sjedinjenim Državama. Znam da si ovde još nekoliko dana, ali šta kažeš da posle toga ostaneš na Madeiri još neko vreme, da se smestiš kod mene i da zajedno pišemo pesme. Pođi sa mnom i na turneju. Biće kao nekad. Mnogo mi nedostaješ. Šta kažeš? Cmok

Tabita se sručila na krevet za goste. Proletelo joj je kroz glavu da se javi Oliju i ostane na ostrvu, ali bilo joj je lakše da promeni let i ode u Lisabon na nekoliko dana sama, kao što je nameravala. To što je dobila ovakvu poruku od Olija na dan kad je Raf otišao, na dan kad se njegovi roditelji vraćaju ranije, na dan pre nego što napusti ostrvo – da li je to sudbina? Suočavanje sa stvarnošću bilo je dobro za nju, i možda je vreme da prihvata prilike i kaže *da*, umesto da beži.

Nije odmah odgovorila, već je razmišljala o Olijevom predlogu dok je završavala sa usisavanjem, ne želeći da Kordelija nađe manu ni u čemu osim u tome što je Tabita dopustila njihovom otuđenom sinu da ostane.

Pošto je završila sa čišćenjem spavaćih soba, kupatila i kuhinje, nameštala je jastuke u dnevnoj sobi kad je neko kucnuo po staklu. Iznenadivši se, Tabita je podigla pogled. Džuli je stajala pored otvorenih dvokrilnih vrata, a Fadž je već krenuo prema njoj, mašući repom.

– Hej, Tabita. Upravo sam odvezla Rafa do Funšala. Htela sam da se uverim da si dobro?

Osećanja koja je pokušavala da suzbije tokom čitavog dana izbila su na površinu. Zagrizla je usnu i klimnula glavom.

– Raf nije rekao mnogo, ali delovao je potišteno. Čula sam da Kordelija i Rufus dolaze ranije?

– Da – rekla je Tabita – i iako sam pokušavala da ga ubedim kako bi nakon toliko vremena bilo dobro da porazgovara s njima, on nije mislio tako, pa je otišao.

Džuli je prišla, polako klimajući glavom. – Stare rane teško zaceljuju. Ako ti je to neka uteha, njemu je teško da se otvori i kaže im kako se oseća.

– Razumem to, stvarno. Samo... – Tabita je protrljala čelo. – Sve se tako naglo završilo i ne na način na koji sam želela. Znam da zvuči ludo jer se poznajemo jako kratko, ali stvarno mi se čini kao da me je ostavio.

– Oh, Tabita. – Džuli ju je brižno zagrlila. – Tako mi je žao. Bilo je očigledno koliko se sviđate jedno drugom.

Tabita je duboko udahnula, utešena njenim prisustvom, njenim zagrljajem nežnim kakva je i ona bila. – Bilo je neizbežno da ćemo krenuti svako svojim putem, samo nisam bila spremna da se to dogodi tako brzo.

33.

Nekoliko sati kasnije, automobil koji se zaustavio na stazi ubrzao je Tabitino srce. Bejli i Fadž su podigli glave i pogledali Tabitu, a zatim poleteli ka stazi. Na zvuk otvaranja prednjih vrata, skočili su na noge i zalajali. Mašući repovima, potrčali su ka vratima. Bilo je cike, pozdrava – *Zdravo, vas dvojica* – pre nego što je Kordelija ušla u dnevnu sobu, a Bejli i Fadž su utrčali za njom. Spustila je torbu s ramena na pod i čučnula, a oba psa su joj skočila u raširene ruke i pokušavali da joj ližu lice.

Rufus je ušao na štakama s bolnim izrazom lica. Kordelija je ustala, preletela pogledom po sobi pre nego što je hladno pogledala Tabitu. – Otišao je, zar ne?

– Da, otišao je. Mislio je da je to najbolje.

Tabiti se želudac stegao poput pesnica koje je stezala, trudeći se da ostane pribrana. Deo nje je želeo da se ljuti na Rufusa i Kordeliju u Rafovo ime, ali uz Kordelijin hladan izraz lica i Rufusovu očiglednu uzrujanost, morala je da ostane smirena.

Napetost je tinjala, nije bilo opuštenog i veselog čavrljanja kao prve večeri. Jedino su se psi ponašali uobičajeno, uzbuđeni što vide vlasnike, željni pažnje.

Oslanjajući se na štake, Rufus je izgledao iscrpljeno, uobičajene pričljivosti je nestalo, a osunčano lice bilo mu je umorno i izmoždeno. Dug put s tri presedanja očigledno ga je iznurio. Slabo se osmehnuo Tabiti i položio ruku na ženino rame dok je praznila torbu na stočiću za kafu. – Ako ti ne smeta, idem da prilegnem.

– Naravno – rekla je Kordelija, iako joj je ton i dalje bio oštar.

– Treba li vam pomoć s prtljagom? – upitala je Tabita, izgubljena u pokušaju da prekine napetost.

– Može da ostane u hodniku zasad – rekao je Rufus i krenuo prema spavaćoj sobi.

Šta sad? Koliko brzo bi mogla da ispari? Toliko je volela da boravi ovde, a sada je jedino želela da pobegne, taj osećaj ju je neprekidno pratio, ne popuštajući.

– Ima, hm, hrane u frižideru ako ste gladni – rekla je Tabita kako bi ispunila tišinu. – I svežeg hleba i voća.

– Kako se usudio da bude ovde bez našeg znanja? – okrenula se Kordelija prema Tabiti, a gnev joj je plamteo u očima.

Tabita je uzdahnula, prihvatajući da lak izlaz neće biti moguć.

– Kako si mogla dozvoliti da se ovo desi?

Tabita je pokušavala da obuzda grč u stomaku, želeći da odgovori smireno kako bi ublažila Kordelijin bes. – Nije bilo tako jednostavno – rekla je Tabita, govoreći staloženo i tiho. – Pojavio se usred noći – nisam ni znala da imate sina, nije bilo fotografija. I nikad ga niste pomenuli...

– Dakle, to je naša krivica?

– Nisam to rekla. Samo želim da shvatite kako me je uhvatio na prepad, jer nisam znala za njega, i imalo je mnogo toga da se objasni. Imajući u vidu da je bila ponoć i da nije imao kuda da ide, šta sam mogla da uradim? Da ga izbacim?

Kordelija se nakostrešila. – Nisi imala pravo.

– Nisam se osećala kao da imam izbora! – Tabitine smirenosti je nestalo.

– Trebalo je da nas pitaš.

– Naknadna pamet je divna stvar, zar ne? Nije znao da ću biti ovde i u tom trenutku je bilo samo za jednu noć.

– Kako je onda, za ime sveta, došlo do toga da ostane? – Događaji proteklih nekoliko nedelja proleteli su kroz Tabitin um – slike trenutaka koji su ih neprestano približavali, od prvog pogleda u hodniku do pijanog smeha posle ispijanja tekile i pada u bazen, kad su stajali zajedno na stazi ispod vodopada i plesali u klubu u Funšalu, pa poljubac one noći posle svadbe, a zatim buđenje u njegovom zagrljaju.

– Složeno je – rekla je Tabita, ne popuštajući pred Kordelijinim hladnim pogledom.

– To ništa ne objašnjava. – Kordelija je prekrstila ruke. – Nije imao pravo da bude ovde, a ti nisi imala pravo da ga pustiš da ostane bez našeg izričitog odobrenja.

– Koje ne biste dali. – Bes je planuo u Tabiti, a smirenost je prerasla u prezir. – Odgurivali ste ga i neprekidno odbijali. Možete li ga kriviti što se krije?

– Ali zašto? – rekla je Kordelija s glasom između tuge i besa. – Ako nas toliko mrzi, zašto se uopšte vraća? Osim ako, naravno, ne želi da iskoristi nas i našu kuću. Uzima ono što smatra da mu pripada.

– Uopšte ne shvatate, zar ne? On vas ne mrzi. On vas voli. Oboje. – Tabita je ponovila reči koje je rekla Rafu prethodne večeri o tome kako ga roditelji vole. – Jedino što je ikad želeo jeste da ga vidite onakvog kakav jeste.

– A ko je on, Tabita? Hm? Jer ja to sigurno ne znam. Svojim ponašanjem i postupcima učinio je sve da se udalji od nas.

– On je ljubazan, pametan, problematičan, samouveren i nestašan – mnogo toga. Znam da mu je očajnički potrebno vaše odobravanje. Čitavog života misli kako nije dovoljno dobar.

– A ipak nastavlja da se bori protiv nas uprkos svemu što smo učinili za njega.

– Na šta mislite? Na plaćanje njegovog obrazovanja?

Kordelija stisne usne.

– Bio je dete kad ste ga poslali u nepoznato. – Tabita više nije mogla da drži jezik za zubima. – Šta ste očekivali da će se desiti? Sve ste pokrenuli jer vam je odgovaralo. A onda ste ga povrh svega optužili za krađu.

Kordelija naglo okrenu glavu, a stav joj se promenio iz besa u šokiranost. – On ti je to rekao?

– Dosta smo razgovarali. – Psi su se smirili na uobičajenim mestima, ali Tabita je primetila da Fadžovo oko neprestano žmirka na njihove povišene glasove. Bila je sigurna da je i Rufus mogao da ih čuje, i verovatno je osećao olakšanje što se izmakao. Čak i ako na kraju bude zažalila što je rekla šta misli, htela je da se izbori za Rafa. – Zašto biste verovali čistačici više nego rođenom sinu?

Stajale su na suprotnim krajevima stola za kafu, suočavajući se kao da su u bokserskom ringu.

– Imao je problema. Mnogo toga se dešavalo s njim u to vreme. Upao je u loše društvo, drogirao se. Možda je on živeo u Londonu, ali smo mi ipak štošta znali. Dosta vremena je provodio kod Rufusovih roditelja u Sariju; Raf je barem s bakom razgovarao. A u onim prilikama kad je bio ovde, jasno se videlo u čemu je.

– Niste razgovarali s njim.

– Sve je otišlo dovraga – nije bilo prilike. Odjurio je odavde, rekavši nam svakakve stvari. I, naravno, kad je izašla na videlo istina da je naša čistačica uhvaćena kako krade od drugih klijenata, šteta je već bila učinjena.

– Znali ste da nije on, a ipak ste ga pustiti da veruje kako mislite da je ukrao od vas? To je baš nisko – rekla je Tabita. – Morate to ispraviti.

– Ne moram ja ništa. Nemaš pravo da... da... – Kordelija je zapela, zavrtela glavom i duboko udahnula. Izgledala je kao da je na ivici suza, i Tabita se pripremila za neminovnu oluju uvreda koja će sigurno uslediti, jer je prekoračila granicu.

Osećanja koja su se nadvila nad njom tokom proteklih dana, od beskrajne radosti zbog vremena provedenog s Rafom do naglog suočavanja sa stvarnošću da je pobegao i ostavio nju da se suoči s njegovim roditeljima, bila su previše. – Žao mi je – zamucnula je, znajući da mora okončati ovo i otići. Rafovi problemi nisu bili njeni, ma koliko saosećala s njim. – Mislim da ne bi trebalo da ostanem ovde večeras. Potrebno vam je vreme za sebe, a ja sam u svakom smislu prekoračila gostoprimstvo.

Kordelija se nije raspravljala – nije ništa rekla. Njeno savršeno našminkano lice izgledalo je starije, a veseli sjaj od prvog susreta pre dve i po nedelje je isparío. Oči su joj bile crvene i umorne, a činilo se da ju je napustila sva borbenost.

Tabita je pobegla u gostinsku sobu, koja je bila prazna osim njenog prtljaga. Posteljina je bila oprana, krevet sređen, svi tragovi Rafa obrisani. Spakovala je kozmetiku i odeću koju je ostavila, nabacila ranac na leđa, gitaru preko ramena i spustila se niz stepenice s koferom.

Kordelija je stajala na pragu vile i zurila u zamračen vrt. Okrenula se kad je Tabita povukla kofer po pločicama.

– Kuda ćeš otići? – Hladnoća u njenom glasu i dalje je bila prisutna, ali joj je izraz lica malo omekšao. – Treba li da ti pozovem taksi?

Tabita je odmahnula glavom. – Zamoliću Džuli da me primi preko noći.

– Džuli?

– Bila je stvarno dobra prema nama.

– Nama? – Strogost se vratila u Kordelijino mrštenje i stegnutu vilicu. Tabita je odmah shvatila da je napravila grešku što ju je spomenula. – *Ona* je znala da je Raf ovde?

– Pukim slučajem, ali ništa od ovog nije njena krivica...

Međutim, Kordelija je već bila na putu do ulaznih vrata.

Dovraga.

Fadž je skočio s troseda i pošao za Kordelijom. Tabita je ostavila prtljag usred sobe i zatvorila dvokrilna vrata kako bi osigurala da psi ostanu unutra.

Kad je uspela da izađe napolje, Kordelija je već bila skoro izvan vidokruga. Tabita je zatvorila kapiju za sobom i pojurila da je sustigne, jer je besno koračala niz put prema Džulinoj i Antonovoj kući.

– Džuli nije uradila ništa loše. – Tabita je pokušala da udahne dok je hvatala korak s Kordelijom, postiđena i užasnuta što je uspela da Džuli dovede u nepriliku.

– Uvek se meša – reče Kordelija, ne usporavajući ni za trenutak iako je bila u sandalama s visokim potpeticama. – Uvek me gleda s visine kad je u pitanju moje roditeljstvo. Uzela je Rafa kao da je neka izgubljena životinja kojoj treba briga. Kako može da shvati moj položaj kad i nema dece?

– Možda postoji razlog za to... – Tabita je zastala. Nije bilo na njoj da Kordeliji priča o Džulinim problemima.

Pomislila je na Rafa, negde u avionu iznad Atlantika, kako beži od sveopšteg rusvaja. Htela je da ga mrzi što ju je ostavio da se sama suoči s njegovim roditeljima, a ipak, svaki put kad bi pomislila na njega srce joj se cepalo.

Kordelija je stigla do kuće i tresnula pesnicom na prednja vrata.

– Džuli!

Nije imalo smisla pokušavati bilo šta, Kordelija je bila tvrdoglava i odlučna, baš kao i njen sin.

Vrata su se odškrinula i inače smireno Džulino lice pojavilo se naborano od brige.

– Moramo da razgovaramo. – Kordelija je bila čvrsta i nepokolebljiva dok je besno gledala u jadnu Džuli.

Džuli se povukla unazad i otvorila vrata, a Kordelija je uletela unutra.

Tabita je molećivo pogledala u Džuli. – Mnogo mi je žao.

– Ovo je moralo da se desi pre ili kasnije – rekla je Džuli šapatom dok je zatvarala vrata za sobom.

– Kako se usuđuješ da se mešaš u stvari moje porodice, kako se usuđuješ da mi ne kažeš da je Raf bio ovde?! – Kordelija je prasnula čim su Džuli i Tabita stigle do nje u otvorenom dnevnom boravku. Stajala je ukopana u mestu, s rukama na bokovima, glasom koji je upotpunjavao gnevni izraz lica. Ako je Anton i bio kod kuće, odlučio je da se ne pojavljuje.

Izgledalo je kao da su sav Kordelijin potisnuti bes i uznemirenost morali negde da se usmere, a pošto nije mogla da ih usmeri na Rafa, Džuli je bila sledeća na redu.

Tabita se odjednom osećala kao neznanka koja spolja posmatra šta se dešava. Čitava priča s navodno *radoznalim* komšijama sezala je mnogo dublje – bila je tu Kordelijina istinska mržnja prema Džuli, jer je ona imala mnogo bliži odnos s Rafom nego što ga je Kordelija ikad imala. Bez ikakve namere, Tabita je uspela da pruži Kordeliji savršeno opravdanje da se sukobi s njom.

Reči su letele između dve žene o poslednje dve nedelje i o tome šta je Džuli znala ili nije. Kordelija je dominirala i tonom i pojavom, čineći da Džuli izgleda ranjivije nego ikad.

– Uvek si se uplitala oko Rafa – hladno je rekla Kordelija. – Uvek si zabadala nos tamo gde mu nije mesto!

– Ne – rekla je Džuli mirno. – Bila sam tu za Rafa, a to se zove briga, ne uplitanje.

– Nemaš ti pojma koliko je teško biti roditelj – izdao ju je glas.

– Nimalo.

Džuli je izgledala kao da je na ivici suza. Tabiti je bilo teško, jer je znala da bi imati dete njoj značilo sve na svetu, a Kordelija joj je svu ljubav i brigu koje je pružila Rafu tokom godina sad bacala u lice.

– Možda ne znam, ali to je samo zato što nisam mogla da imam dece – rekla je Džuli tiho, a glas joj je zadrhtao dok su suze slobodno tekle niz njene obraze. – Moja ljubav nije imala kuda da ode, osim prema našem dragom Džasperu i tvom Rafu. *Tvom* Rafu – ponovila je. – Ja to razumem. Pokušala sam da mu budem prijateljica. Poslednje što sam želela bilo je da ga otmem od tebe, to mi nikad nije bila namera. Jedino sam videla mladića koji se borio s burnim osećanjima, i odlučila sam da mu se nađem. Ne zaboravi, ti si me prva zamolila da ga čuvam. I kad nisi bila tu, to sam i radila. Raf je izabrao da dolazi kod nas na večeru i provodi vreme s nama. Bilo je zadovoljstvo upoznavati ga.

Tabita nije imala pojma kako Džuli uspeva da ostane tako smirena. No ona je bila potpuno drugačija osoba od Kordelije. Život ima lošu naviku da bude nepravedan – Džuli nije imala dece uprkos želji da postane majka, dok je sve u vezi s Kordelijom nagoveštavalo da njoj majčinstvo nikad nije bilo na prvom mestu.

– Nisam znala kako da ga volim – čula je Tabita Kordeliju kako kaže Džuli dok je tiho odstupala. – Ja sam iz porodice uspešnih ljudi. Pohađala sam Kembridž, to se od mene očekivalo, i nisam se protivila roditeljima. Ispravno ili ne, očekivala sam isto od Rafa.

Tabita nije bila deo toga – ovo je bio razgovor između dve žene. Možda je nesvesno izazvala nepriliku, ali trebalo je da im pruži prostor da razgovaraju. Iskliznula je kroz vrata na terasi i zatvorila ih za sobom, ophrvana olakšanjem što je pobegla u noć, u veliki vrt u senci privlačno spokojan nakon napetosti unutra. Odala se razmišljanju, ne samo o poslednje dve nedelje već i o proteklim mesecima koji su je doveli do ovog trenutka. Da li bi promenila bilo šta ako bi mogla sve ponovo da uradi?

Petnaest minuta kasnije, vrata na terasi su kliknula i začuli su se koraci po popločanoj stazi. Kordelija je stajala pored Tabite, a razmazan kreon naglašavao je podbulost od plakanja. Tabita se okrenula i ugledala Džuli na vratima. Iako je izgledala iscrpljeno, slabašno joj se osmehnula i klimnula glavom pre nego što se povukla unutra.

Kordelija je zurila preko vrta utonulog u tamu. Tabita je radila isto. Noć je razbijala mesečina koja se srebrnasto posipala po crnom baršunastom okeanu, a tačkice svetla iz drugih kuća uz padine brda svetlucale su poput zvezda.

– Dopada ti se Raf? – Kordelijin glas se slomio čim je razbio tišinu.

– Da, veoma – odgovorila je Tabita.

Pogledala je Kordeliju, oči su joj bile pune suza, maramicu je stezala u ruci, a ramena su joj bila napeta dok je zurila u daljinu.

– Žao mi je što nije ostao – tiho je rekla Tabita. – Molila sam ga da ostane.

Kordelija je klimnula glavom i još jače stegla maramicu. – Džuli mi je objasnila dosta toga. O mnogo čemu nisam imala pojma. – Šmrcnula je i obrisala oči. – I žao mi je što su naši postupci doveli tebe u ovu nepriliku. Molim te, vrati se i prespavaj kod nas. Ne želim da se ovako rastanemo.

– Džuli je samo bila ljubazna prema meni, prema Rafu... – Tabita je pokazala prema kući. – Ona želi samo najbolje za njega. Mislim da bi bila srećna ako biste uspeli da popravite odnos s njim. To bi koristilo svima.

Kordelija je klimnula glavom. – Mislim da moram da se izvinim pre nego što odemo kući. – Duboko je udahnula i okrenula se ka njoj. – Nadam se da ćeš se vratiti?

Nije sačekala odgovor, već se odlučno vratila u kuću. Tabita je samo načula nežan Džulin glas kako pita da li je sve u redu.

Tabita je poslednji put pogledala u okean, taman i hladan, okupan mesečinom. Beskrajni prostor postavljao je pitanje: kuda će dalje otići? Šta je privlači? Da li da se zaputi nazad ka udobnosti i poznatom okruženju porodice, ili da možda krene preko okeana u pustolovinu? Dok su Kordelijin i Džulin glas nestajali u noći, shvatila je da još nije odgovorila Oliju. Ali zasad, sa ostrvom ušuškanim u mraku i osećajući se iscrpljeno nakon dana ispunjenog osećanjima, imala je snage samo za jednu odluku. Okrenula se prema toplom svetlu koje je izlazilo iz kuće i duboko udahnula spremna da se pridruži Džuli i Kordeliji. Šta je još jedna noć?

34.

Tabita se probudila sama, u gostinskom krevetu koji je prethodne noći delila s Rafom. Toliko se toga promenilo za tako kratko vreme. Njena ljutnja prema njemu zato što je otišao splasnula je do te mere da je želela da je on sad ovde s njom, ali zar joj to ne bi otežalo da kasnije ode zauvek? Napuštala je vilu, ali da li je napuštala ostrvo?

Uzela je telefon i otvorila Olijevu poruku. Pisanje zajedno i turneja po svetu, zar to nije nekad bio njen san? Možda je ovo prilika koju je čekala. Zakopala je prošlu bol i nesporazume, a on joj nudi priliku da se sve vrati na ono kako je nekad bilo, i još bolje uslove za njenu karijeru autora pesama.

Donela je trenutnu odluku i brzo otkucala odgovor.

Izvinjavam se što mi je toliko trebalo da ti odgovorim. Okolnosti su se promenile, što znači da ću napustiti Madeiru ranije nego što sam očekivala. Trebalo bi da odletim kasnije danas, ali mogu da svratim do tebe prvo i da popričamo više o turneji ako si slobodan? I te kako sam zainteresovana...

Pošto se istuširala, Oli je već odgovorio jednostavnim: *Da, svrati*, uz svoju adresu. Tabita mu je poslala sličicu palca okrenutog naviše kao odgovor i obukla udobnu odeću – patike, crne tregerice i usku belu majicu. Nanela je crveni ruž na usne i pokupila kozmetiku i ostale stvari. Ako ovo sa Olijem uspe, uvek je mogla ponovo da promeni let...

Kordelija je već bila budna, sedela je na terasi pored bazena, leđima okrenutim prema kući, a psi su joj ležali pored stopala. Tabita je tutnula torbicu s kozmetikom u kofer, duboko udahnula i izašla napolje.

– Dobro jutro – rekla je, pridružujući se Kordeliji za stolom na kome su bili postavljeni voće, jogurt, tost i kafa.

– Dobro jutro. – Kordelija joj se slabašno osmehnula. – Nadam se da si na kraju uspela da se naspavaš.

Iako besprekorno obučena i savršeno našminkana, izgledala je umorno, kao da joj je snaga isparila, što i nije bilo iznenađujuće nakon dešavanja od prethodne noći.

Tabita je bila zahvalna kad je Rufus izašao na terasu i pridružio im se s blistavim osmehom. Doručak napolju je podsetio Tabitu na nju i Rafa kako su isto tako doručkovali prvog zajedničkog jutra. Kako su se lako uklopili. Bez obzira na uspone i padove, ostavio je snažan utisak na nju, što ju je sada činilo nesigurnom, pometenom, tužnom... Toliko osećanja joj se vrtelo po glavi.

Rufus je razvejao svu preostalu napetost. Dobar san ga je osvežio i bio je pričljiv kao i kad ju je pokupio sa aerodroma, ispunjavao je tišinu dogodovštinama sa odmora, neverovatnim doživljajima pre nego što mu se dogodila nesreća, od safarija čamcem na reci Rufidži, do vinske ture u oblasti Stelenboš u Južnoafričkoj Republici. I Tabita i Kordelija su bile srećne da samo jedu i slušaju.

Pošto su završili doručak i popili kafu, Rufus je počeo da skuplja prazne tanjire i činije.

Kordelija je obrisala usne salvetom, spustila je na prazan tanjir i pogledala Tabitu. – Dođi sa mnom.

Tabita je pogledala Rufusa, koji joj je uputio ohrabrujući osmeh, ali ju je uhvatio za ruku pre nego što je stigla da krene za Kordelijom. Pričekao je dok se njegova supruga udaljila da ne može da ga čuje. – Samo želim da znaš, trebalo je da budem više uz Rafa. – Vilica mu se stegla, a ona vedra drskost prisutna za doručkom isparila je. – Iako je slanje u internat bilo zamisao moje žene, ja sam se složio s tim iako sam znao da nije srećan. Nisam ništa preduzeo. Bio sam zauzet i nikad nisam imao vremena. To nije opravdanje, samo istina. Govorio sam sebi da će mu biti bolje ako se vrati u Englesku i stekne dobro obrazovanje i mnogo prijatelja svog uzrasta. – Pogledao ju je stisnutih usana i s tugom u očima. – Nije mi samo zbog toga žao. Trebalo je da se borim za njega. Kordelija je bila uverena da nas je pokrao. Prečesto sam zatvarao oči kako bih izbegao poteškoće kad nisam smeo. – Slegnuo je ramenima i pokazao prema vrtu. – Čeka te, bolje da kreneš i pridružiš joj se.

Tabita ga je posmatrala kako se udaljava, a psi su krenuli za njim dok je razmatrala njegove reči. Otkrića poput ovih sasvim su u redu, ali nije njoj bilo potrebno da ih čuje. Tuga joj je stegla srce na pomisao kako je Raf propustio očevu ispovest.

Uzdahnuvši, krenula je niz vrt, crpeći snagu iz topline jutarnjeg sunca i umirujuće zelene okoline. Kordelija je stajala pored ljuljaške, a ruka joj je odmarala na stablu palme. Okrenula se kad je Tabita stigla do nje.

– Dugujem ti izvinjenje.

Tabita je zavrtela glavom. – Stvarno mi ne dugujete.

Kordelija je podigla ruku. – Dugujem jedno i Džuli, i Rafu. – Uzdahnula je. – Izvinila sam se Džuli sinoć. – Zastala je i igrala se prstenjem na prstima. – Suština je u tome da sam uvek zavidela Džuli, barem njenoj sposobnosti da se poveže s Rafom kad ja to nisam umela. Bila je tu za njega kad ja nisam, i sve do sinoć mi nije bilo jasno zašto. Hoću da kažem kako joj nikad nisam dala vremena, nikad nisam stvarno razgovarala s njom, samo sam pretpostavljala. Iskreno, mislila sam da ona i Anton nemaju dece zato što su to izabrali, dok sam se ja borila trudeći se da održim ravnotežu između karijere i majčinstva.

Tabita nije znala šta da kaže, pa je odlučila da ćuti, pružajući Kordeliji priliku da se isprazni.

– Nisam želela decu. – Kordelija je okretala narukvicu na zglobu. Nije gledala Tabitu u oči, već preko dna vrta koji je blistao na toploj izmaglici jutra. – To je istina. – Besno je obrisala oči i isprazno se nasmejala. – Mislim da to nikom nisam priznala osim mužu.

– Niste se osetili drugačije kad ste saznali da ste trudni? – Tabita se setila sveprožimajućeg osećaja ljubavi koji nije očekivala kad je prihvatila neplaniranu trudnoću.

– Nisam. Želela sam to, očajnički, jer uprkos tome što nisam želela da budem majka, nikad nisam ni pomislila da je prekinem. – Udahnula je. – Zapravo, lažem, jesam pomišljala na to, samo sam znala da to nije mogućnost.

– A Rufus? Kako se on osećao?

– Bio je zapanjen, a onda zabrinut zbog toga kako će se naš udoban život promeniti. Međutim, pomogao mi je kroz tešku trudnoću i porođaj. Dali smo sve od sebe, ali njemu je bilo lakše. Morala sam da odem na trudničko, dok je on nastavio karijeru. Moj život je bio u ogromnoj meri narušen, i neverovatno sam mu zavidela što može da pobegne u grad na posao. Mogao je da upoznaje ljude i nastavi život. Mrzela sam što sam domaćica, majka i izdržavana supruga. Vratila sam se na posao već nakon nekoliko meseci. Imali smo sreće što Rufusovi roditelji nisu bili predaleko, a imali smo i dadilju. Otvoreno priznajem da nisam bila majka koja se neposredno bavi detetom. Moja pažnja je uvek bila na mom poslu, a zatim na izgradnji naše kompanije. Iskreno sam mislila kako bi Rafu bilo bolje da provodi praznike na mestu kao što je ovo – mahnula je prema vrtu i pogledu na more – ali da se i dalje obrazuje u Engleskoj, kako smo smatrali da zaslužuje.

– Bili ste mu potrebni. Oboje. Očigledno je, prema vremenu koje sam provela s njim, da je uvek žudeo za vašom ljubavlju, bez obzira na to koliko je pokušavao da vas odgurne.

Kordelija je klimnula glavom i stegla usne, porumenelih obraza. – Znam, rekla mi je Džuli. Zaista nisam uzela u obzir kako bi odlazak iz našeg doma, porodice i prijatelja uticao na njega. Takođe, razumem da su njena otvorenost i majčinski duh bili upravo ono što je Rafu trebalo. – Pogledala je Tabitu očima obrubljenim crvenilom. – Nisam znala šta je Džuli prošla. I Anton takođe. Pokušavali su i nisu uspeli da zasnuju porodicu. Takva tuga.

Ova mekša, saosećajnija Kordelijina strana iznenadila je Tabitu. Probudila je u njoj nadu da postoji način na koji bi Kordelija i Rufus mogli iznova da izgrade svoj odnos s Rafom. Samo da je ostao...

Kordelija je završila s pričom i zajedno su krenule natrag prema kući. Možda bi novostvorena otvorenost i razumevanje između Kordelije i Džuli pomogla da se bol zaleči; vezivala ih je zajednička ljubav prema Rafu. Sad im je samo bio potreban Raf da se taj postupak isceljenja dovrši.

* * *

Tabita je bila slomljena zbog rastanka s Bejlijem, Fadžom i Misti. Psi su znali da nešto nije u redu dok je vukla prtljag napolje, pre nego što se sagnula da ih poslednji put pomazi i počeška ispod brade.

Kordelija i Rufus su izašli s njom, zatvorivši pse unutra. Džuli je čekala u automobilu na putu.

Tabita se okrenula Rufusu i Kordeliji. – Ne znam tačno šta da kažem. Pretpostavljam da *izvinite* i *hvala* deluju prikladno.

Kordelija je klimnula glavom. – Ova briga o kućnim ljubimcima će ti zasigurno ostati u sećanju.

Ne znate vi ni pola, pomislila je Tabita.

Hladnoća od prethodne noći nestala je iz Kordelijinog glasa. Izgledala je nekako sitnije, iscrpljeno, događaji od poslednjih nekoliko dana uzeli su svoj danak. Tabita svakako nije ovako zamišljala kraj boravka na Madeiri, ali je bar nestalo neprijateljskog raspoloženja. Osmeh koji joj je Kordelija uputila dok su se rukovale delovao je iskreno.

Rufus je stegnuo Tabitino rame. Izgledao je daleko svežije od supruge, pošto je proveo mirnu noć i nije bio uključen u svu tu pometnju. – Čuvaj se i želim ti bezbedan let.

– Hoću, hvala vam. – Pogledala je ka Bejliju i Fadžu, koji su sedeli pored prozora, a njihove krupne oči su je milo gledale. Progutala je knedlu – ovo je bio najteži deo, ostaviti ljubimce, ali ovde su njena osećanja bila pojačana više nego na bilo kojem drugom mestu.

Namestila je kaiš za gitaru koji joj se zario u rame i, bacivši poslednji pogled na pse, prešla je prilazom, mahnuvši Kordeliji i Rufusu baš kad je taksi stigao ispred kapije. Na trenutak je pomislila da je naručen greškom, dok se nisu otvorila vrata i visoka prilika izašla napolje.

Tabita je zaškiljila na jutarnjem suncu. – Rafe?

Noseći ranac na leđima, otvorio je kapiju i požurio prema njoj, odlučnog izraza na licu.

Mešavina iznenađenja i radosti proletela je njom. – Šta radiš ovde?

– Juče sam napravio grešku što sam onako otišao – rekao je prilazeći joj, a njegove plave oči bile su usredsređene na nju i samo na nju, zanemarujući roditelje koji su ga posmatrali kraj ulaznih vrata. – Nisam ispao fer prema tebi. Koliko god da ne želim da se suočavam s problemima i obavim težak razgovor s roditeljima, bilo je potpuno pogrešno što sam dopustio da se ti sama nosiš s njima.

Dok su stajali zajedno na blaženoj septembarskoj vrućini, talas topline prostrujao je njom. – Da budem iskrena, nakon nestabilnog početka i malog izgreda kod Džuli s tvojom mamom sinoć, bili su prilično pristojni. Tebe žele da nagrde. – Dozvolila je sebi blagi osmeh. – Ali takođe su bili skrhani što nisi bio ovde. Šta god da se desilo u prošlosti, nije kasno da se pomirite.

– Shvatio sam to kad sam stigao u Funšal. Gubio sam vreme, pokušavajući da sredim misli i nisam znao šta da radim, ali sam bio siguran da ne mogu da odem, pa nisam ušao u avion. Potpuno si u pravu, treba da porazgovaram sa svojima. Treba da me saslušaju i možda je krajnje vreme da im pružim priliku da objasne svoju stranu priče. Godinama sam samo pretpostavljao, vođen besom, a oni su videli samo onu moju stranu koja im se ne dopada, onu koja se, iskreno, ni meni ne dopada. Nije ni čudo što su loše mislili o meni. Ti si se suočila sa Olijem i obavila težak razgovor, pa sam pomislio zašto ne bih i ja.

– Drago mi je što to radiš.

– I ja sam srećan što si im rekla. – Rafovi obrazi su se stegli kao da se bori sa osećanjima. – Odlaziš sad?

Tabita je progutala suze i klimnula glavom. Iako je bilo teško otići od njega, osećala se bolje znajući da ima priliku da se pomiri s roditeljima i zaleči već dugo otvorene rane.

– Kuda ćeš?

– Uh, do Funšala. Da vidim Olija. Zapravo, ovaj, želi da pišemo pesme i možda odemo zajedno na turneju.

Rafovo čelo se namrštilo. – Mislio sam da nameravaš da ideš u Lisabon i onda kod sestre?

– To sam i ja mislila. – Slegla je ramenima i zadržala njegov pogled. – Nikad ništa ne ispadne baš onako kako se nadam. – Skrenula je pogled u stranu. – Ne znam. Imam mnogo toga o čemu treba da porazmislim i mnogo odluka koje treba da donesem.

Raf pogleda ka vili. Kordelija i Rufus su stajali zajedno na verandi u senci, držeći jedno drugo oko struka, čekajući i posmatrajući.

Raf se okrenuo prema Tabiti, smanjio udaljenost između njih i uzeo je u zagrljaj. Ona je na trenutak ostala kruta, ruka joj je stegla ručku kofera, pre nego što se stopila s njim, obmotala mu ruke oko struka, ne želeći da se odvoji. Poljubio ju je strasno, a ona mu je uzvratila poljubac, ne mareći što njegovi roditelji gledaju, kao i Džuli iz kola.

Odvojio se, a oči su mu bile vlažne.

– Razumeš da Oli želi više od samog pisanja s tobom. – Vilica mu se stegla, a oči su je ukočeno gledale kao da pokušava da zaustavi osećanja da se ne pokolebaju.

Tabita uzdahnu. – To zaista nije slučaj.

– Videćeš da sam u pravu. – Pogled mu je lutao njenim licem. – Ali treba da uradiš šta god te čini srećnom.

Tabita je progutala knedlu i stavila mu ruku na grudni koš. – Idi pomiri se s roditeljima. I, ovaj, možda ćemo se videti. – Ponovila je reči koje je izgovorila u besu dan ranije, ali ovoga puta je to mislila, očajnički se nadajući da to neće biti poslednji put da se vide.

Očiju zamagljenih suzama, Tabita je povukla kofer preko prilaza do mesta gde ju je čekala Džuli, spremna da je odveze u Funšal. Kod Olija. Ili možda dalje, negde sasvim drugo, gde bi mogla da krene iz početka. Ili bi mogla da se vrati u udobnost i ljubav porodice, kod Elspet i predivnih sestričina. Odluke su ključale poput rastopljene lave, unutrašnjost joj je bila zbunjujuća mešavina osećanja, neizvesnost ju je potpuno prožimala.

Tabita je stavila kofer, ranac i gitaru u prtljažnik i sela na suvozačko mesto.

– Jesi li spremna? – upitala je Džuli nežno.

– Ne baš, ali idemo svakako.

35.

Iako je videla slike Olijeve vile u Funšalu, Tabita nikada pre nije bila tamo. To je bilo mesto koje je kupio kad je postao slavan i stekao bogatstvo nakon pobede u *Staru*. Kupio je veći stan i u Londonu. Davno su prošli dani kad je živeo s njom u vlažnom zajedničkom stanu.

Dočekao ju je srdačno, a njegova brada ju je bockala kad ju je poljubio u obraz. Ruka mu je ostala oko njenog struka dok ju je vodio unutra. Ako je Kordelijina i Rufusova kuća podsećala na izložbeni prostor, Olijeva vila je izrazito podsećala na palatu.

Pokazao joj je četvorosobnu kuću, sa sjajnim podovima od orahovog drveta i skupocenim umetničkim delima koja su ukrašavala bele zidove. Dnevni boravak je imao prozore od poda do plafona koji su gledali na ogroman bazen. Imao je pogled na okean i zelene terasaste padine istačkane crvenim krovovima i belim zidovima vila, tu ti tamo plavim bazenima i lišćem palmi. Tu su bili i teretana, zatvoreni vrt i različite otvorene terase za zabavu, uključujući i jednu zbilja izuzetnu, pored bazena odakle se pogled pružao kilometrima daleko.

U vili nije bilo drugih ljudi. Tabita to nije očekivala. Mislila je da će barem njegova pomoćnica, koja je bila na rođendanskoj zabavi, biti tu, ali nije. Dok su šetali, shvatila je koliko se drugačije osećala sada u njegovom društvu u poređenju s vremenom od pre sedam godina; bilo je tu nekog čudnog očekivanja i neizvesnosti. Više očekivanja s njegove strane, a njena neizvesnost je dolazila od preispitivanja šta zapravo želi od nje. Brinula se kako će raditi zajedno, o sopstvenim obavezama prema diskografskoj kući s kojom je sarađivala i šta bi zapravo značilo otići na turneju sa Olijem. Da, želela je da prigrli život i sve prilike, ali da li je ovo prava odluka? U glavi joj se zavrtelo od moguće budućnosti. Olijeva slava bila je nepojmljiva, i nudio joj je priliku da radi s njim i ponovo bude u njegovom životu.

Dok je uzimao bocu vina iz frižidera i vodio je na najveću terasu, Rafova primedba o Oliju vrtela joj se po glavi. Da li je bila lakoverna što je sve vreme mislila kako je jedino želeo platonski odnos? Odvojenost od nekoliko godina pružila joj je nov pogled na njihov odnos. I nije bilo pitanje *koga* želi – bilo je pitanje *šta* želi. Kao što je Raf rekao, trebalo je da uradi šta god će je učiniti srećnom.

Vratila se u stvarnost Olijeve priče dok su stizali do velikih vreća za sedenje pored bazena. – Ovo je fantastično mesto za žurke, ostani ovde i možemo da priredimo jednu pre nego što počne turneja. – Otvorio je vino, sipao ga u dve čaše i pružio joj jednu. – Vraćam se u London po završetku turneje. Treba mi vreme u studiju da radim na sledećem albumu.

Popila je veliki gutljaj rashlađenog vina, osećajući potrebu za tim dok su joj oči pratile Olija. Njegovo samopouzdanje nije se promenilo, ali ona jeste. Drugačije se osećala u vezi s njim – nije se osećala nelagodno, ali je nestalo one ugodne bliskosti koju su imali.

Zaronio je u bazen, a mišićava ramena i ruke probijali su mu se kroz vodu. Hvalisao se, kao što je to uvek radio, ali imala je snažan osećaj da to radi namerno, privlačeći je kućom, mogućnostima koje može da joj ponudi, samim sobom...

Zaplivao je prema njoj i naslonio se na ivicu pločica, dovoljno blizu da može da je dodirne. Sunce je bleskalo po tirkiznom bazenu, od čega su se Olijeva mišićava ramena sjajila, a preko tetovaža mu se slivala voda. Da li je pogrešila što je došla ovamo?

Tokom vožnje do Funšala sa Džuli, osećala se tako zbunjeno dok su razgovarale o tome što se Raf pojavio, i šta to znači. Džuli se brinula za njega, dok je iznenađenje i radost koje je Tabita osećala zbog Rafovog povratka zasenila tuga zbog njenog odlaska. Njihov razgovor se nastavio, a oproštaj kad su stigle do Funšala bio je prisan i propraćen suzama. Dok je sad trezveno razmišljala o tome, pomisli kako bi možda bilo mudro da je zamolila Džuli da je umesto ovamo odveze na aerodrom. To bi bilo razumno. Čist prekid, sa ostrvom, sa Olijem, s Rafom...

– Imaš li kostim sa sobom? – Olijevi pogled je prešao preko njenog lica, zadržavajući se kako se spuštao naniže. – Dođi da mi se pridružiš.

I tad je znala, bez imalo sumnje, da se sve promenilo. Da je Oli predložio nešto slično pre osam ili devet godina, cela stvar ne bi imala takvo opterećenje.

Šta ona to radi? Očijuka s njim kako bi dobila drugu priliku da se probije? Nije joj ništa nedostajalo. Postigla je sama svoj uspeh; zarađivala je radeći ono što voli. Šta bi još mogla da poželi?

U tom trenutku joj je sinulo, sve od čega je bežala i pokušavala da shvati se uklopilo, delići slagalice njenog života konačno su se posložili. Morala je da nastavi dalje i pronađe svoje mesto u svetu. Nije imalo smisla da pokušava da povrati nešto iz prošlosti što bi bilo složeno i pogrešno, niti da se zadovolji nečim u šta nije bila sto posto sigurna, kao što je zamalo uradila s Luisom.

Oli je izašao iz bazena i krenuo ka njoj, bez majice i smeškajući se, a šorts za plivanje prianjao mu je uz telo, ostavljajući malo toga mašti.

Tabita je brzo ustala sa vreće za sedenje. – Mislim da ću otići.

Oli se namrštio i provukao ruku kroz mokru kosu. – Zašto? Pa tek si stigla.

Njegovi glatki, istureni grudni mišići bili su prekriveni potočićima vode. Koliko li bi tek bile ljubomorne one devojke u baru na krovu koje su se nadale da će biti s njim, kad bi saznale da je sama s njihovim idolom? Njihovim novopečenim samcem.

Ali Tabiti to nije bilo potrebno.

– Imam let nešto kasnije – rekla je.

– Pa otkaži ga.

Tabita je odmahnula glavom. – Mislim da treba da se vratim u Englesku, da neko vreme provedem s porodicom.

Uzeo je peškir i lagano obrisao grudi. – U redu, vidi porodicu, a onda se pridruži meni na turneji za nekoliko nedelja. Tako ćeš dobiti i jedno, i drugo.

Tabita ga je proučavala, pitajući se da li zaista želi da se vrati u njen život samo kao prijatelj. – Mogu li nešto da te pitam?

– Bilo šta.

– Sećaš li se onoga davno, na trećoj godini u Kardifu, kad smo imali žurku u našem studentskom domu jedne noći, i ti si završio u mom krevetu?

Gledao ju je u oči, a zenice su mu se blago sužavale.

– To je bila noć kad smo se poljubili – podstakla ga je – jedini put.

Klimnuo je glavom, a osmejak mu se ocrtavao na licu.

– Da, sećam se.

– Kako si se osećao zbog toga?

– Zbog poljupca? – Nasmejao se, spustio peškir na fotelju na naduvavanje i prišao bliže. – Dopusti da te podsetim.

I pre nego što je uspela da se snađe, njegove usne bile su na njenim, njegove vlažne ruke prodirale su ispod ruba njenih tregerica i majice, dodirujući joj kožu. Poljubio ju je jače, istražujući jezikom i milujući je rukama. Sklopila je oči i uzvratila mu poljubac.

Odmakao se i široko nasmejao. – Da li ti je to odgovor na pitanje?

Susrela je pogled njegovih tako poznatih plavih očiju. – Nego šta.

36.

Olijev poljubac bio je odlučujući dokaz za Tabitu. Uzvratila mu je poljubac da mu pruži drugu priliku, da vidi da li će se ovoga puta osetiti drugačije. Nije. Bila je svesna njegovog dobrog izgleda, divila se onome što je postigao i bila je zahvalna na njegovom prijateljstvu, ali on joj nije ništa značio, ne u poređenju sa onim kako se osećala s Rafom... Nikad nije videla tu privlačnost koju je Oli osećao prema njoj jer nije osećala isto prema njemu. To što se obradovao njenom povratku u svoj život nije bilo zbog popravljanja njihovog prijateljstva, to je bilo davno prošlo. Vreme i udaljenost dozvolili su mu da poveruje u mogućnost ljubavne veze, dok je za Tabitu njegov poljubac imao isti učinak kao i prvog puta. Da, mogla je da ga iskoristi, da pristane na to, da unapredi karijeru, da piše i nastupa s njim, ali nije htela da završi u krevetu s njim, nije htela da bude u središtu pažnje medija koji ga okružuju. I dalje je mislila na njega kao na Olija kojeg je upoznala sa osamnaest godina, i veza koja je nešto više od prijateljstva jednostavno nije delovala ispravno.

Razmatrala je da ga blago odbije, ali odlučila je kako mora da čuje istinu. – Pogrešno si shvatio moje približavanje posle toliko vremena kao osećanja koja jednostavno ne postoje. Bio si mi najbolji prijatelj i nadam se da, uprkos svemu, možemo ostati prijatelji, ali ne želim da budem s tobom. Slomio si mi srce svojim postupcima, i nikad ne bih mogla da budem s nekim kome ne verujem. A da ne spominjem što si tek raskinuo s devojkom. Neću da ti budem odskočna daska kako bi se osećao bolje.

Prekrstio je ruke. – Tabs, znaš da nije tako.

– Možda jeste, možda i nije, ali pokušaj jednom da razmišljaš o meni i o tome šta *ja* želim. Između nas nema ničega više od prijateljstva, u to sam sigurna.

Nasmejao se tome što ga je odbila i pozvao joj taksi. Oprostili su se i prijalo joj je da ode. Ovog puta nije bežala od teških prilika i zbunjujućih osećanja kao pre godinu dana s Luisom. Birala je nov i uzbudljiv put za sebe, što je shvatila da je radila od noći kad je Oli njenu pesmu proglasio svojom. Stajala je na sopstvenim nogama i izgradila uspešnu karijeru za sebe, sama. Tad joj nije bio potreban niko poput Olija Pereire, a sigurno nije ni sad.

Tabita je uspela da uhvati let za Lisabon, poslala je poruku sestri o odluci koju je donela i provela noć u hotelu na aerodromu pre nego što je rano sledećeg jutra poletela za Bristol. Nakon vožnje taksijem i putovanja vozom, stigla je do glavne stanice u Kardifu.

Elspetin radostan osmeh i utešna poznatost bili su sve što joj je trebalo, i Tabita nije mogla da suzdrži smeh i suze dok su se grlile.

U kolima su sve vreme pričale o devojčicama i prvom venčanju u novouređenom ambaru, o tome kako je Getin ostao kod kuće da pazi na decu i njihove glampere dok sprema večeru. Delovalo je kao da Elspet shvata da Tabita nije spremna da priča o sebi, da ponovo proživljava događaje i osećanja koji su je nagnali da se vrati u Veliku Britaniju, i Tabita je bila zahvalna na sestrinoj uviđavnosti. Tek kad su skrenule s glavnog puta i niz put do *Vajldflauer hajdaveja*, Elspet je skrenula razgovor na nju.

– Nadala sam se da ćeš se ovde pojaviti s Rafom – rekla je tiho zaustavljajući automobil ispred kućice okrečene u belo s puzavicom i bršljanom sa obe strane ulaznih vrata.

Tabita je uzdahnula. – Vratio se, znaš, da se pomiri s roditeljima. Tvoji saveti su pomogli, i to je bio najbolji ishod.

– Za njega, možda. – Elspet joj je uputila značajan pogled.

– Da, za njega. – Teško joj je bilo da priča o Rafu a da je ne steže u grudima. – Nadam se da će uspeti da pokrpi njihov odnos.

Elspet je isključila motor. – Nije ti palo na pamet da ga pozoveš ovamo?

– Toliko me je iznenadio povratkom, znaš, baš kad sam odlazila. U svakom slučaju, sve je bilo pomalo zbunjujuće jer sam upravo bila krenula da vidim Olija...

Pre nego što su stigle da kažu još nešto, vrata su se otvorila i istrčale su Olivija i Nensi, obe s dugom tamnoplavom kosom i ozarene dok su cupkale ispred kuće vireći kroz prozor automobila sa osmesima od uva do uva.

Tabitin nemir je nestao u trenu, a misli o Rafu su se raspršile dok je izlazila iz automobila uz ciku: „Tetka Tabita! Tetka Tabita!" pre nego što su je obasule toplim, mekim zagrljajima koje je dugo priželjkivala.

– Pustite jadnu tetku Tabitu da uđe u kuću! – nasmejala se Elspet zatvarajući vrata automobila.

Devojčice su brbljale sto na sat dok su je vodile ka kućici.

Getin je stajao na vratima smeškajući se, a Olivija i Nensi su se pripijale uz nju, vrišteći i smejući se. – Ostavi prtljag – rekao je s raspevanim velškim naglaskom. – Uneću ga ja malo kasnije. Večera je spremna, a devojčice su gladne. – Podigao je obrve i zagrlio Tabitu. – Rekle su mi to samo milion puta.

Dok su uživali u domaće spremljenom *chilli con carne*, smeh i ljubav kružili su oko kuhinjskog stola bez napora. Iako se često osećala kao stranac, čak i u sopstvenoj porodici, Tabita nije mogla da odoli njihovoj neiskvarenoj sreći. Ćaskanje sestričina bilo je ispunjeno radošću, Olivija je pričala o školi, mnogo toga nije čak ni rekla roditeljima, dok je Nensi do najsitnijih pojedinosti objašnjavala kako gradi hotel za bube u vrtu.

Tabita je bila svesna da u Elspetinom i Getinovom životu nije sve tako savršeno kako je izgledalo spolja. Bilo je mnogo suza i nemira tokom godina, od Elspetine tuge što nije mogla da zatrudni, radosti što su konačno začeli, pa do iznenađenja kad su dobili Nensi ne tako dugo nakon Olivije, do napornog rada poslednjih godina, preseljenja u Vels i izgradnje odmarališta za glampovanje dok su podizali dvoje male dece. Svađali su se, mirili, pa opet svađali dok su radili zajedno, ali ljubav ih je vodila kroz sve uspone i padove. Naposletku, ono što su njih dvoje imali bilo je ono čemu je Tabita težila. Da li je ljubav poput te zapisana u zvezdama? Nadala se da za nju jeste.

Posle večere, a pre nego što je pao mrak, Olivija i Nensi su je povele u obilazak odmarališta. Elspet je došla s njima, uhvativši Tabitu podruku dok su hodale dalje od kućice duž travnate staze. Devojčice su trčale napred u čizmama, suknjama i džemperima, a talasaste kose lepršale su za njima.

Iako su se Olivija i Nensi kikotale i neprestano pričale, Tabiti nisu promakli mir i tišina dok su šetale u hladu septembarske večeri, uz gugutanje golubova skrivenih u drveću. Tabita je zamišljala kako će livade prepune divljeg cveća biti predivne u proleće, ali u ranu jesen i uz povetarac koji je šuštao kroz prostor, duga trava je titrala zelenim prelivima pod srebrnastim svetlom sumraka. Šumarci su se grupisale po obodu, pogled na Crne planine pucao je pred očima, a plavosivo nebo još je bilo svetlo na obzorju dok je blago sunce doticalo vrhove planina. Nakon svih prizora koje je videla na brojnim putovanjima, ovaj je bio podjednako idiličan kao i svaki drugi.

Devojčice su razgovarale između sebe, a Elspet je dopustila Tabiti da upija lepotu okoline na miru, povremeno prekidajući tišinu da joj pokaže ambar i skrivena mesta za glampovanje, od kojih je svako imalo džakuzi, ognjište i trem koji je maksimalno iskorišćavao pogled koji se odatle pružao.

– Šumska brvnara će biti slobodna od sledeće nedelje – rekla je Elspet dok su se približavali zgradi obloženoj drvetom i poluskrivenoj na proplanku između drveća. Malo je podsetila Tabitu na kancelariju u vrtu na Madeiri. – Rezervisala sam je za tebe tako da imaš gde da ostaneš i radiš na miru.

Tabita je jače stisnula sestrinu ruku, preplavljena osećajem mira i ljubavi koji je strujao njom. Ogroman prostor je bio umirujući i pomalo je podsećao na dom nakon meseci selidbi iz kuće u kuću. Bez sumnje je donela ispravnu odluku što je rekla *ne* Oliju, u to je bila sigurna, ali pomislila je koliko bi volela da podeli ovo mesto s Rafom.

Slepi miš, poput tamne senke spram čistog ponoćnoplavog neba, leteo je između stabala u polumraku dok su se polako vraćale. Svetlost je kroz sumrak dopirala iz kućice na drvetu, šumske brvnare i kolibe pored potoka, i iako je bilo i drugih ljudi koji su tu boravili, činilo se kao da nikoga nema kilometrima unaokolo.

Kad je konačno pao mrak, povukli su se u toplinu kuće i Tabita je pomogla Elspet da devojčice odvede na spavanje. Zatim su se skljokale na trosed u udobnoj sobi s Getinom na sat vremena, pijući vino i razgovarajući opušteno, kao što su to uvek radili.

Kasnije, dok je bila sama u postelji u gostinskoj sobi, iscrpljena nakon dugog putovanja i osećanja što je obasuta ljubavlju porodice, Tabita je poslala poruku Rafu. Čak i ovde, stotinama kilometara daleko od Madeire i na mestu za koje je znala da je zasad pravo za nju, i dalje joj je opsedao misli i bilo joj je teško. Nije želela da dopusti da tišina između njih poraste, pa je odlučila da mu piše.

Hej, bio si u pravu u vezi sa Olijem. On svakako drugačije razmišlja o tom poljupcu nego ja. Odlučila sam da ne ostanem i umesto toga otišla sam kod sestre u Vels. Nadam se da je sve prošlo dobro s tvojim roditeljima. Nedostaješ mi. Tabs

Provela je dvadeset minuta čitajući, prepravljajući, zatim ponovo čitajući poruku, brisala *nedostaješ mi* tri ili četiri puta pre nego što je skupila hrabrosti da ga ipak ostavi. Naposletku, tako se iskreno osećala, i htela je da i on to zna. Naravno da se nadala da će dobiti odgovor, ali pošto ga nije bilo iako je video poruku, shvatila je da je to što su imali na Madeiri gotovo. Potisnula je tugu i dopustila sebi da utone u porodični život. Sa Olivijom u školi i Elspet i Getinom koji su brinuli o Nensi, glamperima, hektarima šuma i livada tokom dana, Tabita je iskoristila priliku da radi. Kasno popodne i rane večernje sate provodila je igrajući se s devojčicama, istražujući šumu i gradeći branu u potoku pre večere i razgovora sa odraslima nakon što bi devojčice zaspale.

Nekoliko dana kasnije, rano u nedelju veče kad je skoknula do sobe da napuni laptop, stigla joj je poruka na telefon. Srce joj je poskočilo od sreće kad je shvatila da je od Rafa.

Hej, da li si možda za pastéis de maracuja? Sećam se koliko ih voliš...

Tabita je zurila u poruku, sva zbunjena, dok je srce počinjalo da joj igra na suludu pomisao o tome šta bi to moglo da znači. Držala je telefon u krilu, razmišljajući kako da odgovori kad je začula prigušene glasove u prizemlju i zatvaranje vrata. Začula je korake na stepenicama i Elspet je iznenada stajala u dovratku, zadihana.

– Imaš posetioca – rekla je dok joj se najveći mogući osmeh širio licem. – I još je zgodniji uživo.

Epilog

OSAM MESECI KASNIJE

Porto je blistao na suncu, sa širokom rekom koja se protezala do okeana, a severna obala bila je prepuna restorana i kafića, dok su na drugoj strani Doura bile načičkane lučke kuće. Tabita je sedela za stolom na Trgu Ribeira, držeći šolju kafe, uživajući u mirnom početku prolećnog dana. Iza nje, kamene zgrade s balkonima od kovanog gvožđa i zidovi boje crnog vina, breskve ili lavande vodili su dublje u staro gradsko jezgro. Bila je to mreža krivudavih ulica i brojnih prelepih starih zgrada, sa ispucalim malterom, koje su se nadvijale nad uskim ulicama.

Ovo mesto, s neometanim pogledom na reku, brzo joj je postalo omiljeno tokom dvonedeljnog čuvanja kućnih ljubimaca, dok se brinula o dobroćudnoj mački s dlakom boje kornjačevine. Sedeći za stolom, videla je most Dom Luis I, koji prelazi široku reku do zgrada krem, bele i sive boje na južnoj obali. Prošarane džepovima drveća i okupane sunčevim zracima, ukrašavale su padinu brda. Tabita je ispijala kafu sa zadovoljnim osmehom.

Visoka prilika koja je brzo hodala duž široke obale reke privukla joj je pažnju, skrenuvši joj pogled s vidika. Kad god bi ugledala Rafa kako ide ka njoj, uvek bi je podsetio na njihov prvi zapanjujući susret skoro devet meseci ranije. Otad se toliko toga promenilo, ali njeno srce bi i dalje preskočilo kad ga ugleda, iako sad iz drugih razloga.

– Dobro jutro – Raf se nagnuo i poljubio ju je. Smestio se nasuprot njoj i prošao rukom kroz kosu. Izgledao je kao da nije dugo budan i izgledao je veoma seksi.

– Znači, video si moju poruku? – osmehnula se Tabita.

– Izvinjavam se, da, jutros sam bio mrtav umoran.

– Uspeo si da ispoštuješ rok?

– Da, knjiga broj dva je dostavljena i imaš moju nepodeljenu pažnju za ostatak vikenda, obećavam.

Konobar je prišao, a Raf je naručio kafu. Zavalio se u stolicu uz zadovoljan uzdah i posmatrao reku kako se presijava na jutarnjem suncu.

Rafovo pojavljivanje kod njene sestre zaprepastilo je i razveselilo Tabitu. Došao je u pravi čas, i njih dvoje su se preselili u brvnaru u šumi tokom narednih nekoliko nedelja, radeći tokom dana, jedući s Tabitinom porodicom uveče i provodeći noći zajedno. Ljubili su se u džakuziju uz zvuk sova i let slepih miševa, a zatim odlazili u krevet da nastave istraživanje osećanja, usplamtelih na Madeiri.

Tokom vikenda, devojčice bi ih pronašle, iako Elspet nije dozvoljavala da ih ometaju do kasnog jutra, svesna koliko Tabita i Raf žude da imaju vremena samo za sebe. Subotnje i nedeljno jutro proveli bi u krevetu, lenjo vodeći ljubav i pričajući o svemu, pre nego što bi smeh devojčica dopro između drveća izvlačeći ih iz kreveta da idu da istražuju šumu umesto jedno drugo. Devojčice nisu mogle da se zasite Rafa, zavolevši ga koliko i on njih. Za Tabitu je tih nekoliko nedelja u *Hajdveju* bilo među najboljim u životu.

Kako su se Tabita i Raf sve više zaljubljivali jedno u drugo, pejzaž je počeo da se menja. Lišće je postalo zlatnožuto, bronzano i crveno, dok je hladan vetar donosio jesen. S povremenim mrazevima ujutru i hladnijim noćima, bili su zahvalni na peći na drva i ušuškanoj brvnari s krevetom na tavanu. Na otvorenom, hrskavo lišće je pokrivalo travnatu čistinu, a ognjište je bilo neophodno dok bi sedeli napolju uveče. Pogled sa livade divljeg cveća takođe se menjao – šuma je plamtela jesenjim bojama, dok su udaljene planine dobijale nestvaran srebrni odsjaj. Sunce je bilo slabije, a boje prigušenije otkako je leto prošlo.

Baš kao što su se kockice složile kad je Tabita poslednji put videla Olija na Madeiri, tako je i vreme provedeno s Rafom učvrstilo sva osećanja koja su joj se vrzmala po glavi tokom boravka na ostrvu. Mogućnost onoga što je moglo da se desi polako se pretvarala u stvarnost.

Rafov odnos s roditeljima nije se mogao smatrati popravljenim, ali su razgovarali i počeli su da zaceljuju međusobne povrede nakon toliko godina nerazumevanja. Teški i iskreni razgovori kojima je Tabita prisustvovala s Kordelijom i Rufusom nakon što je Raf otišao, nastavili su se kad se vratio, zajedno sa iskrenim izvinjenjima njegovih roditelja zbog optužbi da ih je pokrao iako su, duboko u sebi, znali da nije.

Razvila se i nekakva komunikacija između Kordelije i Rufusa sa Džuli i Antonom, posebno nakon što je Raf naglasio roditeljima koliko ga je Džuli, konkretno, podržavala svih tih godina. Bilo je suza na sve strane. Raf je poverio Tabiti koliko je teško bilo iskopati prošlost od koje je bežao, ali je istovremeno doživeo i pročišćenje. Za oboje je bilo oslobađajuće da ponovo prožive teška razdoblja iz prošlosti, pokušavajući da se pomire s tugom. To što je Raf bio dovoljno hrabar da se suoči s roditeljima i njihovom teškom prošlošću nadahnulo je Tabitu da uradi isto. Otvaranje pred Džuli, a zatim i Rafu na Madeiri bilo je početak njenog procesa zaceljivanja. Dok je boravila kod Elspet, sestra joj se posvetila i mnogo su razgovarale kao i uvek, ali ovog puta je Tabita delila sve, a ako bi Raf došao nijedna tema im nije bila zabranjena. Nikad ranije nije bila u vezi s nekim s kim se osećala tako slobodno i ugodno.

Raf nije bio ničim vezan i očajnički je želeo da pobegne iz Londona i od prošlosti opterećene lošim izborima i kajanjem. Putovanje s Tabitom pružalo mu je nov početak, a ona nakon nedelja provedenih zajedno i udubljivanja u njihove živote i osećanja koja su gajili jedno prema drugom nije želela nikuda da ide bez njega. Bio je otvoren za nova mesta, ali je posedovao nezavisnost koja joj je uvek nedostajala s Luisom. Tako su, krajem oktobra, uz suze, smeh i obećanje da će se uskoro ponovo videti, Tabita i Raf rekli zbogom Elspet, Getinu, Oliviji i Nensi, i nakon kratke posete Devonu, kako bi Raf upoznao njene roditelje, krenuli su u Sjedinjene Američke Države. Tokom tri nedelje koje je Tabita provela u Nešvilu pišući s novom zvezdom u usponu za diskografsku kuću, Raf je radio iz njihovog stana. Savršeno su se uklopili, oboje uživajući u nezavisnosti i maksimalno koristeći večeri i vikende zajedno. Tabitina želja da bude sama nestala je kako je rasla njena ljubav prema Rafu, i oboje su se navikli na društveni život u Nešvilu, prihvatajući pozive na zabave ili izlaske s producentom i pića s pevačem, što bi samo nekoliko meseci ranije odbila. Raf je nikad nije kočio. Podsticao ju je i bio uz nju kad je to želela, a da nikad nije ostavljao osećaj da je guši.

Olijeva turneja po Sjedinjenim Državama je počela, a video-snimak njega kako stoji na bini pred hiljadama obožavatelja posvećujući poslednju pesmu večeri Tabiti proširio se društvenim mrežama.

– Ispunjavam obećanje – nešto što je trebalo odavno da uradim. *A Star Like You* zapravo je napisala moja dobra prijateljica, talentovana Tabita Kalahan. Žao mi je zbog svih patnji koje sam ti naneo. Ovo je tek početak mog izvinjenja, Tabs. – Nakon povremenih poruka od Olija otkad ga je poslednji put videla na Madeiri, ovo javno izvinjenje ju je iznenadilo, jasno joj pokazavši da je zaista nameravao da pokuša i ispravi greške.

Njeni pratioci na društvenim mrežama umnožavali su se neslućenom brzinom, i ona i Oli su nekoliko dana bili glavna tema razgovora do te mere da je osetila kako je to biti u centru pažnje javnosti, što joj se nimalo nije dopalo. To je učvrstilo njen stav da ni po koju cenu ne želi slavu. Prepustila ju je Oliju, ali je svakako cenila taj gest i javno izvinjenje više od bilo čega.

Pored video-snimka, njegov *Instagram* je bio ispunjen slikama njega na sceni i na zabavama, ali Tabita nije zažalila što nije pošla s njim i osetila je izuzetno olakšanje kad se medijska halabuka oko nje neizbežno stišala. Imala je karijeru o kojoj je uvek sanjala, zadovoljstvo da radi pod svojim uslovima, nekoga koga voli pored sebe, zajedno s mogućnošću da putuje i sledi snove. Bilo je to sve što je želela i mnogo više.

Prvi put kada joj je Raf rekao da je voli bilo je kada su se vratili na Madeiru na nedelju dana u februaru, u potrazi za suncem nakon nekoliko nedelja u tmurnoj, hladnoj i kišnoj Velikoj Britaniji. Ostali su kod Rafovih roditelja nekoliko noći i večerali sa Džuli i Antonom pre nego što su ostatak nedelje proveli sami u *Airbnb* kućici smeštenoj među plantažama banana pored okeana u Kalheti. Pretposlednjeg dana ostavili su sunce u visini mora, pokupili Bejlija i Fadža i odvezli se do šume Fanal na severozapadu u šetnju jednom od najzanosnijih oblasti ostrva. Temperatura je pala, a drevna lovorova šuma bila je obavijena maglom. Držeći se za ruke, šetali su sa psima između iskrivljenih čvornovatih stabala, dok se magla uvijala poput belog dima, prekrivajući pejzaž. Osećali su se kao u nekom drugom svetu, čarobno, potpuno suprotno toplini i suncu koje su ostavili iza sebe. Napravili su selfi, dva osmehnuta lica, u senci okružena belinom izuzev tamnih, isprepletenih grana koje su se pružale kao da žele da ih zagrle. Poljubili su se, a onda joj je rekao da je voli. Obavijena njegovim rukama, Tabita nije oklevala da odgovori, a njena osećanja prema njemu bila su jasni kao jutra na Madeiri, gde se pogled kilometrima pružao ka ogromnom Atlantiku.

– Volim i ja tebe.

Tabita i Raf su završili svoju kafu baš kad su stolovi oko njih počeli da se pune turistima. Bila je subota i imali su još nekoliko dana do kraja čuvanja ljubimaca u Portu, pa je tog slobodnog vikenda, bila odlučna da ga iskoristi što bolje i ponovo poseti mesta koja su zavoleli. To su i učinili, držeći se za ruke, šetali su preko mosta, a noge su im se bunile dok su se penjali uzbrdo do vinarije *Tejlors port haus*, gde su sedeli u biblioteci i probali tridesetogodišnji narandžastosmeđi porto. Vratili su se preko reke kako bi pojeli pile na roštilju u malom porodičnom restoranu, u kome su svi govorili samo portugalski.

Bolnih stopala vratili su se u stan i zajedno se srušili na trosed. Rani večernji sunčevi zraci probijali su se kroz prozore, a čestice prašine kovitlale se na svetlosti. Kao i u stanu u Parizu i brvnari u Kanadi, Tabita nije želela da napusti njihov stan u Portu s velikim prozorima prekrivenim roletnama, zidovima od rustične opeke i sjajnim drvenim podovima koji se savršeno uklapaju s modernom kuhinjom, kupatilom i bračnim krevetom. Smešten u srcu drevnog portugalskog grada, odakle su svuda mogli da stignu peške, imao je pristup malom, ali prelepom dvorištu.

Mačka Luna je mazno prošla pored njih, umiljavajući im se oko nogu.

Raf je položio ruku oko Tabitinih ramena i uzdahnuo. – Biće mi teško da odem odavde.

– I meni – rekla je, smešeći se jer su njegove reči odražavale njene misli.

Raf je naslonio gole noge na stočić i privukao je bliže. – Šta je tvoj san, Tabs?

– Nije važno šta je moj san, mora da bude naš san kako bi uspeo. – Uživala je u zagrljaju njegovih snažnih ruku i u golicanju njegovih jagodica dok ju je dodirivao.

– U redu, šta je naš san? Ti počni.

Tabita je posmatrala njihov mali deo Porta, privremeno boravište, ali mesto koje će joj nedostajati. Šta žele da rade i koja mesta da posete često je bilo tema razgovora tokom poslednjih nekoliko meseci dok su putovali zajedno. – Volela bih da živimo na živopisnom mestu.

– Svakako. Na nekom prelepom mestu punom života – dodao je Raf, mašući rukom prema lučnim kamenim prozorima s gvozdenom ogradom zgrade prekoputa koja je ispunjavala kadar kao slika. – A dugoročno? Gde nas vidiš?

Tabita je pogledala u njegove oči, tako otvorene i iskrene. Nekad bi je pitanje poput ovog uplašilo do besvesti, a sad joj je otvorilo mogućnost budućnosti ispunjene ne samo uzbuđenjem putovanja i karijerom koju je obožavala već i sigurnošću i srećom što je deli s nekim koga voli.

Prelazila je rukom preko njegovog mišićavog stomaka i odmarala mu glavu na ramenu. – Vidim nas kako pronalazimo neko mesto koje ne možemo da napustimo, nešto tako savršeno i divno da jednostavno znamo kako bi to mogao da nam bude dom.

– Ali još ga nismo pronašli?

Tabita je zavrtela glavom. – Mislim da nismo.

– Da li ćemo biti sami ili s još nekim?

Odmakla se od njegovog ramena i pogledala ga. – Pitaš me da li želim da imam dece?

– Više sam razmišljao o tome da nabavimo psa. – Raf se nasmejao dok joj je milovao struk. – Ali, hoćeš li? Želiš li decu?

Bol u njenom srcu, podsećanje na ono što je izgubila, sad je bio slabiji, i ništa nalik sirovom bolu koji je osećala prošle godine. Misli su joj odlutale ka njihovoj budućnosti. Klimnula je glavom i uhvatila ga za ruku. – S tobom da, bez ikakve sumnje. Ali ne još, previše je toga što mora da se uradi i previše mesta koja treba otkriti. Ali na kraju, da.

– Pa da, i pričam o dalekoj budućnosti – rekao je Raf smejući se, uzimajući ozbiljnost njihovog razgovora u obzir. – Dakle, pre nego što potpuno poludimo, šta je s kratkoročnim planovima? – podstakao ju je nežno. – I dalje sam raspoložen za onu dugo očekivanu partiju pokera u svlačenje.

– Oh, zaista? Pa, možda ću večeras i pristati, pošto nema bazena u koji bi me gurnuo.

– Računam na to.

– Je li to obećanje?

– Obećanje – rekao je. – A posle toga?

Tabita je obuhvatila Rafovo neobrijano lice rukama i zagledala se u nasmejane plave oči. Približila mu se i poljubila ga, dražeći ga jezikom dok je on uzvraćao poljubac, a ruke su im glatko klizile i istraživale, uzbuđenje i želja bili su sveži kao onog dana kad su se upoznali. Poljubila mu je neobrijano lice pored uha pre nego što je šapnula: – Iskreno, bilo gde s tobom mi sasvim odgovara.

Odmakla se od njega i otvorila laptop. Raf ju je obgrlio oko struka kad je otvorila internet stranicu za čuvanje ljubimaca i kartu koja prikazuje sve dostupne ponude širom sveta. Njihova budućnost nosila je mogućnost da žive zajedno i zasnuju porodicu, ali zasad su moguće pustolovine i nova iskustava sve što im je bilo potrebno. Okrenula se ka svojoj srodnoj duši i nasmešila se. – Kuda ćemo sledeće?

Zahvalnost

U trenutku kad sam došla na ideju o ženi u tridesetim koja beži od ljubavnog razočaranja čuvajući ljubimce širom sveta pre nego što završi na Madeiri čuvajući mačku i dva kavalirska kraljevska španijela, nisam ni pomišljala da ćemo, pre nego što sednem da napišem knjigu, izgubiti našeg voljenog kavalirca Froda. Na mnogo načina, pisanje o Fadžu i Bejliju bilo je katartično iskustvo, posebno što je Fadž preuzeo neke od Frodovih osobina, uz stalno praćenje, ljubav prema zagrljajima i način na koji se penje na krevet ujutru da spava kraj Tabitinih nogu.

Iako se ova knjiga manje činila kao potpuno oblikovana zamisao nego moja prethodna dva romana, koja je objavio *Boldvud*, zapravo se ispostavilo da sam u njoj najviše uživala. Možda je to bilo zato što je proces pisanja bio ispunjen osećanjima i zaljubila sam se u likove – Rafa i Tabitu posebno, da ne spominjem Fadža i Bejlija. Urednčke opaske u ovoj knjizi takođe su me oduševile, potvrđujući moje osećanje da je ovo dosad moja najomiljenija knjiga. Nadam se da ste uživali u njoj koliko sam ja uživala dok sam je pisala.

Ideja za *Ostrvo na suncu* nadahnuta je našim iskustvom s čuvanjem kućnih ljubimaca dok smo bili u poseti porodici u Grčkoj. Koristili smo internet stranicu *Trusted Housesitters* i imali smo sreće da nam se prijavi tako divan par, Karolina i Alehandro, koji su čuvali Froda. Vratili smo se kući i zatekli srećnog, dobro zbrinutog psa i lep, čist i uredan dom, i otad smo ostali u kontaktu. Iako su Tabita i njen zadatak čuvanja ljubimaca na Madeiri potpuno drugačiji od našeg iskustva, tad mi je na pamet pala zamisao koja se na kraju pretočila u ovu knjigu! Dakle, hvala Karolini i Alehandru što su tako dobro brinuli o našem dragom malom Frodu, i što su me nadahnuli!

Kao i uvek, bilo je nekoliko sjajnih ljudi koji su pomogli da konačno oblikujem *Ostrvo na suncu* u knjigu. Zahvalnost dugujem Džuli i Stivu Parkeru, koji već dvadeset pet godina posećuju Madeiru i koji su jedne večeri ljubazno proveli nekoliko sati uživajući uz piće i pričajući sa mnom o ostrvu, hrani, piću, pejzažu i vremenskim prilikama, što mi je pomoglo da udahnem život u mesto zbivanja. Takođe, zahvalnost dugujem autoru pesama i producentu Benu Marku Viveru (koautoru pesama „These Days" i „Up All Night" – grupe *Take That*), koji je velikodušno odgovarao na moja pitanja o pisanju pesama kako bih razvila lik i pozadinu za Tabitu. Naravno, sve greške ili proizvoljnosti vezane za lokaciju ili pisanje pesama isključivo su moje!

Moja velika prijateljica Judita van Dajkhojzen uvek je među osobama kojima zahvaljujem jer uvek ljubazno čita rane verzije mojih knjiga, iskrena je i hrabri me svojim utiscima. Moja divna urednica Kerolajn Riding (kojoj sam večno zahvalna što me je pokrenula na sjajno putovanje s *Boldvudom*), zajedno sa sjajnom lektorkom Džejd Kradok i korektorkom Kandidom Bradford, pomogla je da *Ostrvo na suncu* bude najbolje moguće, i veoma sam zahvalna na njihovim zamislima, predlozima i pažljivom čitanju. Neverovatno sam srećna što radim s takvom sjajnom ekipom, od nadarenog dizajnera korica i naratora audio-knjige, do svih blogera koji učestvuju u blog-turneji koju predvodi divna Rejčel Gilbi. Tim *Boldvuda* je najbolji. Hvala i Amandi Rajdaut, Niji Bejnon, Dženi Hjuston, Kler Fenbi i ekipi u *Boldvudu*, sjajnoj podršci zajednice pisaca i spisateljica i, naravno, vama, mojim divnim čitaocima.

Naposletku, velika hvala mojoj porodici što me podržava i uvek veruje u mene.

Beleška o autoru

Kejt Frost je autorka više od petnaest romantičnih bestseler romana kao i avanturističke trilogije o putovanju kroz vreme za decu. Kejt je stekla zvanje mastera u kreativnom pisanju na Univerzitetu *Bat spa*, gde takođe predaje pisanje memoarske proze i kreativno pisanje na osnovnim studijama.

**Knjige Kejt Frost u izdanju
Izdavačke kuće TEA BOOKS d.o.o.
(digitalna i/ili štampana izdanja)**

Italijanski san
Jedno grčko leto
Ostrvo na suncu